CB006058

AGATHA CHRISTIE

O MISTÉRIO DOS SETE RELÓGIOS

Tradução

Milton Persson

Rio de Janeiro, 2024

Título original: *The seven dials mystery*

Rua da Quitanda, 86, sala 601A – Centro – 20091-005
Rio de Janeiro – RJ – Brasil
Tel.: (21) 3175-1030

Diretora editorial: *Raquel Cozer*
Gerente editorial: *Alice Mello*
Editor: *Ulisses Teixeira*
Revisão: *Elisa Rosa, Perla Serafm e M. Elisabeth Padilha C. Mello*
Projeto gráfico de miolo: *Lúcio Nöthlich Pimentel*
Projeto gráfico de capa: *Maquinaria Studio*

CIP-Brasil. Catalogação-na-fonte
Sindicato Nacional dos Editores de Livros, RJ

C479m Christie, Agatha, 1890-1976
O mistério dos sete relógios / Agatha Christie ; tradução de Milton Persson. – 13. ed. – Rio de Janeiro : HarperCollins Brasil, 2016.
264 p.

Tradução de: The seven dials mystery
ISBN 978.85.9508.293-9

1. Ficção inglesa. I. Persson, Milton. II. Título.

CDD 823
CDU 821.111-3

Printed in China

Sumário

1
Sobre o hábito de levantar cedo

Jimmy Thesiger, aquele rapaz tão simpático, desceu correndo a vasta escadaria de Chimneys saltando os degraus de dois em dois. A pressa era tanta que esbarrou em Tredwell, o pomposo mordomo, no momento exato em que este atravessava o saguão com outro bule de café quente. A maravilhosa presença de espírito e magistral agilidade de Tredwell impediu que acontecesse um desastre.

— Desculpe — disse Jimmy. — Escute aqui, Tredwell, todo mundo já desceu?

— Não, senhor. Ainda falta sr. Wade.

— Ótimo — retrucou Jimmy, entrando na sala de refeições.

A única pessoa presente era a dona da casa, cujo olhar de censura causou a Jimmy a mesma sensação de mal-estar que sempre sentia ao deparar com o olho de um bacalhau morto no balcão de uma peixaria. Mas, que diabo, a troco de que precisava encará-lo daquele jeito? Afinal, ninguém espera que os hóspedes de uma casa de campo desçam pontualmente às 9h30 da manhã. Verdade que eram 11h15, o que talvez já fosse abusar um pouco, mas contudo...

— Desconfio que me atrasei, Lady Coote. Como disse?

— Ah, não faz mal — respondeu Lady Coote, melancólica.

Para dizer a verdade, aborrecia-se muitíssimo com os retardatários. Durante os dez primeiros anos de vida conjugal, Sir Oswald Coote (na época apenas senhor) costumava, com o perdão da má palavra, fazer o maior escarcéu se o café fosse servido meio minuto depois das oito horas. Lady Coote tinha se habituado a encarar a falta de pontualidade como um pecado mortal absolutamente sem remissão. E não se perde um hábito assim, sem mais nem menos. Além disso, era uma criatura austera que não entendia que proveito trariam para o mundo esses jovens que não conseguem levantar cedo. Como Sir Oswald gostava de repetir aos jornalistas e a quem quisesse ouvir: "Devo todo o meu sucesso ao hábito de levantar cedo e levar uma vida frugal, de hábitos metódicos."

Lady Coote era uma mulher grandalhona, com um tipo de beleza meio trágica. Tinha olhos grandes, escuros, tristonhos, e voz grossa. Um pintor à procura de modelo para "Raquel chorando os filhos" ficaria encantado com Lady Coote. Seria também fácil imaginá-la num dramalhão, perdida na neve, em fuga do marido vilão que a enganara miseravelmente.

Embora desse impressão de ocultar alguma mágoa terrível, a verdade é que Lady Coote jamais havia enfrentado problemas na vida, a não ser a meteórica ascensão de Sir Oswald à prosperidade. Quando moça, estava sempre alegre e contente, apaixonadíssima por Oswald Coote, o ambicioso rapaz da casa que vendia bicicletas ao lado da loja de ferragens do pai dela. Viveram muito felizes, primeiro em duas peças alugadas, depois numa casinha minúscula, a seguir noutra maior, e assim sucessivamente, sem nunca se afastarem da "fábrica", até que Sir Oswald atingiu tal proeminência que ele e a "fábrica" deixaram de ser interdependentes e pôde então se dedicar ao prazer de alugar as mais amplas e magníficas mansões disponíveis em toda a Inglaterra. Chimneys era um lugar histórico e ao alugá-lo do marquês de Caterham pelo prazo de dois anos, Sir Oswald achou que tinha alcançado o ponto culminante de sua ambição.

Já Lady Coote não demonstrava o mesmo grau de satisfação. Sentia-se muito só. A principal distração do início de sua vida conjugal consistia em conversar com a criada — e mesmo quando a criada se multiplicou por três, a conversa com a criadagem continuou sendo o principal passatempo diário de Lady Coote. Agora, com uma série de arrumadeiras, aquele mordomo que mais parecia um arcebispo, uma infinidade de lacaios de proporções imponentes, um bando de atarefadas empregadas de copa e cozinha, uma assustadora e "temperamental" mestre-cuca estrangeira, e uma governanta simplesmente majestosa, que a cada passo fazia ao mesmo tempo ranger o soalho e farfalhar o vestido, Lady Coote sentia-se como um náufrago em ilha deserta.

Suspirou fundo e saiu discretamente pela porta do terraço, para alívio de Jimmy Thesiger, que imediatamente aproveitou a oportunidade para se servir de outra porção de rins com bacon.

Lady Coote permaneceu algum tempo parada tristemente no terraço até se animar a falar com MacDonald, o jardineiro-chefe, que contemplava com olhar tirânico os domínios sob as suas ordens. MacDonald era um verdadeiro caudilho e príncipe entre os jardineiros-chefes. Conhecia o seu lugar — que consistia em governar. E governava — despoticamente.

Lady Coote aproximou-se, toda nervosa.

— Bom dia, MacDonald.

— Bom dia, *Milady*.

Falava como os jardineiros-chefes devem falar — com voz pesarosa, mas cheia de dignidade.

— Estive pensando... será que não daria para servir alguns cachos dessa uva temporã como sobremesa para o jantar de logo mais?

— Ainda não estão bem maduras — replicou MacDonald.

A voz era amável, porém firme.

— Ah! — balbuciou Lady Coote.

Armou-se de coragem.

— Ah! Mas ontem eu entrei lá na última estufa e provei uma que me pareceu muito boa.

MacDonald olhou para ela, que enrubesceu. Teve que reconhecer que havia tomado uma liberdade imperdoável. Era evidente que a falecida marquesa de Caterham jamais cometeria o erro de entrar numa de suas próprias estufas para comer uvas.

— Se *Milady* tivesse me pedido, eu mandaria apanhar um cacho para a senhora — disse MacDonald severamente.

— Ah, obrigada — retrucou Lady Coote. — Sim, é o que farei da próxima vez.

— Mas ainda não estão no ponto de serem apanhadas.

— De fato, tem toda a razão — murmurou Lady Coote. — Então é melhor deixar.

MacDonald manteve um silêncio modelar. Lady Coote, mais uma vez, armou-se de coragem.

— Eu queria lhe falar sobre aquele gramado lá nos fundos do jardim de rosas. Achei que talvez pudesse ser usado como cancha de boliche. Sir Oswald gosta muito de jogar boliche.

"E por que não?" — perguntou-se Lady Coote. Conhecia bastante bem a história da Inglaterra. Sir Francis Drake e seus amigos nobres não estavam jogando uma partida de boliche quando a Invencível Armada surgiu à vista? Claro que era um esporte de cavalheiros, ao qual MacDonald não poderia fazer objeções. Mas não contava com o traço predominante de um bom jardineiro-chefe, que consiste em se opor a toda e qualquer sugestão que lhe seja feita.

— Não há dúvida que pode ser usado para esse fim — retrucou MacDonald, num tom neutro.

A observação continha um sabor de censura, mas seu verdadeiro intuito era arrastar Lady Coote à própria destruição.

— Se se fizesse uma limpeza e... se cortasse a grama... e... toda essa espécie de coisa — continuou, esperançosa.

— É — concordou MacDonald, devagar. — Pode-se fazer. Mas se teria que tirar o William de perto da cerca lá de baixo.

— Ah! — exclamou Lady Coote, hesitante.

As palavras "cerca lá de baixo" não lhe diziam absolutamente nada — a não ser a vaga lembrança de uma canção escocesa — mas era evidente que para MacDonald constituíam uma objeção irremovível.

— O que seria uma pena — acrescentou MacDonald.

— Ah, lógico — disse Lady Coote. — Claro que seria.

Mas não entendeu por que concordara com tanto fervor.

MacDonald olhou bem para ela.

— Naturalmente, se *Milady* faz questão...

Não terminou a frase. Mas a ameaça velada foi excessiva para Lady Coote, que capitulou imediatamente.

— Oh, não — retrucou. — Compreendo o que você quer dizer, MacDonald. N... não... é melhor que o William continue perto da cerca lá de baixo.

— Também acho, *Milady*.

— Sim — disse Lady Coote. — Sim. É claro.

— Logo vi que *Milady* seria da mesma opinião — disse MacDonald.

— Oh, sim, claro — repetiu Lady Coote.

MacDonald tocou de leve no chapéu e se afastou.

Lady Coote deu um suspiro de tristeza e ficou olhando para ele. Jimmy Thesiger, repleto de rins com bacon, surgiu no terraço a seu lado, suspirando de um modo bastante estranho.

— Que manhã bonita, hem? — comentou.

— É mesmo? — replicou Lady Coote, distraída. — Ah, é. Parece que sim. Não tinha reparado.

— Onde anda o pessoal? Passeando de barco no lago?

— Acho que sim. Quer dizer, não me admiraria que andassem.

Lady Coote virou-se e tornou a entrar abruptamente na casa. Tredwell estava examinando o bule do café.

— Ah, meu Deus — exclamou Lady Coote. — Será que senhor.... senhor....

— Wade, *Milady*?

— É, sr. Wade. Ele *ainda* não desceu?

— Não, senhora.

— Mas já é tão tarde.

— Pois é, *Milady*.

— Ah, meu Deus. Será que ele *vai* descer, Tredwell?

— Ah, sem dúvida nenhuma, *Milady*. Ontem eram 11h30 quando sr. Wade desceu, *Milady*.

Lady Coote olhou o relógio. Já eram 12h20. Sentiu-se tomada de compreensão.

— Deve ser muito duro para você, Tredwell. Ter que limpar tudo e depois servir o almoço à uma hora.

— Já estou acostumado com o sistema desses rapazes, *Milady*.

Embora digno, o tom de censura era inconfundível. Tal como um príncipe da Igreja reprovaria um turco ou um infiel que, sem querer, cometesse um erro com toda a boa-fé.

Lady Coote enrubesceu pela segunda vez naquela manhã. Mas aí ocorreu uma interrupção oportuna. A porta se abriu e um rapaz sisudo, de óculos, meteu a cabeça dentro da sala.

— Ah, a senhora está aí, Lady Coote. Sir Oswald queria lhe falar.

— Ah, diga-lhe que já vou indo, sr. Bateman.

E apressou-se a sair.

Rupert Bateman, secretário particular de Sir Oswald, tomou a direção oposta, passando pela porta do terraço, onde Jimmy Thesiger ainda perambulava, sem pressa.

— Bom dia, Pongo — disse Jimmy. — No mínimo vou ter que ir lá me fazer de simpático para aquelas chatas. Você também vem?

Bateman sacudiu a cabeça e atravessou logo o terraço, entrando pela porta da biblioteca. Jimmy sorriu, satisfeito com a sua retirada. Tinham sido colegas de classe, onde Bateman sempre fora um menino sério de óculos, apelidado de Pongo sem nenhum motivo cabível.

Naquele tempo, refletiu Jimmy, Pongo já era exatamente a mesma espécie de toupeira atual. As palavras "A vida é para valer, a vida é séria" pareciam ter sido escritas especialmente para ele.

Jimmy bocejou e foi caminhando lentamente até o lago. Lá estavam três das moças — do tipo tão em voga hoje em dia, duas morenas e uma loura, todas com o cabelo cortado bem curto.

A que mais ria chamava-se (parecia-lhe) Helen — e havia outra chamada Nancy —, sendo que a terceira, por algum motivo qualquer, tinha o apelido de Soquete. Em companhia das três avistou dois amigos seus, Bill Eversleigh e Ronny Devereux, que ocupavam cargos puramente decorativos no Ministério das Relações Exteriores.

— Olá — disse Nancy (ou seria Helen?). — É o Jimmy. Onde está... Como é mesmo o nome dele?

— Não vá me dizer — interveio Bill Eversleigh — que o Gerry Wade *ainda* não se levantou? A gente precisa fazer alguma coisa para acabar com essa mania.

— Se ele não tomar cuidado — disse Ronny Devereux —, um dia ainda fica sem café... descobrindo que já está na hora do almoço ou do chá quando chegar aqui embaixo.

— Que vergonha — disse a moça com apelido de Soquete. — Lady Coote morre de preocupação. Cada dia que passa ela se parece mais com uma galinha que quer botar ovo e não pode. É uma lástima.

— Vamos arrancá-lo da cama — sugeriu Bill. — Vem, Jimmy.

— Ah! Sejamos mais sutis do que isso — disse Soquete.

Gostava muito da palavra sutil, que usava a todo instante.

— Eu não sei ser sutil — retrucou Jimmy.

— Amanhã de manhã a gente se reúne para tratar do caso — sugeriu Ronny, vagamente. — Sabem como é, para acordá-lo às sete. Estremecendo os alicerces da casa. Tredwell perde as suíças postiças e deixa cair o bule de chá. Lady Coote fica histérica e desmaia nos braços do Bill... que é o atleta do grupo. Sir Oswald faz "Ah!" e a cotação do aço baixa um ponto e cinco oitavos. Pongo expressa emoção jogando os óculos no chão e pisoteando em cima deles.

— Você não conhece o Gerry — disse Jimmy. — É possível que um pouco de água fria fosse capaz de acordá-lo... bem aplicada, quero dizer. Mas terminaria virando para o outro lado e ferrando no sono de novo.

— Ah! Temos que pensar em algo mais sutil que água fria — propôs Soquete.

— O quê, então? — perguntou Ronny, brusco.

Ninguém soube responder.

— Temos que pensar em alguma coisa — insistiu Bill. — Quem é que tem um pouco de inteligência?

— O Pongo — lembrou Jimmy. — E aí vem ele, correndo afobado como de costume. O Pongo sempre foi inteligente. Para a desgraça dele, desde os tempos de garoto. Vamos ver o que ele diz.

Sr. Bateman ouviu pacientemente uma explicação meio incoerente. Sua atitude era a de quem estava pronto para levantar voo. Surgiu com a solução sem perda de tempo.

— Sugiro um despertador — disse, rapidamente. — É o que sempre uso para não dormir demais. Acho que o chá trazido de manhã cedo sem fazer barulho é às vezes inútil para acordar alguém.

E afastou-se na disparada.

— Um despertador — Ronny sacudiu a cabeça. — *Um* despertador. Vai ser preciso pelo menos uma dúzia para acordar o Gerry Wade.

— Ué, e por que não? — Bill estava todo animado, falando sério. — Já sei. Vamos todos a Market Basing e cada um compra um despertador.

Houve risos e discussões. Bill e Ronny foram buscar os carros. Mandaram Jimmy espiar na sala de refeições. Voltou logo.

— Ele está lá, sim. Recuperando o tempo perdido, devorando torradas com geleia de laranja. Como faremos para impedir que venha junto?

Ficou resolvido que precisavam abordar Lady Coote, recomendando-lhe que o entretivesse. Jimmy, Nancy e Helen encarregaram-se dessa missão. Lady Coote mostrou-se perplexa e apreensiva.

— Uma brincadeira? Mas tomem cuidado, por favor, meus filhos. Quero dizer, nada de quebrar móveis, estragar coisas ou usar água demais. Semana que vem temos que entregar a casa, sabem? Não gostaria que Lord Caterham pensasse...

Bill, já de volta da garagem, interrompeu, tranquilizando-a.

— Não há perigo, Lady Coote. Bundle Brent, a filha de Lord Caterham, é grande amiga minha. E ela não hesita diante de nada, absolutamente nada! Pode estar certa. E seja como for não vai haver nenhum prejuízo. A coisa será bem sossegada.

— Sutil — frisou Soquete.

Lady Coote afastou-se tristemente pelo terraço no momento exato em que Gerald Wade saía da sala de refeições. Jimmy Thesiger era um rapaz louro de ar angelical, e tudo o que se podia dizer de Gerald Wade era que era ainda mais louro e mais angelical, e que a sua expressão bronca, por efeito de contraste, tornava o rosto de Jimmy bastante inteligente.

— Bom dia, Lady Coote — disse Gerald Wade. — Onde anda o pessoal?

— Foram todos a Market Basing — respondeu Lady Coote.

— Para quê?

— Uma brincadeira qualquer — disse Lady Coote naquela voz grossa e tristonha.

— É uma hora meio matinal para brincadeiras — observou sr. Wade.

— Nem tanto assim — frisou Lady Coote.

— Acho que me atrasei um pouco para o café — disse sr. Wade, com cativante franqueza. — Parece incrível, mas onde quer que me hospede, sou sempre o último a descer.

— É incrível mesmo — concordou Lady Coote.

— Não sei o que é — disse sr. Wade, pensativo. — Não consigo descobrir o motivo.

— Por que não se levanta, simplesmente? — sugeriu Lady Coote.

— Ah! — exclamou sr. Wade, surpreendido com a simplicidade da solução.

— Sir Oswald vive repetindo que não há nada como o hábito da pontualidade para ajudar um rapaz a vencer na vida — prosseguiu Lady Coote, bem séria.

— Pois é, eu sei — retrucou sr. Wade. — É o que tenho que fazer quando estou na cidade. Quero dizer, tenho que chegar às onze horas naquela amolação do Ministério das Relações Exteriores. Não vá pensar que sou sempre preguiçoso, Lady Coote. Puxa vida, que flores formidáveis que a senhora tem naquela cerca lá embaixo. Não consigo me lembrar do nome delas, mas lá em casa tem algumas — essas não-sei-o-quê cor de malva. Minha irmã gosta imensamente de plantas.

Lady Coote deixou as críticas de lado e ficou logo interessada.

— Que tipo de jardineiros vocês têm?

— Ah, só temos um. Um velho meio idiota, a meu ver. Não sabe grande coisa, mas faz o que a gente manda. O que já é um alívio, não é mesmo?

Lady Coote concordou, com uma intensidade de emoção na voz que lhe teria sido inestimável se fosse uma atriz dramática. Começaram a discorrer sobre as maldades dos jardineiros.

Enquanto isso, a expedição ia correndo bem. A principal loja de Market Basing tinha sido invadida e a súbita procura de despertadores já estava deixando o proprietário intrigado.

— Só queria que a Bundle estivesse aqui — murmurou Bill. — Você a conhece, não é, Jimmy? Ah, você ia gostar dela. É uma ótima garota... cem por cento... e ainda por cima inteligente. Você não a conhece, Ronny?

Ronny sacudiu a cabeça.

— Não conhece a Bundle? Você anda vegetando? Ela é simplesmente o máximo.

— Seja um pouco mais sutil, Bill — disse Soquete. — Pare de tagarelar sobre suas amigas para a gente continuar com o trabalho.

Sr. Murgatroyd, proprietário das Lojas Murgatroyd, irrompeu, eloquente:

— Se me permite um conselho, senhorita, eu diria *não* ao de sete *shillings* e 11 *pence*. É um bom relógio, repare que não o estou depreciando, mas eu aconselharia decididamente este tipo aqui, que custa dez *shillings* e seis *pence*. Sai mais caro, mas vale a pena. É uma questão de qualidade, compreende? Não gostaria que depois dissesse...

Todo mundo logo viu que era preciso fechar o bico de sr. Murgatroyd como se fosse uma torneira.

— Não queremos um relógio de boa qualidade — declarou Nancy.

— Basta que funcione uma vez, e chega — apoiou Helen.

— Não queremos um que seja sutil — reforçou Soquete. — Queremos apenas que toque bem forte.

— Nós queremos... — começou Bill, mas não conseguiu ir adiante porque Jimmy, que tinha o dom de examinar mecanismos, pôs finalmente o relógio a funcionar. Durante cinco minutos, a loja ficou insuportável com o barulho ensurdecedor de vários despertadores tocando ao mesmo tempo.

Por fim decidiram-se por seis, excelentes.

— Sabem de uma coisa? — disse Ronny, tomado de generosidade. — Vou levar um para o Pongo. A ideia foi dele e seria uma pena não incluí-lo no plano. Ele precisa figurar entre os participantes.

— Isso mesmo — concordou Bill. — E vou comprar outro para Lady Coote. Quanto mais, melhor. E ela já está preparando o terreno. Provavelmente passando a conversa no nosso Gerry.

De fato. Naquele mesmo momento Lady Coote divertia-se imensamente a contar uma história inacabável a respeito de MacDonald e de um pêssego que tinha ganhado um prêmio.

Os relógios foram embrulhados e pagos. Sr. Murgatroyd, atônito, viu os carros se afastarem. Essa rapaziada grã-fina de hoje é um caso sério. Um caso sério, mesmo. E nada fácil de entender. Virou-se com alívio, para atender a mulher do pastor, que procurava um novo tipo de bule que não pingasse.

2
A propósito de despertadores

— E agora, onde vamos colocá-los?

O jantar havia terminado. Lady Coote fora, mais uma vez, designada para uma missão. Sir Oswald, inesperadamente, surgira com a solução, propondo uma partida de bridge — embora propondo não fosse a palavra exata. Bastava que Sir Oswald, como convinha a um de "Nossos Capitães da Indústria" (Nº 7, da I Série), manifestasse simplesmente uma vontade para que todos que o rodeavam se apressassem a satisfazer os desejos da ilustre figura.

Rupert Bateman e Sir Oswald ficaram de parceria contra Lady Coote e Gerald Wade, o que era uma combinação muito feliz. Sir Oswald jogava bridge como tudo mais, isto é, extremamente bem, e gostava de ter um parceiro à altura. Bateman era um jogador de bridge tão eficiente quanto bom secretário. Os dois concentraram-se exclusivamente no jogo, limitando-se a dizer rapidamente: "Dois sem trunfo", "Dobro", "Três de espadas". Lady Coote e Gerald Wade conversavam amavelmente, sendo que o rapaz nunca deixava de comentar no final de cada mão: "Puxa, parceira, a senhora jogou essa de uma maneira simplesmente espetacular", em tons de franca admiração, o que, para Lady Coote, constituía uma novidade extremamente agradável. Também tinham cartas muito boas.

Os outros fingiam estar dançando com a música do rádio no grande salão de baile, mas, na realidade, agrupavam-se em torno da porta do quarto de Gerald Wade, enchendo o ar de risinhos abafados e do forte tiquetaque dos relógios.

— Embaixo da cama, enfileirados — sugeriu Jimmy em resposta à pergunta de Bill.

— E como vamos marcá-los? Para que hora, digo? Todos juntos, para que façam uma barulhada infernal, ou a intervalos?

A questão foi ardorosamente discutida. Alguns argumentavam que para um dorminhoco contumaz como Gerry Wade seria necessário que os oito relógios despertassem ao mesmo tempo. Outros inclinavam-se a favor de um esforço contínuo e permanente.

Estes últimos venceram, por fim, a batalha. Os relógios ficaram marcados para despertar sucessivamente, começando às 6h30 da manhã.

— E espero que isso lhe sirva de lição — comentou Bill, virtuosamente.

— Apoiado — disse Soquete.

Já se preparavam para esconder os relógios quando houve um súbito brado de alarme.

— Psiu! — exclamou Jimmy. — Vem alguém aí subindo a escada.

Espalhou-se o pânico.

— Não foi nada — disse Jimmy. — É apenas o Pongo.

Aproveitando-se de ser o "morto", sr. Bateman dirigia-se a seu quarto com a desculpa de buscar um lenço. Parou no caminho e logo percebeu o que estava acontecendo. Então fez uma observação, simples e prática.

— Ele vai ouvir o tiquetaque quando deitar.

Os conspiradores se entreolharam.

— Que foi que eu disse? — comentou Jimmy com a voz cheia de admiração. — O Pongo *sempre* foi um crânio!

O crânio seguiu adiante.

— É fato — reconheceu Ronny Devereux, inclinando a cabeça para o lado. — Oito relógios tiquetaqueando simultaneamente fazem mesmo um barulho infernal. Até o nosso Gerry, burro como é, não deixaria de ouvir. Logo veria que aí tem coisa.

— Eu é que não sei — retrucou Jimmy Thesiger.

— Não sabe o quê?

— Se ele é tão burro como a gente pensa.

Ronny olhou bem para ele.

— Todos nós conhecemos o Gerry.

— Será? — disse Jimmy. — Às vezes acho que... ora, que não é possível que alguém seja tão burro quanto o nosso Gerry gosta de se fazer.

Todos o encararam. Havia uma expressão de seriedade no rosto de Ronny.

— Jimmy — disse —, você é um crânio.

— Um segundo Pongo — afirmou Bill, animador.

— Bem, foi uma ideia que me ocorreu, mais nada — retrucou Jimmy, defendendo-se.

— Ah! Vamos deixar de sutilezas — exclamou Soquete. — Que faremos com estes relógios?

— Aí vem voltando o Pongo. Vamos lhe perguntar — sugeriu Jimmy.

Pongo, incitado a pôr o grande crânio em funcionamento para resolver a questão, deu o veredicto.

— Esperem que ele vá dormir. Depois entrem no quarto sem fazer barulho e coloquem os relógios no chão.

— Nosso Pongo acertou de novo — disse Jimmy. — Quando eu der o sinal, todo mundo pega os relógios e depois a gente desce para que ninguém desconfie.

O bridge prosseguia — com uma pequena diferença. Sir Oswald agora jogava de parceria com a esposa, apontando-lhe sistematicamente os erros que cometia em cada mão. Lady Coote aceitava as repreensões com bom humor e absoluta falta de interesse. E repetia, a todo instante:

— Já entendi, querido. Você fez bem em me dizer.

E continuava a cometer exatamente os mesmos erros.

De vez em quando, Gerald Wade comentava com Pongo:

— Boa jogada, parceiro. Muito boa, mesmo.

Bill Eversleigh fazia cálculos com Ronny Devereux.

— Digamos que ele vá se deitar lá pela meia-noite; que prazo você acha que devíamos lhe dar: uma hora, mais ou menos?

Bocejou.

— Que engraçado — em geral eu durmo às três da madrugada, mas hoje, só porque sei que temos que esperar um pouco, não sei o que não daria para bancar o filhinho de mamãe e me meter logo na cama.

Todos concordaram que sentiam o mesmo.

— Minha querida Maria — Sir Oswald levantou a voz com certa irritação. — Quantas vezes preciso lhe dizer para você não hesitar em fazer *finesse*? Assim a mesa toda logo vê.

Lady Coote tinha a resposta na ponta da língua — pois se Sir Oswald estava servindo de "morto", não podia comentar o modo de jogar a mão. Mas preferiu se calar. Sorriu cortesmente, debruçou os seios opulentos sobre a mesa e olhou com firmeza para as cartas de Gerald Wade, colocadas à sua direita.

Tranquilizando-se ao ver a dama, jogou o valete, fez a vaza e em seguida baixou as cartas.

— Quatro vazas e o *rubber* — anunciou. — Acho que tive muita sorte fazendo quatro vazas aqui.

— Sorte — murmurou Gerald Wade, afastando a cadeira da mesa e aproximando-se da lareira para se reunir aos demais. — Sorte, diz ela. A gente tem de ficar de olho nessa mulher.

Lady Coote estava recolhendo notas e moedas.

— Sei que não jogo bem — declarou, em tom pesaroso que mal dissimulava o prazer da vitória. — Mas sorte é o que não me falta.

— Você nunca vai aprender a jogar bridge, Maria — disse Sir Oswald.

— Tem razão, meu bem — concordou Lady Coote. — Sei que não vou. Você vive me repetindo isso. E eu me esforço tanto.

— Ela se esforça — comentou Gerald Wade *sotto voce*. — Quanto a isso, não há dúvida. Seria capaz de espiar por cima do ombro da gente, se não tivesse outra maneira de ver as cartas que se tem na mão.

— Eu sei que você se esforça — disse Sir Oswald. — Só que não tem o menor sentido do jogo.

— Pois é, meu bem — retrucou Lady Coote. — Você não se cansa de repetir isso. E ficou me devendo mais dez *shillings*, Oswald.

— Fiquei? — Sir Oswald fez uma cara de surpresa.

— Ficou, sim. Mil e setecentos pontos... oito libras e dez *shillings*. Você só me deu oito libras.

— Minha nossa! — exclamou Sir Oswald. — Me enganei.

Lady Coote sorriu-lhe, tristonha, e pegou mais uma nota de dez *shillings*. Gostava muito do marido, mas não tinha a menor intenção de se deixar lograr em dez *shillings*.

Sir Oswald afastou-se para uma mesa lateral e tornou-se hospitaleiro, servindo uma rodada de uísque com soda. Já era 0h30 quando todos se despediram.

Ronny Devereux, que ocupava o quarto vizinho ao de Gerald Wade, ficou encarregado de dar o sinal. Era 1h45 quando deslizou pelo corredor, batendo de porta em porta. O grupo, de pijamas e roupões, reuniu-se arrastando os pés, entre risos e cochichos abafados.

— Faz uns vinte minutos que ele apagou a luz — avisou Ronny, num sussurro rouco. — Pensei que nunca mais ia apagar. Há pouco abri a porta e espiei lá dentro. Parece que ferrou no sono. Como é que é?

Procedeu-se novamente à solene reunião dos relógios. Aí surgiu outra dificuldade.

— Não podemos irromper todos juntos pelo quarto adentro. Faria um barulhão dos diabos. Basta um entrar, e os outros lhe entregam os relógios na porta.

Travou-se então uma feroz discussão para ver quem seria escolhido.

Rejeitaram três moças porque terminariam rindo; Bill Eversleigh, por causa da altura, peso e passo pesado, além da inépcia geral, alegação contra a qual protestou com veemência. Jimmy Thesiger e Ronny Devereux foram considerados como possibilidades, mas no fim uma maioria esmagadora optou a favor de Rupert Bateman.

— Pongo é o mais indicado — concordou Jimmy. — Afinal, ele caminha feito gato... sempre caminhou. E depois, se Gerry acordar, o Pongo saberá inventar uma desculpa esfarrapada para lhe dar. Sabem como é que é, qualquer coisa plausível que o acalme e não desperte suspeitas.

— Qualquer coisa sutil — sugeriu Soquete, pensativa.

— Exatamente — disse Jimmy.

Pongo se desincumbiu muito bem da missão. Abrindo a porta com cautela, embrenhou-se pelo quarto escuro com os dois relógios maiores. Ao cabo de alguns minutos, reapareceu no limiar, recebendo mais dois e, depois de repetir duas vezes a mesma operação, finalmente saiu. Todo mundo prendeu a respiração, escutando. Ainda se ouvia o ressonar ritmado de Gerald Wade, mas abafado, amortecido e esmagado pelo tiquetaque triunfal, exaltado, dos oito despertadores de sr. Murgatroyd.

3
Uma brincadeira malsucedida

— Meio-dia — disse Soquete, já desesperada.

A brincadeira — como tal — não tinha saído muito bem. Os despertadores, em compensação, haviam cumprido sua função. *Todos* tocaram — com um vigor e ímpeto que dificilmente poderiam ser ultrapassados e que fizeram Ronny Devereux saltar da cama com a ideia confusa de que soara o dia do Juízo Final. Com esse efeito no quarto ao lado, o que não teria sido de perto? Ronny saiu às pressas para o corredor, colando o ouvido na fresta da porta.

Esperava blasfêmias — confiante, com sábia antecipação. Mas não escutou absolutamente nada. Quer dizer, nada do que esperava. O tiquetaque dos relógios, evidentemente, continuava — de maneira forte, arrogante, exasperadora. E não demorou muito para que outro despertasse, tocando de um jeito grosseiro, ensurdecedor, que teria causado extrema irritação até a um surdo.

Não havia sombra de dúvida: os relógios tinham desempenhado fielmente seu papel. Fizeram tudo e mais ainda do que sr. Murgatroyd afirmava que fariam. Mas, pelo jeito, encontraram um rival à altura em Gerald Wade.

O grupo sentia-se propenso ao desânimo.

— Esse cara não é humano — resmungou Jimmy Thesiger.

— Vai ver, pensou que era o telefone ao longe, virou para outro lado e tornou a pegar no sono — sugeriu Helen (ou seria Nancy?).

— Parece incrível — disse Rupert Bateman, bem sério. — Acho que ele devia consultar um médico.

— Alguma deficiência dos tímpanos — sugeriu Bill, esperançoso.

— Olha, querem saber de uma coisa? — disse Soquete. — Para mim ele está se divertindo à nossa custa. Claro que acordou com o barulho. Mas vai simplesmente nos tapear fingindo que não ouviu nada.

Todos olharam para Soquete com respeito e admiração.

— É bem possível — disse Bill.

— Ele é sutil, isso é o que é — continuou Soquete. — Vocês vão ver como vai se atrasar mais do que nunca para o café da manhã... só para nos mostrar.

E como o relógio já marcava alguns minutos depois do meio-dia, a opinião geral foi que a teoria de Soquete estava certa. Apenas Ronny Devereux discordou.

— Vocês esquecem que eu estava do lado de fora da porta quando o primeiro despertador tocou. Seja o que for que o nosso Gerry resolveu fazer depois, deve ter levado um susto com o primeiro. Na certa faria qualquer coisa para que parasse. Onde foi que você o colocou, Pongo?

— Na mesa de cabeceira, perto do ouvido dele — respondeu sr. Bateman.

— Boa ideia, Pongo — disse Ronny. — Agora me diga uma coisa. — Virou-se para Bill. — Se um baita sino começasse a tocar a poucos centímetros do seu ouvido às 6h30 da manhã, o que é que você diria?

— Ah, meu Deus! — exclamou Bill. — Eu diria... — não terminou a frase.

— Evidente que você diria — disse Ronny. — Tal como eu. Como todo mundo, aliás. Faria surgir o que se chama de instinto natural. Acontece que ele não disse. Portanto eu afirmo que Pongo tem razão... como sempre... e que Gerry sofre de alguma deficiência qualquer dos tímpanos.

— Já são 12h20 — lembrou uma das moças, tristemente.

— Puxa vida — comentou Jimmy, devagar —, isso também já é passar da conta, não acham? Quero dizer, tudo tem seu limite. Essa brincadeira já foi longe demais. Assim é abusar da paciência dos Coote.

Bill olhou bem para ele.

— Aonde você quer chegar?

— Bem — retrucou Jimmy. — De um jeito ou de outro... não parece coisa do nosso Gerry.

Não lhe foi fácil expressar o que queria dizer. Não queria falar demais, mas no entanto... Percebeu que Ronny estava olhando para ele. Como se se tivesse dado conta de alguma coisa grave.

Foi nesse instante que Tredwell entrou na sala e olhou em torno, hesitante.

— Julguei que sr. Bateman estivesse aqui — explicou, à guisa de desculpa.

— Ele acabou de sair pelo terraço — disse Ronny. — O que é que você queria com ele?

Os olhos de Tredwell pousaram em Jimmy Thesiger e depois voltaram a se fixar em Ronny Devereux. Como se tivessem sido escolhidos, os dois rapazes saíram da sala com ele. Tredwell fechou cuidadosamente a porta da sala de refeições atrás de si.

— Então — perguntou Ronny —, que foi que houve?

— Sabe, como sr. Wade ainda não tinha descido, tomei a liberdade de mandar Williams ir chamá-lo no quarto dele.

— E daí?

— O Williams acaba de descer correndo, muito agitado. — Tredwell fez uma pausa, uma pausa de preparação. — Creio que o pobre rapaz deve ter morrido enquanto dormia.

Jimmy e Ronny o encararam.

— Que tolice — exclamou Ronny, afinal. — Não é possível. O Gerry... — seu rosto de repente adquiriu uma expressão decidida. — Eu... eu vou lá em cima ver. Aquele idiota do Williams talvez tenha se enganado.

Tredwell estendeu a mão para impedi-lo. Com uma sensação estranha, anormal, de indiferença, Jimmy compreendeu que o mordomo já estava senhor da situação.

— Não, senhor. O Williams não se enganou. Já mandei chamar o dr. Cartwright e nesse meio tempo tomei a liberdade de trancar a porta do quarto, antes de ir informar Sir Oswald do que aconteceu. Agora preciso encontrar sr. Bateman.

E afastou-se às pressas. Ronny ficou imóvel, como que fulminado por um raio.

— O Gerry — murmurou baixinho.

Jimmy pegou o amigo pelo braço e o fez passar por uma porta lateral que comunicava com um recanto isolado do terraço. Levou-o até um banco.

— Acalme-se, meu velho — disse, carinhosamente. — Daqui a pouco você estará respirando normalmente.

Mas olhava-o com certa curiosidade. Nunca lhe ocorrera que Ronny fosse tão amigo de Gerry Wade.

— Coitado do Gerry — comentou, pensativo. — Se havia alguém que parecia gozar de saúde, era ele.

Ronny concordou com a cabeça.

— Toda essa história de relógios parece agora tão desagradável — prosseguiu Jimmy. — É esquisito, não é mesmo? Por que será que a farsa tantas vezes se mistura com a tragédia?

Falava mais ou menos a esmo, para dar tempo de Ronny se recobrar do choque. O outro se mexeu, inquieto.

— Gostaria de que o tal médico chegasse logo. Quero saber...

— O quê?

— Do que foi... que ele morreu.

Jimmy franziu os lábios.

— Do coração? — arriscou.

Ronny deu uma risadinha de troça.

— Puxa, Ronny — disse Jimmy.

— O que é que tem?

Jimmy encontrou dificuldade para continuar.

— Você não vai dizer... não está pensando... isto é, você não meteu na cabeça que... que, ora, quero dizer, que ele levou uma porretada na cabeça ou coisa semelhante? Para o Tredwell trancar a porta e tudo mais.

Jimmy achou que suas palavras mereciam uma resposta, mas Ronny limitou-se a olhar fixamente para a frente.

Jimmy sacudiu a cabeça e tornou a cair em silêncio. Não havia nada que pudesse fazer, a não ser esperar. Portanto, ficou esperando.

Foi Tredwell quem os arrancou daquele marasmo.

— Por favor, cavalheiros. O doutor quer lhes falar na biblioteca.

Ronny pôs-se logo de pé. Jimmy acompanhou-o.

O dr. Cartwright era um rapaz magro e enérgico, de fisionomia inteligente. Cumprimentou-os com leve aceno de cabeça. Pongo, sempre de óculos e a expressão mais séria do que nunca, fez as apresentações.

— Soube que era grande amigo de sr. Wade — disse o médico a Ronny.

— O maior amigo dele.

— Hum. Bem, esse assunto parece bastante simples. Apesar de triste. Ele dava a impressão de gozar de saúde. Não sabe se costumava tomar alguma coisa para dormir?

— Para *dormir*? — Ronny arregalou os olhos. — Ele sempre dormiu como uma pedra.

— Nunca se queixou de insônia?

— Jamais.

— Bem, os fatos são bastante comuns. Mesmo assim, acho que vamos ter que abrir um inquérito.

— Como foi que ele morreu?

— Há pouca margem a dúvidas. Eu diria que morreu de uma dose excessiva de cloral. Estava à cabeceira dele. Com um frasco e um copo. Essas coisas são muito tristes.

Foi Jimmy quem fez a pergunta que achou estar na ponta da língua do amigo, mas que no entanto o outro, por um motivo qualquer, não conseguiu articular.

— Não há nada... suspeito nesse negócio?

O médico virou-se bruscamente para ele.

— Por que diz isso? Existe algum motivo para desconfianças?

Jimmy olhou para Ronny. Se este sabia de alguma coisa, agora era o momento de falar. Mas para sua surpresa, Ronny sacudiu a cabeça.

— Nenhum motivo — afirmou nitidamente.

— Nem de suicídio?

— Claro que não.

Ronny foi enfático. O médico não parecia compartilhar dessa certeza.

— Nenhum problema que o senhor soubesse? De dinheiro, por exemplo? Ou alguma mulher?

Ronny tornou a sacudir a cabeça.

— Bom, e quanto aos parentes? Eles precisam ser avisados.

— Ele tem uma irmã... meia-irmã, aliás. Ela mora em Deane Priory. A uns trinta quilômetros daqui. Quando o Gerry não estava em Londres, ficava com ela.

— Hum — fez o médico. — Bem, precisamos avisá-la.

— Deixe por minha conta — disse Ronny. — É um dever desagradável, mas alguém precisa cumpri-lo. — Olhou para Jimmy. — Você a conhece, não?

— Ligeiramente. Dançamos juntos algumas vezes.

— Então iremos no seu carro. Você não se incomoda, não é? Não posso enfrentar essa situação sozinho.

— Claro que não me incomodo — afirmou Jimmy, tranquilizando-o. — Já ia até me oferecer. Vou tratar de pôr aquela lata velha em movimento.

Estava contente de ter alguma coisa para fazer. A conduta de Ronny o intrigava. O que é que ele sabia ou suspeitava? E por que não externava suas desconfianças, já que as tinha, ao médico?

Em poucos minutos os dois amigos chispavam no carro de Jimmy, com alegre descaso por essas ninharias de limite de velocidade.

— Jimmy — disse Ronny, afinal —, creio que você é o melhor amigo que tenho... agora.

— Muito bem, e daí? — retrucou Jimmy, carrancudo.

— Tem uma coisa que eu gostaria de lhe contar. Que você precisa saber.

— A respeito de Gerry Wade?

— É.

Jimmy esperou.

— E então? — perguntou, afinal.

— Não sei se devo falar — disse Ronny.

— Por quê?

— Porque fiz uma espécie de promessa.

— Ah! Bem, nesse caso, talvez fosse melhor não contar.

Houve uma pausa.

— E, no entanto, eu gostaria... Sabe como é que é, Jimmy. Você é mais inteligente do que eu.

— Não vejo vantagem — retrucou Jimmy, impiedoso.

— Não, não posso — disse Ronny, de repente.

— Está bem — disse Jimmy. — Como você quiser.

Depois de longo silêncio, Ronny perguntou:

— Como é que ela é?

— Quem?

— Essa moça. A irmã do Gerry.

Jimmy ficou alguns instantes calado, e depois, numa voz um pouco diferente, respondeu:

— É ótima pessoa. Para falar a verdade... Olha, é um colosso de garota.

— O Gerry tinha muito carinho por ela, eu sei. Vivia falando nela.

— E ela também tinha muito carinho por ele. Vai... vai ser um golpe muito duro para ela.

— Pois é. Que missão mais desagradável.

Guardaram silêncio até Deane Priory.

Srta. Loraine, a criada informou, estava no jardim. A não ser que quisessem falar com sra. Coker...

Jimmy deixou bem claro que não queriam falar com sra. Coker.

— Quem é sra. Coker? — perguntou Ronny, enquanto se dirigiam para o jardim bastante descuidado.

— Uma velhota que mora com Loraine.

Tinham tomado um caminho pavimentado. Ao fundo via-se uma jovem com dois *spaniels* pretos. Baixa, muito loura, com um velho vestido surrado de mescla. O oposto do tipo que Ronny esperava encontrar. Não era, tampouco, do gênero que Jimmy gostava.

Segurando um dos cachorros pela coleira, veio ao encontro de ambos.

— Bom dia — disse. — Não liguem para Elizabeth. Ela acaba de dar cria e é muito desconfiada.

Tinha um jeito extremamente natural e, ao levantar o rosto, sorriu, acentuando o delicado tom de rosa silvestre das faces. Os olhos eram de um azul profundo — como violetas.

De repente se arregalaram — seria de susto? Como se já tivessem adivinhado.

Jimmy apressou-se a falar.

— Este é o Ronny Devereux, srta. Wade. Já deve ter ouvido o Gerry falar nele.

— Claro que sim. —Virou-se com um sorriso lindo e cordial de boas-vindas para Ronny. — Estiveram hospedados juntos em Chimneys, não foi? Por que o Gerry não veio com vocês?

— Ele... não pôde — respondeu Ronny, parando logo.

Jimmy percebeu de novo o rápido olhar dela de medo.

— Srta. Wade — disse —, tenho... quer dizer, nós temos uma má notícia para lhe dar.

No mesmo instante ela ficou de sobreaviso.

— Gerry?

— Sim... Gerry. Ele...

Ela bateu o pé, com súbita paixão.

— Ah! Me digam... me digam... —Virou-se repentinamente para Ronny. — O *senhor* me diga.

Jimmy sentiu uma ponta de ciúmes e no mesmo instante percebeu o que até agora hesitava em admitir. Que Helen, Nancy e Soquete não passavam de meras "garotas" para ele e nada mais.

Nem escutou direito quando Ronny anunciou gravemente:

— Pois não, srta. Wade, vou lhe dizer. O Gerry morreu.

Ânimo era o que não lhe faltava. Abriu a boca e recuou, mas em poucos segundos já estava pedindo detalhes, minúcias. Como? Quando?

Ronny respondeu da maneira mais delicada que pôde.

— Remédio para *dormir*? O Gerry?

A incredulidade da voz era flagrante. Jimmy lançou-lhe um olhar. Um olhar quase de advertência. De repente pareceu-lhe que Loraine, com toda aquela inocência, talvez falasse demais.

Por sua vez, também explicou-lhe com a maior suavidade possível a necessidade de um inquérito. Ela estremeceu. Recusou a proposta que lhe fizeram de voltar em companhia de ambos para Chimneys, dizendo que depois iria. Tinha um carro de dois lugares.

— Mas antes quero ficar... um pouco sozinha — desculpou-se, entristecida.

— Compreendo — disse Ronny.

— Está muito bem — concordou Jimmy.

Olharam-na, sentindo-se desajeitados e inúteis.

— Muitíssimo obrigada por terem vindo me avisar.

Voltaram em silêncio no carro, meio constrangidos.

— Santo Deus! Como essa garota é forte — exclamou Ronny afinal.

Jimmy apoiou.

— Gerry era meu amigo — continuou Ronny. — Acho que tenho o dever de zelar por ela.

— Ah! Sem dúvida. Lógico.

Não disseram mais nada.

Ao chegarem a Chimneys, Lady Coote, em lágrimas, chamou Jimmy à parte.

— Pobre rapaz — repetia sem parar. — Pobre rapaz.

Jimmy fez todos os comentários cabíveis que lhe ocorreram.

Lady Coote passou, então, a descrever, de maneira interminável, com riqueza de detalhes, a morte de vários amigos que lhe eram caros. Jimmy ouviu cheio de compreensão e por fim conseguiu desvencilhar-se sem grosseria.

Subiu a escada correndo. Ronny acabava de sair do quarto de Gerald Wade. Mostrou-se surpreendido ao deparar com Jimmy.

— Fui dar uma olhada nele — disse. — Você vai entrar?

— Acho que não — respondeu Jimmy, que era um rapaz saudável com uma aversão natural por qualquer coisa ligada à morte.

— Creio que todos os amigos dele deveriam vê-lo.

— Ah, é? — retrucou Jimmy, com a sensação de que Ronny Devereux estava se comportando de uma forma estranhíssima em relação a tudo aquilo.

— Sim. É um sinal de respeito.

Jimmy suspirou, mas terminou cedendo.

— Ah! Muito bem — disse, e entrou, meio contrariado.

Havia flores brancas dispostas sobre a colcha e o quarto tinha sido arrumado, com tudo em seu lugar.

Jimmy lançou um olhar rápido, nervoso, ao rosto pálido e hirto. Seria possível que aquilo fosse o corado, o angelical Gerry Wade? Aquele corpo imóvel, tranquilo? Sentiu um calafrio.

Ao se virar para sair do quarto, passou os olhos de relance pela lareira e parou, atônito. Os despertadores estavam enfileirados na mais perfeita ordem.

Retirou-se abruptamente, encontrando Ronny à sua espera.

— Ele parece muito tranquilo e tudo mais. Que azar danado que teve — resmungou Jimmy.

E acrescentou:

— Escute aqui, Ronny. De quem foi a ideia de arrumar todos aqueles relógios assim, um atrás do outro?

— Vou eu saber? Um dos empregados, calculo.

— Engraçado — disse Jimmy —, tem sete em vez de oito. Está faltando um. Não reparou?

Ronny teve uma exclamação inaudível.

— Sete em vez de oito — repetiu Jimmy, franzindo a testa. — Por que será?

4
Uma carta

— Uma falta de consideração, isso é que é — afirmou Lord Caterham, em voz calma, reprobatória, parecendo satisfeito com a definição encontrada. — Sim, positivamente, uma falta de consideração. Em geral, esses sujeitos que só se preocupam com si mesmos não têm a mínima consideração com os outros. Talvez seja por isso que conseguem ficar tão ricos.

E contemplou com pesar as terras ancestrais, cuja posse acabava de recuperar. A filha, Lady Eileen Brent, conhecida pelos amigos e pela sociedade como Bundle, achou graça.

— Coisa que o senhor nunca ficará — observou, irônica —, embora não tenha se saído nada mal com o velho Coote, explorando-o no aluguel como explorou. Como é que ele é? Apresentável?

— Um desses tipos grandalhões — respondeu Lord Caterham, com leve estremecimento —, de cara quadrada, vermelha, e cabelo grisalho. Possante, sabe? Dono de forte personalidade, como se diz. Lembra um rolo compressor.

— Meio chato, não é? — sugeriu Bundle, compreensiva.

— Tremendamente. E modelo das virtudes mais deprimentes: a sobriedade e a pontualidade. Nem sei o que é pior, se as fortes personalidades ou os políticos que se levam a sério. Por mim, prefiro os ineptos simpáticos.

— Um inepto simpático não poderia pagar o aluguel que o senhor pediu por este mausoléu — frisou Bundle.

Lord Caterham estremeceu.

— Gostaria de que você não usasse essa palavra, Bundle. Já tínhamos mudado de assunto.

— Não sei para que tanta suscetibilidade — retrucou Bundle. — Afinal, as pessoas têm que morrer em algum lugar.

— Mas não na minha casa — disse Lord Caterham.

— Não vejo por quê. Uma porção de gente já morreu aqui. Uma enorme quantidade de tataravôs e tataravós, muito enjoados, por sinal.

— É diferente — protestou Lord Caterham. — Acho perfeitamente normal que os Brent morram aqui... eles não se contam. O que eu detesto é que isso aconteça com estranhos. Ainda mais quando a polícia se envolve no meio. Já é a segunda vez. Lembra toda aquela confusão que tivemos aqui, quatro anos atrás? Pela qual, a propósito, culpo inteiramente o George Lomax?

— E agora está culpando o pobre do rolo compressor do Coote. Tenho certeza de que ele ficou tão contrariado quanto o resto do pessoal.

— Uma falta de consideração — repetiu Lord Caterham, obstinado. — Quem é capaz de uma coisa dessas não deveria ser convidado para se hospedar aqui. E pode dizer o que quiser, Bundle, mas não gosto desse negócio de inquéritos. Nunca gostei nem hei de gostar.

— Bom, mas não foi propriamente a mesma coisa que da última vez — lembrou Bundle, apaziguadora. — Quero dizer, não houve crime nenhum.

— Mas podia ter havido — pelo rebuliço que fez aquele cabeça-dura do inspetor. Ele nunca se conformou com aquela história de quatro anos atrás. Pensa que tudo quanto é morte que ocorre por aqui tem que ser forçosamente um caso de violência. De grave significação política. Não imagina o espalhafato que ele fez. Tredwell já me contou tudo. Procurou impressões digitais por todos os cantos. E só encontrou as do morto, é lógico. Um caso banalíssimo... agora, se foi acidente ou suicídio, isso já é outra história.

— Eu encontrei uma vez o Gerry Wade — disse Bundle. — Era amigo de Bill. O senhor ia gostar dele, papai. Nunca vi um inepto mais simpático do que ele.

— Não gosto de gente que escolhe minha casa para morrer, só para me chatear — retrucou Lord Caterham, tenaz.

— O que não posso é imaginar que alguém quisesse assassinar o Gerry — continuou Bundle. — Que ideia mais absurda.

— Pois é — concordou Lord Caterham. — Só uma toupeira como o inspetor Raglan seria capaz de pensar nisso.

— Creio que ele se sente importante procurando impressões digitais — disse Bundle, conciliadora. — Seja como for, classificaram de "morte por acidente", não foi?

Lord Caterham acenou com a cabeça.

— Talvez por causa da irmã.

— Ah, ele tinha uma irmã? Não sabia.

— Parece que não é bem irmã. É muito mais moça que ele. O velho Wade fugiu com a mãe dela — vivia fazendo esse tipo de coisa. Para que uma mulher o atraísse, tinha que ser de outro homem.

— Olha aí um mau hábito que o senhor não tem — ironizou Bundle.

— Sempre levei uma vida respeitável, graças a Deus — disse Lord Caterham. — É até incrível, considerando-se como evito fazer mal ao próximo, que não consigam me deixar em paz. Se ao menos...

Interrompeu a frase ao ver que Bundle, de repente, saía para o terraço.

— MacDonald — chamou ela, em voz clara e autoritária.

O "imperador" aproximou-se. Esboçou um sorriso que podia ser considerado de boas-vindas, logo dissipado, porém, pela carranca característica dos jardineiros.

— *Milady*?

— Como vai? — perguntou Bundle.

— Vai-se vivendo — respondeu MacDonald.

— Queria lhe falar a respeito da grama lá na cancha de boliche. Cresceu de maneira assustadora. Mande alguém cortar aquilo, viu?

MacDonald sacudiu a cabeça, em dúvida.

— Teria que tirar o William lá da cerca inferior, *Milady*.

— A cerca inferior que se dane — atalhou Bundle. — Mande ele começar logo. E, MacDonald...

— Sim, *Milady*?

— Corte uns cachos de uva na estufa dos fundos. Sei que ainda não é época, porque nunca é. Mas mesmo assim faço questão. Ouviu?

E entrou de novo na biblioteca.

— Desculpe, papai — disse. — Tinha que pegar o MacDonald. O senhor estava falando?...

— Para dizer a verdade, estava sim. Mas não tem importância. Que foi que você disse ao MacDonald?

— Queria ver se curava essa mania dele se julgar o Onipotente. Mas não dá. Tomara que os Coote não tenham se deixado intimidar. O MacDonald nem ligaria para o maior rolo compressor de todos os tempos. Como é a Lady Coote?

Lord Caterham pensou um pouco antes de responder.

— Muito parecida com a ideia que faço de sra. Siddons[1]. Tenho a impressão de que, se pudesse, entraria para o teatro amador. Consta que ficou preocupadíssima com a história dos relógios.

— Que história dos relógios?

— Quem me contou foi o Tredwell. Parece que os hóspedes tinham preparado uma espécie de brincadeira. Compraram uma porção de despertadores, que esconderam no quarto do tal Wade. Depois, naturalmente, o infeliz morreu. E a brincadeira terminou sendo uma coisa de mau gosto.

Bundle concordou com a cabeça.

[1] Famosa atriz inglesa da época (1929). (N.E.)

— O Tredwell também me contou outro fato bastante esquisito a respeito dos relógios — continuou Lord Caterham, já começando a se divertir. — Parece que alguém recolheu todos e colocou-os em fila em cima da lareira, depois que o coitado morreu.

— Ué, e o que é que tem isso? — estranhou Bundle.

— Também não sei — disse Lord Caterham. — Mas pelo visto causou uma certa comoção. Ninguém quis confessar a autoria do fato, sabe? Interrogaram toda a criadagem e todo mundo jurou que não tinha tocado naqueles troços. Para dizer a verdade, o negócio ficou meio misterioso. E depois, o encarregado do inquérito fez muitas perguntas e você bem sabe como é difícil explicar coisas para gente dessa classe.

— Tempo perdido — afirmou Bundle.

— Claro que no fim ninguém mais entendeu o que foi que houve — disse Lord Caterham. — Não compreendi direito metade das coisas que Tredwell me contou. Por falar nisso, Bundle, o sujeito morreu no seu quarto.

Bundle fez uma careta.

— Que necessidade tinha ele de ir morrer logo no meu quarto? — retrucou, com certa indignação.

— É justamente o que eu digo — afirmou Lord Caterham, triunfante. — Uma falta de consideração. Hoje em dia é só o que se vê por aí.

— Não que me importe — declarou Bundle, valentemente. — Por que haveria de me importar?

— Pois eu me importaria — disse o pai —, e muito. Começaria a ter pesadelos, sabe como é, cheios de mãos espectrais e grilhões barulhentos.

— Ora — retrucou Bundle. — A tia Louise morreu na cama do *senhor*. Não sei como ainda não viu o fantasma dela por lá.

— Às vezes eu vejo — disse Lord Caterham, estremecendo. — Principalmente depois que como lagosta.

— Graças a Deus não sou supersticiosa — disse Bundle.

Mas de noite, sentada diante da lareira do quarto — uma figura magra, de pijama — não conseguiu tirar da ideia a imagem alegre e frívola de Gerry Wade. Parecia incrível que alguém tão cheio de vida pudesse pensar em se suicidar. Não, a outra explicação é que estava certa. Ele tinha tomado algum remédio para dormir e, por descuido, a dose fora excessiva. Isso, sim, era possível. Seria absurdo imaginar Gerry Wade às voltas com problemas de ordem intelectual.

Olhou para a lareira e lembrou-se da história dos relógios. A camareira só falava naquilo, depois que a segunda faxineira lhe dera todos os detalhes, acrescentando um que Tredwell aparentemente não julgava digno de comunicar a Lord Caterham, mas que aguçara a curiosidade de Bundle: embora houvesse sete relógios enfileirados em cima da lareira, fora encontrado outro caído na grama do jardim — evidentemente atirado pela janela.

Era nisso que Bundle agora pensava. Que coisa mais descabida. Podia imaginar que uma das criadas arrumasse os relógios e depois, assustada com a inquisição em torno do assunto, negasse o fato. Mas não restava dúvida de que nenhuma criada iria atirar um relógio lá fora no jardim, ora essa.

Teria sido o próprio Gerry Wade, ao acordar a primeira vez com o barulho dos despertadores? Claro que não. Impossível. Bundle lembrava-se de que a morte dele deveria ter ocorrido de manhã bem cedo e que provavelmente já estava em estado de coma muito antes de morrer.

Franziu a testa. Essa história de relógios *era* esquisita. Precisava falar com Bill Eversleigh, que tinha estado presente quando tudo acontecera.

Para Bundle, pensamento e ação se confundiam. Levantou-se e foi até a escrivaninha. Era de tampa móvel. Bundle sentou-se, pegou uma folha de bloco e começou a escrever.

Prezado Bill,

Fez uma pausa para terminar de puxar a parte inferior da escrivaninha, emperrada como sempre. Forçou-a, impaciente, mas nem se mexeu. Aí lembrou-se de que já encontrara, anteriormente, um envelope preso dificultando o funcionamento. Inseriu, então, uma espátula na fenda. Tal como pensava, não demorou muito para aparecer uma ponta de papel branco, que Bundle prontamente arrancou. Era a primeira folha de uma carta meio amarrotada.

O que logo lhe chamou a atenção foi a data, escrita com grandes floreios no alto da página: 21 de setembro.

— 21 de setembro — murmurou. — Mas lógico, a véspera da...

Não completou a frase. Sim, tinha certeza. Gerry Wade fora encontrado morto no dia 22. A carta, portanto, devia ter sido escrita na própria noite da tragédia.

Bundle alisou a folha e leu. Estava inacabada.

Minha querida Loraine,
chegarei aí quarta-feira. Estou me sentindo muito bem e, de modo geral, satisfeito comigo mesmo. Será maravilhoso ver você. Mas, por favor, esquece aquilo que te falei sobre Seven Dials. Pensei que se tratasse de uma brincadeira, mas não é, nem por sombra. Lamento ter tocado nesse assunto, que é o tipo de coisa que uma moça como você não deve se envolver. Portanto esquece, viu?

Tinha outra coisa para te falar, mas estou com tanto sono que mal consigo manter os olhos abertos.

Ah, a respeito de Lurcher; acho que...

Aí terminava a carta.

Bundle continuou sentada, de testa franzida. Seven Dials. Onde ficava aquilo? Supunha que fosse algum bairro pobre de Londres. O nome também lembrava outra coisa qualquer, que de momento não lhe ocorria o que era. Fixou a atenção em duas frases: "Estou me sentindo muito bem..." e "estou com tanto sono que mal consigo manter os olhos abertos".

Aquilo não encaixava bem. De jeito nenhum. Pois tinha sido nessa mesma noite que Gerry Wade tomara uma dose tão forte de cloral que nunca mais tornara a despertar. E se estava com tanto sono como dizia na carta, por que iria tomar um remédio para dormir?

Bundle sacudiu a cabeça. Olhou em torno e sentiu um calafrio. E se Gerry Wade a estivesse observando agora? Neste quarto onde tinha morrido...

Ficou sentada, completamente imóvel. Só o tiquetaque do reloginho de ouro quebrava o silêncio, um ruído anormal, forte, insistente.

Fitou a lareira e imaginou o morto deitado na cama — e o tiquetaque dos sete relógios, forte, sinistro... tiquetaque... tiquetaque...

5
O homem na estrada

— Papai — anunciou Bundle, entreabrindo a porta do refúgio predileto de Lord Caterham —, vou à cidade na Hispano. Não suporto mais esta monotonia.

— Mas nós mal chegamos — queixou-se Lord Caterham.

— Eu sei. Mas para mim parece que já faz cem anos. Tinha esquecido como a vida no interior pode ser tediosa.

— Não concordo — disse Lord Caterham. — É uma vida tranquila... tranquila. E extremamente aprazível. Você nem calcula como me agrada estar de novo perto do Tredwell. Esse homem cuida do meu conforto de maneira admirável. Hoje de manhã não sei quem apareceu por aqui, perguntando se não daria para se realizar uma convenção de bandeirantes aqui...

— Uma concentração — corrigiu Bundle.

— Convenção ou concentração... tanto faz. Uma palavra boba qualquer, sem o menor sentido. Mas que me teria deixado numa posição bastante incômoda... vendo-me forçado a recusar. De fato, provavelmente nem poderia recusar. Pois não é que o Tredwell me tirou da enrascada? Não me lembro direito do que foi que ele disse... qualquer desculpa tremendamente engenhosa, que não dava para ferir a suscetibilidade de ninguém e que liquidou com a ideia de uma vez por todas.

— Conforto para mim não basta — declarou Bundle. — Preciso de animação.

Lord Caterham estremeceu.

— Não chega a que tivemos quatro anos atrás? — retrucou, em tom de queixume.

— Estou pronta para outra — afirmou Bundle. — Não que tenha esperanças de encontrar alguma na cidade. Mas pelo menos não correrei o risco de deslocar o queixo de tanto bocejar.

— A experiência já me ensinou que quem procura encrenca sempre encontra — sentenciou Lord Caterham, bocejando. E acrescentou: — Pensando bem, até que uma ida à cidade não seria nada mau.

— Pois então venha — disse Bundle. — Mas ande logo porque estou com pressa.

Lord Caterham, que já começava a se levantar da cadeira, parou.

— Você disse que está com pressa? — perguntou, desconfiado.

— Com uma pressa danada — confirmou Bundle.

— Então já decidi. Não vou mais. Sair com você dirigindo a Hispano quando está com pressa não é justo para um homem da minha idade. Prefiro ficar em casa.

— Como o senhor quiser — disse Bundle, retirando-se.

Tredwell entrou logo que ela saiu.

— *Milord*, o reverendo está aí e quer lhe falar sobre um problema que surgiu em torno da situação da Brigada Juvenil.

Lord Caterham deu um gemido.

— Eu tinha a impressão de que *Milord*, hoje de manhã, à hora do café, havia comentado que pretendia ir até a vila para tratar desse assunto com o reverendo.

— Você falou isso a ele? — perguntou logo Lord Caterham.

— Falei, *Milord*. Ele saiu na disparada, por assim dizer. *Milord* acha que fiz bem?

— Claro que sim, Tredwell. O que você faz está sempre bem. Mesmo que quisesse, não conseguiria errar.

Tredwell retirou-se, encantado com o elogio.

A essas horas, Bundle, impaciente, buzinava diante da casa do porteiro, até que uma garotinha apareceu correndo, seguida pelas recomendações da mãe:

— Depressa, Katie. No mínimo é *Milady*, afobada como sempre.

E de fato, uma das características de Bundle era a afobação, ainda mais quando saía de carro. Sabia dirigir com habilidade e sangue-frio, senão sua mania de velocidade já teria terminado várias vezes em desastre.

Era outubro e o dia estava lindo, com o céu azul e um sol muito forte. O ar revigorante coloria as faces de Bundle, enchendo-a de entusiasmo pela vida.

Poucos minutos antes tinha remetido a Deane Priory a carta inacabada, escrita por Gerald a Loraine Wade, juntando-lhe algumas linhas de explicação. Agora, à luz do dia, a estranha sensação daquela descoberta parecia-lhe meio atenuada. Mesmo assim continuava perplexa. Precisava entrar em contato com Bill Eversleigh para obter maiores detalhes sobre aquele fim de semana de desfecho tão trágico. Enquanto isso, a manhã estava uma beleza, ela se sentia especialmente bem e a Hispano deslizava feito um sonho.

Calcou o pé no acelerador e o carro reagiu em seguida. Os quilômetros se sucediam vertiginosamente, não havia quase movimento e a estrada se abria numa grande extensão à sua frente.

De repente, sem o menor aviso, surgiu um homem cambaleando no meio de uma sebe e parou no caminho, bem na frente do carro. Não dava mais tempo para frear. Bundle girou o volante com toda a força que pôde, desviando para a direita. O carro só faltou cair na vala — escapando por pouco. Era o tipo da manobra arriscada, mas que teve êxito. Bundle seria capaz de jurar que não havia atropelado o sujeito.

Olhou para trás e sentiu um mal-estar na boca do estômago. O carro não tinha passado por cima dele, mas mesmo assim devia ter batido de leve, porque estava caído de bruços na estrada, numa imobilidade sinistra.

Bundle saltou da direção e voltou correndo. Sua experiência em matéria de atropelamentos restringia-se a galinhas perdidas. O fato de não ter culpa no acidente não interessava. O homem parecia bêbado, mas, fosse como fosse, ela o matara. Quanto a isso tinha certeza. O coração batia-lhe com tanta violência que os tímpanos chegavam a doer.

Ajoelhou-se junto ao corpo caído. Virou-o de frente, com a máxima cautela. Não houve gemidos nem queixumes. Era um rapaz simpático, bem-vestido, com um bigodinho do tamanho de uma escova de dentes.

Não se viam marcas de ferimentos externos, mas Bundle tinha certeza que ele já estava morto ou pelo menos moribundo. As pálpebras se mexeram e os olhos se entreabriram. Eram comoventes: castanhos e sofredores como os de um cão. Parecia fazer esforços para falar. Bundle curvou-se mais.

— Sim — disse. — Que é?

Era óbvio que ele queria dizer alguma coisa. Desesperadamente. E ela não podia ajudá-lo, não podia fazer nada.

Afinal as palavras saíram, um mero sussurro:

— *Seven Dials... diga...*

— Sim — repetiu Bundle. Ele tentava articular um nome, com todas as forças que já lhe faltavam. — Sim. A quem devo dizer?

— *Diga... Jimmy Thesiger* — conseguiu, finalmente, dizer e aí, de repente, a cabeça tombou para trás e o corpo amoleceu.

Bundle apoiou-se nos calcanhares, tremendo feito uma vara verde. Nunca podia supor que uma coisa horrível dessas fosse lhe acontecer. O rapaz estava morto — e a culpa era dela.

Procurou acalmar-se. Que devia fazer agora? Um médico — foi a primeira ideia que lhe ocorreu. Sabe lá se o homem não estava apenas desmaiado, em vez de morto? Seu instinto se rebelava contra essa hipótese, mas forçou-se a aceitá-la. De um jeito ou de outro, precisava pô-lo dentro do carro e levá-lo até a casa do médico mais próximo. A estrada estava deserta e não havia ninguém para ajudá-la.

Apesar de magra, Bundle era forte. Tinha músculos de aço. Foi buscar a Hispano e depois, usando de toda a sua força, arrastou o corpo inanimado até o assento. A tarefa era terrível e obrigou-a a arreganhar os dentes, mas por fim conseguiu.

Aí então saltou para o lugar da direção e pôs o carro em movimento. Três quilômetros mais adiante chegou a uma cidadezinha, onde, ao cabo de alguns pedidos de informação, descobriu rapidamente a casa do médico.

O dr. Cassell, bondoso, de meia-idade, mostrou-se surpreso ao entrar no consultório e deparar com aquela moça que se achava, evidentemente, à beira de um colapso nervoso.

— Acho... acho que matei um homem — disse Bundle, abruptamente. — Atropelei-o com o meu carro. Ele está lá fora. Eu... eu tenho impressão de que estava correndo demais. Sempre me acontece isso quando dirijo.

O médico olhou-a, compreensivo. Aproximou-se de uma prateleira encheu um copo com um líquido qualquer e trouxe para que ela bebesse.

— Tome isto aqui — disse —, que vai se sentir melhor. A senhora levou um susto.

Bundle obedeceu, perdendo logo a palidez. O médico aprovou com a cabeça.

— Perfeito. Agora eu quero que fique sentada tranquilamente aqui, enquanto vou lá fora para ver o que é que há. Depois que me certificar de que não se pode fazer mais nada pelo coitado, voltarei para conversarmos sobre o caso.

Ausentou-se por alguns instantes. Bundle olhou para o relógio da lareira. Cinco, dez, quinze, vinte minutos — que demora!

De repente a porta se abriu e o dr. Cassell entrou. Parecia mudado — Bundle notou imediatamente. Mais tristonho e, ao mesmo tempo, mais atento. Havia também outra coisa no seu jeito que ela não conseguiu definir bem. Uma espécie de entusiasmo contido.

— Muito bem — disse. — Agora vejamos o que aconteceu. Segundo afirma, a senhora atropelou esse homem. Descreva-me, exatamente, como foi o acidente.

Bundle explicou da melhor maneira que pôde. O médico escutou com toda a atenção.

— Ah, sim. Quer dizer, então, que o carro não passou por cima do corpo?

— Não. Para falar a verdade, até pensei que nem tivesse batido nele.

— E estava cambaleando, segundo lhe pareceu?

— Sim, cheguei a supor que estivesse bêbado.

— E surgiu no meio da sebe?

— Tenho a impressão de que havia um portão. Ele deve ter saído por ali.

O médico concordou com a cabeça. Depois recostou-se na cadeira e tirou o *pince-nez*.

— Não há dúvida de que a senhora dirige com muita imprudência — disse —, e que qualquer dia vai terminar atropelando e matando alguém... o que não aconteceu desta vez.

— Mas...

— O carro nem chegou a tocar nele. *Esse homem foi baleado.*

6
Outra vez Seven Dials

Bundle olhou bem para ele. E aos poucos o mundo, que durante os três últimos quartos de hora parecia-lhe virado de pernas para o ar, foi mudando de posição até se normalizar. Ainda levou uns bons dois minutos para poder falar, mas quando abriu a boca já não era mais uma moça tomada de pânico, mas a verdadeira Bundle — calma, lógica e eficiente.

— Como, baleado? — perguntou.

— Isso é que eu não sei — respondeu o médico, impassível. — Mas o fato é que foi. Ele está com uma bala de espingarda no corpo. Sofreu uma hemorragia interna... por isso a senhora não notou nada.

Bundle acenou com a cabeça.

— O problema é: quem o teria baleado? — continuou o médico. — Não viu ninguém por perto?

Bundle disse que não.

— Que estranho — comentou o médico. — Se fosse acidente, seria de esperar que a pessoa que atirou corresse a socorrê-lo; a não ser, possivelmente, que não percebesse o que tinha acontecido.

— Não havia ninguém por ali — afirmou Bundle. — Na estrada, pelo menos.

— Tenho a impressão de que o coitado devia estar correndo, a bala o atingiu no momento exato em que passava pelo portão e ele saiu cambaleando no meio da estrada por causa disso. Não ouviu nenhum tiro?

Bundle sacudiu a cabeça.

— Mas com o barulho do carro — explicou —, é provável que não desse para ouvir.

— Tem razão. Ele não falou antes de morrer?

— Apenas balbuciou algumas palavras.

— Nada que esclarecesse a tragédia?

— Não. Ele queria que eu dissesse... não sei o quê... uma coisa a um amigo dele. Ah, sim! Falou também em Seven Dials.

— Hum — fez o dr. Cassell. — Um bairro pouco provável para alguém da condição social dele. Talvez o agressor fosse de lá. Bem, de momento isso não tem importância. Pode deixar tudo por minha conta. Eu aviso à polícia. Mas vou precisar, naturalmente, que me dê seu nome e endereço porque, decerto, hão de querer interrogá-la. Para falar a verdade, talvez até fosse melhor que fôssemos logo juntos à delegacia. Senão são capazes de dizer que eu deveria ter detido a senhora.

Dirigiram-se à delegacia no carro de Bundle. O inspetor era um homem que falava muito devagar. Ficou bastante impressionado com o nome da família e o endereço que Bundle lhe deu, e anotou as declarações com grande cuidado.

— Esses fedelhos! — comentou. — Não há outra palavra. Fedelhos brincando com espingardas! São uns brutos sem dó nem piedade, umas verdadeiras pestes. Vivem atirando nos passarinhos, sem a mínima consideração por quem possa estar do outro lado da cerca.

O médico achou a explicação extremamente implausível, porém compreendeu que o caso passaria logo a mãos mais hábeis e que não valia a pena fazer objeções.

— Nome do extinto — pediu o sargento, umedecendo a ponta de um lápis.

— Ele tinha uns cartões de visita no bolso. Parece que se chamava Ronald Devereux e morava na Albânia.

Bundle franziu a testa. Aquele nome não lhe era estranho. Ronald Devereux. Estava certa de já tê-lo ouvido antes.

Só mais tarde no carro, a caminho de Chimneys, foi que se lembrou. Mas claro! Ronny Devereux. O amigo de Bill no Ministério das Relações Exteriores. Ronny, Bill e... sim... Gerald Wade.

Ao se dar conta desse último detalhe, quase bateu contra uma cerca. Primeiro Gerald Wade — e agora Ronny Devereux. A morte de Gerry Wade podia ter sido natural — consequência de um descuido — mas a de Ronny Devereux certamente pedia uma interpretação mais sinistra.

E aí então Bundle se lembrou de outra coisa. Seven Dials! Quando o moribundo falara nisso, o nome lhe soara vagamente familiar. Agora compreendia por quê. Gerald Wade tinha mencionado Seven Dials naquela última carta à irmã na véspera de sua morte. E isso novamente se relacionava com outra coisa ainda, que não conseguia precisar.

Refletindo sobre tudo isso, Bundle diminuiu a marcha a tal ponto que ninguém seria mais capaz de reconhecê-la. Levou o carro para a garagem e saiu à procura do pai.

Lord Caterham, entretido na leitura de um catálogo da próxima venda de umas edições raras, ficou extremamente espantado ao ver a filha.

— Nem mesmo você pode ter ido a Londres e voltado em tão pouco tempo — declarou.

— Não cheguei até Londres — explicou Bundle. — Atropelei um homem.

— O quê?

— Só que não foi bem assim. Ele já tinha levado um tiro.

— Mas de que jeito?

— Sei lá. Só sei que levou.

— Mas por que você deu um tiro nele?

— Não fui *eu* quem deu.

— Você não devia andar dando tiros por aí — disse Lord Caterham, num tom meio reprobatório. — Não devia, realmente. Não nego que há certa gente que bem que merecia... mas mesmo assim você vai se incomodar.

— Já lhe disse que não fui eu quem deu o tiro.

— Mas quem foi que deu, então?

— Ninguém sabe — respondeu Bundle.

— Que asneira! — disse Lord Caterham. — Um homem não pode levar um tiro e ser atropelado sem mais nem menos.

— Ele não foi atropelado — frisou Bundle.

— Você não disse que ele tinha sido?

— Eu disse que *pensei* que o tivesse atropelado.

— No mínimo um pneu furado — opinou Lord Caterham. — O som se parece com um tiro. Nos romances policiais sempre é.

— Francamente, papai. O senhor é impossível, hem? Como custa para entender as coisas.

— Era só o que faltava — protestou Lord Caterham. — Você me surge com uma história absolutamente incrível de um homem atropelado, baleado e não sei mais o quê, e espera que eu já saiba de tudo por um passe de mágica.

Bundle suspirou, exausta.

— Preste bem atenção — disse. — Vou lhe contar tudo desde o início.

— Pronto — exclamou, ao terminar. — Entendeu agora?

— Claro. Agora compreendo, perfeitamente. Acho até admissível que você esteja um pouco preocupada, meu bem. Viu como não me enganei quando comentei, antes de você sair, que quem procura encrenca sempre encontra? Dou graças a Deus — concluiu Lord Caterham, estremecendo de leve — por ter ficado tranquilamente aqui.

E tornou a pegar o catálogo.

— Papai, onde fica Seven Dials?

— Tenho a impressão de que é lá pelo East End. Já vi muitos ônibus indo para aqueles lados... ou será que era Seven Sisters? Nunca andei por aquelas bandas, graças a Deus. Ainda bem, porque não acho que seja o tipo de lugar que me agradaria. E, no entanto, por estranho que pareça, creio que ultimamente ouvi falar qualquer coisa a respeito.

— O senhor conhece um tal de Jimmy Thesiger?

Lord Caterham já estava outra vez concentrado no catálogo. Tinha feito um esforço para se mostrar inteligente na questão de Seven Dials. Agora não pretendia se esforçar mais.

— Thesiger — murmurou, distraído. — Thesiger. Será um dos Thesiger de Yorkshire?

— Isso é que eu quero saber. Por favor, preste atenção, papai. É importante.

Lord Caterham fez um esforço desesperado para parecer inteligente sem dar muita atenção ao assunto.

— Em Yorkshire *tem* alguns Thesiger — disse, bem sério. — E, se não me engano, em Devonshire também. Sua tia Selina casou com um Thesiger.

— De que me adianta isso? — reclamou Bundle.

Lord Caterham soltou uma risadinha.

— Se bem me lembro, para ela também de pouco adiantou.

— O senhor não tem compostura — disse Bundle, levantando-se. — Terei que procurar o Bill.

— Procure, meu bem — retrucou o pai, distraído, virando uma página. — Perfeitamente. Sem dúvida. Estou de pleno acordo.

Bundle suspirou, impaciente.

— Quem dera que me lembrasse do texto daquela carta — murmurou, meio consigo mesma. — Não li com muita atenção. Qualquer coisa sobre uma brincadeira... que a história de Seven Dials não era brincadeira...

Lord Caterham de repente baixou o catálogo.

— Seven Dials? — repetiu. — Claro. Agora me lembro.

— Do quê?

— Porque me parecia tão familiar. George Lomax esteve aqui. O Tredwell, para variar, cometeu o erro de mandar que entrasse. Estava a caminho da cidade. Parece que vai dar uma festa para gente interessada em política lá em Wyvern Abbey na semana que vem e recebeu uma carta esquisita.

— Esquisita como?

— Bem, eu realmente não sei. Ele não entrou em detalhes. Tenho a impressão de que dizia "Cuidado" e "Isto vai dar encrenca", toda essa espécie de coisas. Mas seja como for, tinha vindo de Seven Dials. Recordo-me perfeitamente de que ele falou nisso. E ia à cidade para consultar a Scotland Yard a respeito do caso. Você conhece o George?

Bundle confirmou com a cabeça. Conhecia muito bem George Lomax, ministro do Gabinete, tão patriota, subsecretário permanente de Sua Majestade no Ministério das Relações Exteriores, que muita gente evitava por causa de seu hábito inveterado de citar trechos de seus discursos públicos na vida privada. Devido aos olhos protuberantes que tinha, Bill Eversleigh — entre outros — o apelidava de Olho de Boi.

— Diga-me uma coisa — perguntou: — o Olho de Boi mostrou algum interesse na morte de Gerald Wade?

— Que eu saiba, não. Mas é bem capaz, lógico.

Bundle ficou meio calada, tentando se lembrar das palavras exatas da carta remetida a Loraine Wade e, ao mesmo tempo, procurando imaginar a moça para quem tinha sido escrita. Que tipo de moça seria aquela, a quem, pelo visto, Gerald Wade demonstrava tanto carinho? Quanto mais pensava no assunto, mais lhe parecia que era uma carta bastante estranha para ser de um irmão.

— O senhor disse que essa tal de Wade não era bem irmã de Gerry, não foi? — perguntou subitamente.

— Bom, lógico, a rigor acho que ela não é... não era, aliás.

— Mas o nome dela não é Wade?

— Não é bem assim. Ela não era filha do velho Wade. Como já disse, ele fugiu com a segunda mulher, que era casada com um verdadeiro canalha. Tenho a impressão de que o juiz entregou a custódia da filha ao patife do marido, que evidentemente não fez uso do privilégio. O velho Wade se afeiçoou muito à menina e insistiu para que recebesse o nome dele.

— Ah, bom — disse Bundle. — Agora eu entendo.

— Entende o quê?

— Uma coisa que me deixou intrigada naquela carta.

— Parece que ela é muito bonita — comentou Lord Caterham. — Pelo menos foi o que ouvi falar.

Bundle subiu a escada, pensativa. Tinha vários planos em vista. Primeiro precisava encontrar o tal de Jimmy Thesiger. Talvez Bill pudesse ajudá-la nesse sentido. Ronny Devereux fora amigo de Bill. Se Jimmy Thesiger havia sido amigo de Ronny, era bem provável que Bill também o conhecesse. Depois tinha a moça, Loraine Wade, que possivelmente saberia alguma coisa sobre o problema de Seven Dials. Gerry Wade, evidentemente, devia ter tocado nassunto com ela. E havia um toque sinistro em sua preocupação para que ela esquecesse o fato.

7
Bundle faz uma visita

Procurar Bill apresentava certas dificuldades. Bundle foi de carro à cidade no outro dia de manhã — desta vez sem aventuras pelo caminho — e telefonou-lhe. Bill atendeu todo eufórico, fazendo diversas sugestões para almoçar, tomar chá, jantar e dançar. Bundle rejeitou-as na mesma hora.

— Daqui a alguns dias eu posso aceitar esses convites, Bill. Mas no momento só quero tratar de negócios.

— Ah, que chato — exclamou Bill.

— Não é nada do que você pensa — disse Bundle. — Pode ser tudo, menos chato. Bill, você conhece um cara chamado Jimmy Thesiger?

— Claro que sim. Você também.

— Eu não conheço, não — retrucou Bundle.

— Conhece, sim. Tenho certeza. Todo mundo conhece o Jimmy.

— Essa não — disse Bundle. — Todo mundo menos eu.

— Ah, mas como que você não conhece o Jimmy? Um sujeito corado, com ar de burro. Mas apesar disso, tão inteligente quanto eu.

— Não diga — exclamou Bundle. — Então deve ser um crânio, hem?

— Isso é ironia, é?

— Mais ou menos. O que é que ele faz?

— O que é que ele faz, como?

— Puxa, será que trabalhar no Ministério das Relações Exteriores impede que você entenda a sua própria língua?

— Ah! Já entendi. Você quer saber se ele trabalha? Não, passa o tempo todo sem fazer nada. A troco de que iria trabalhar, se não precisa?

— Quer dizer, em suma, que tem mais dinheiro que inteligência?

— Ah! Tanto assim também não. Há pouco eu lhe disse que ele era bem mais inteligente do que parece.

Bundle ficou calada. Cada vez se sentia mais em dúvida. Esse rapaz endinheirado não prometia ser um bom aliado. E no entanto tinha sido o seu nome que logo viera aos lábios do moribundo. De repente a voz de Bill se fez ouvir com raro senso de oportunidade.

— Ronny sempre achou que ele era muito inteligente. Ronny Devereux, sabe? Thesiger foi o maior amigo dele.

— O Ronny...

Bundle parou, indecisa. Bill, evidentemente, ignorava a morte do outro. Então, pela primeira vez, ocorreu-lhe que era estranho que os jornais matutinos não trouxessem nada sobre a tragédia — o tipo da notícia interessante que sem dúvida não poderia ser omitida. Só podia haver uma única explicação: a polícia, por motivos particulares, estava mantendo o caso em sigilo.

— Faz séculos que não vejo o Ronny — continuou Bill —, desde aquele fim de semana lá em sua casa. Você sabe, quando o coitado do Gerry Wade morreu.

Houve uma pausa.

— Uma história bastante desagradável, por sinal. Imagino que você tenha ouvido falar. Escute aqui, Bundle... você ainda está aí?

— Claro que estou.

— Bom, você ficou tão calada que até pensei que tivesse desligado.

— Não, estava apenas pensando numa coisa.

Devia revelar-lhe a morte de Ronny? Resolveu que não — não é o tipo de notícia que se comunica por telefone. Mas em breve, muito em breve, precisava encontrar-se com Bill. Até lá...

— Bill?

— O quê?

— Eu poderia jantar com você amanhã.

— Ótimo. E depois a gente vai dançar. Tem uma porção de coisas que quero conversar com você. Para falar a verdade, sofri um golpe bastante duro... um azar danado...

— Bem, amanhã você me conta — atalhou Bundle, de maneira um tanto descortês. — Pode me dar o endereço do Jimmy Thesiger?

— Jimmy Thesiger?

— É.

— Ele mora na rua Jermyn... será que é rua Jermyn mesmo...?

— Você é quem sabe.

— É rua Jermyn, sim. Espera um pouco que já te dou o número.

Fez-se uma pausa.

— Você ainda está aí?

— Firme.

— Bem, com esses telefones nunca se sabe. O número é 103. Pegou?

— 103. Obrigada, Bill.

— Sim, mas escute aqui... para que é que você precisa desse endereço? Você disse que não conhecia o Jimmy.

— E não conheço mesmo. Mas daqui a meia hora ficarei conhecendo.

— Você vai lá na casa dele?

— Acertou em cheio, Sherlock.

— Sim, mas escute aqui... bem, para começar, ele não estará de pé.

— Não estará de pé?

— Acho que não. Quer dizer, quem estaria, sem necessidade? Olhe a coisa por esse prisma. Nem imagina o esforço que tenho de fazer para estar aqui às onze da manhã, e o espalhafato que o Olho de Boi faz se chego atrasado é simplesmente espantoso.Você não tem a mínima ideia, Bundle, da vida de cachorro que levo...

— Amanhã de noite você me conta tudo — apressou-se Bundle a dizer.

Pousou o fone no gancho e examinou a situação. Primeiro olhou que horas eram. Eram 11h35. Apesar dos comentários de Bill sobre os hábitos do amigo, inclinava-se a crer que sr.Thesiger já estaria em condições de receber visitas. Pegou um táxi e dirigiu-se ao número 103 da rua Jermyn.

A porta foi aberta pelo protótipo do mordomo perfeito.A cara, imperturbável e cortês, podia ser encontrada às dúzias naquele bairro de Londres.

— Tenha a bondade de me acompanhar.

Conduziu-a ao andar superior. Chegaram a uma sala de visitas extremamente confortável, mobiliada com imensas poltronas de couro. Mergulhada numa daquelas monstruosidades havia outra moça, um pouco mais jovem que Bundle. Baixinha, loura e vestida de preto.

— Que nome devo anunciar, minha senhora?

— O nome não interessa — disse Bundle. — Só quero falar com sr.Thesiger sobre um assunto importante.

O circunspecto mordomo retirou-se com uma mesura, fechando silenciosamente a porta.

Houve uma pausa.

— Bonita manhã, não é? — disse timidamente a loura.

Nova pausa.

— Cheguei há pouco de carro do interior — disse Bundle, tentando reiniciar o diálogo. — E pensei que ia fazer uma dessas cerrações horríveis. Mas não fez.

— Pois é — retrucou a outra. — Não fez, não. — E acrescentou: — Também vim do interior.

Bundle olhou-a com mais atenção. Tinha ficado meio contrariada ao encontrá-la ali. Bundle era o tipo da pessoa dinâmica que gosta de "resolver tudo logo" e previa que a outra visitante teria que ser atendida e despachada antes que pudesse tratar do assunto que a trouxera ali. Não era coisa que se discutisse na presença de estranhos.

Agora, ao analisá-la melhor, ocorreu-lhe uma ideia incrível. Seria possível? Sim, ela estava de luto fechado; notava-se até nas meias de seda preta. Talvez a ideia fosse descabida, mas Bundle convenceu-se de que havia acertado. Respirou fundo.

— Escute aqui — perguntou — você por acaso não é a Loraine Wade?

Loraine arregalou os olhos.

— Sou, sim. Como adivinhou? Não nos conhecemos, não é?

Bundle sacudiu a cabeça.

— Não, mas ontem eu lhe escrevi uma carta. Meu nome é Bundle Brent.

—Você foi tão gentil em me remeter a carta do Gerry — disse Loraine. — Já respondi, agradecendo-lhe. Nunca pensei que fosse encontrá-la aqui.

—Vou lhe contar por que vim aqui — disse Bundle. — Conhece o Ronny Devereux?

Loraine confirmou com a cabeça.

— Ele esteve lá em casa no dia que o Gerry... você sabe. E depois disso já apareceu cerca de duas ou três vezes para falar comigo. Era um dos maiores amigos do Gerry.

— Eu sei. Pois... ele morreu.

Loraine abriu a boca, surpresa.

— *Morreu*? Mas ele parecia sempre tão bem-disposto!

Bundle descreveu os acontecimentos do dia anterior da maneira mais sucinta possível. Uma expressão de medo e horror cobriu o rosto de Loraine.

— Então *é* verdade. *É* verdade.

— É verdade o quê?

— O que pensei... o que venho pensando esse tempo todo. O Gerry não morreu de causas naturais. Ele foi assassinado.

— Ah, você acha, é?

— Sim. O Gerry jamais tomaria remédio para dormir. — Teve um risinho nervoso. — Ele dormia bem demais para precisar fazer isso. Sempre me pareceu esquisito. E *ele* também achava o mesmo... eu sei que ele achava.

— Ele quem?

— O Ronny. E agora acontece isso. Também é assassinado. — Fez uma pausa e depois prosseguiu: — Foi por isso que vim aqui. Aquela carta do Gerry que você me enviou... assim que eu li, tentei entrar em contato com Ronny, mas me disseram que estava fora. De maneira que vim procurar o Jimmy, que era o outro grande amigo de Ronny. Acho que ele talvez possa me indicar o que devo fazer.

— Você quer dizer... — Bundle hesitou. — A respeito... de Seven Dials?

Loraine confirmou com a cabeça.

— Sabe... — começou.

Mas nesse instante Jimmy Thesiger entrou na sala.

8
Visitas para Jimmy

A esta altura convém voltarmos vinte minutos atrás, ao momento em que Jimmy Thesiger, emergindo das brumas do sono, ouviu uma voz conhecida falando palavras estranhas.

O cérebro entorpecido tentou, por um instante, enfrentar a situação, mas não conseguiu. Jimmy bocejou e virou-se para o outro lado da cama.

— Patrão, tem uma moça aí que deseja falar com o senhor.

A voz era implacável. E estava tão disposta a repetir indefinidamente a mesma frase que Jimmy resignou-se ao inevitável. Abriu os olhos e pestanejou.

— Como é, Stevens? — perguntou. — Que foi que você disse?

— Patrão, tem uma moça aí que deseja falar com o senhor.

— Ah! — Jimmy esforçou-se para compreender a situação. — O que é que ela quer?

— Isso é o que eu não sei, patrão.

— É, tem razão — refletiu. — Como é que você poderia saber, não é mesmo?

Stevens curvou-se sobre a bandeja à cabeceira da cama.

— Vou trazer um pouco de chá quente, patrão. Este aqui já esfriou.

—Você acha que eu devo me levantar e... e falar com a moça?

Stevens não respondeu. Perfilou-se rigidamente e Jimmy logo viu o que ele queria dizer.

— Ah, paciência — disse. — Já que não há outro remédio. Ela não disse qual era o nome dela?

— Não, senhor.

— Hum. Não é por acaso a minha tia Jemima, não? Porque se for, prefiro a morte a me levantar.

— Olhe, patrão. A moça não pode, de maneira alguma, ser tia de ninguém. A menos que seja a caçula de uma família muito numerosa.

— Ah! — fez Jimmy. — Moça e bonita. Ela... como é que ela é?

— Patrão, ela é, sem sombra de dúvida, estritamente *comme il faut*, se me permite a expressão.

— Claro que permito — disse Jimmy, magnânimo. — Stevens, a sua pronúncia francesa é ótima. Muito melhor que a minha.

— Folgo em sabê-lo, patrão. Estou fazendo um curso de francês por correspondência.

— É mesmo? Você é um sujeito fenomenal, Stevens.

Stevens retirou-se com um sorriso de superioridade. Jimmy continuou deitado, procurando lembrar-se do nome de todas as moças bonitas estritamente *comme il faut* que seriam capazes de vir visitá-lo.

Stevens voltou com o chá quente e, enquanto Jimmy bebia, submeteu-se à curiosidade do patrão.

— Espero que você tenha lhe levado o jornal e tudo mais, Stevens — disse Jimmy.

— Levei-lhe o *Morning Post* e o *Punch*, patrão.

Um toque de campainha afastou-o do quarto, mas em poucos instantes já reaparecia.

— Outra moça, patrão.

— Quê?

Jimmy apertou a cabeça entre as mãos.

— Outra moça. Também não quis dar o nome, patrão, mas disse que se trata de assunto importante.

Jimmy olhou para ele.

— Que coisa mais esquisita, Stevens. Esquisitíssima. Escute aqui, a que horas eu cheguei em casa ontem à noite?

— Lá pelas cinco, patrão.

— E... como é que eu estava, hem?

— Um pouco animado, patrão.. mais nada. Disposto a cantar o *Rule Britania*.

— Que coisa incrível — disse Jimmy. — O *Rule Britania*, é? Não posso me imaginar cantando o *Rule Britania* nem mesmo sóbrio. Deve ter sido algum impulso de patriotismo latente provocado por... umas e outras. Lembro-me que estive festejando no Mostarda e Agrião, um lugar que não é tão inocente quanto o nome sugere, Stevens. — Fez uma pausa. — Será...

— O quê, patrão?

— Será que sob o efeito do impulso que falei, não pus um anúncio no jornal, pedindo uma governanta para crianças ou coisa que o valha?

Stevens pigarreou.

— *Duas* moças se apresentando aqui. Isso não é normal. De hoje em diante vou me abster de frequentar o Mostarda e Agrião. Está aí uma boa palavra, Stevens — *abster-se*. Outro dia encontrei-a num jogo de palavras cruzadas e fiquei encantado com ela.

Enquanto ia falando, Jimmy vestia-se rapidamente. Em dez minutos estava pronto para enfrentar as visitas desconhecidas. Ao abrir a porta da sala, a primeira pessoa que enxergou foi uma morena magra que jamais tinha visto. Estava em pé, junto à lareira. Depois pousou o olhar na grande poltrona de couro. Seu coração quase parou. Loraine!

Foi ela quem se levantou e tomou a iniciativa de falar, meio nervosa.

— Você deve estar muito surpreso de me ver aqui. Mas eu tinha que vir. Já vou lhe explicar. Esta é Lady Eileen Brent.

— Em geral me conhecem pelo apelido de Bundle. Bill Eversleigh nunca lhe falou de mim?

— Ah, sim, claro que falou — disse Jimmy, esforçando-se para se mostrar à altura da situação. — Mas sentem-se, por favor. Vamos tomar um coquetel ou qualquer coisa assim.

Ambas, porém, rejeitaram a sugestão.

— Para falar a verdade — continuou Jimmy —, acabo de acordar.

— Foi o que o Bill me avisou — comentou Bundle. — Eu disse a ele que vinha aqui e ele me preveniu que você ainda não estaria de pé.

— Bem, mas agora estou — retrucou Jimmy, animando-a a prosseguir.

— É a respeito do Gerry — disse Loraine. — E agora Ronny...

— Como assim, "e agora Ronny"?

— Ele foi morto ontem com um tiro.

— O quê? — exclamou Jimmy.

Pela segunda vez, Bundle contou o que tinha acontecido. Jimmy escutou como se estivesse sonhando.

— O nosso Ronny... morto com um tiro — murmurou. — Mas que diabo de história é essa?

Sentou-se na ponta de uma cadeira, pensando durante alguns instantes, e depois falou com a voz calma, contida.

— Tem uma coisa que acho que devo contar a vocês.

— Conte — pediu Bundle.

— Foi no dia em que Gerry Wade morreu. Quando íamos ao carro levar a notícia a *você* — indicou Loraine com a cabeça —, o Ronny me disse uma coisa. Quer dizer, ele começou a me contar uma coisa. Não fiquei sabendo o que era, porque mal começou e foi logo dizendo que tinha se comprometido a guardar segredo.

— Tinha se comprometido a guardar segredo — repetiu Loraine, pensativa.

— Foi o que ele disse. Naturalmente, depois disso eu não insisti mais. Mas ele estava esquisito... muito esquisito... durante todo o percurso. Tive a impressão, então, de que ele desconfiava... bem, de alguma sujeira. Pensei que fosse comunicar isso ao médico. Mas não, nem tocou no assunto. Aí concluí que havia me enganado. E depois, com as provas e tudo... bem, parecia um caso tão simples. Achei que as minhas suspeitas eram infundadas.

— Mas você acha que o Ronny continuava desconfiado? — perguntou Bundle.

Jimmy confirmou com a cabeça.

— Agora acho. Acontece que nenhum de nós tornou a ver o Ronny. Tenho a impressão de que ele andava investigando sozinho... procurando descobrir a verdade sobre a morte do Gerry, e o que é mais importante, creio que ele descobriu *mesmo*. Foi por isso que os desgraçados deram um tiro nele. E aí ele tentou me mandar um recado, mas só conseguiu pronunciar essas duas palavras.

— Seven Dials — disse Bundle, estremecendo de leve.

— Seven Dials — repetiu Jimmy, bem sério. Pelo menos temos essa pista para seguir.

Bundle virou-se para Loraine.

— O que era mesmo que você ia me dizer...?

— Ah, é! Primeiro, a respeito da carta. — Dirigiu-se a Jimmy. — Gerry deixou uma carta. Lady Eileen...

— Bundle.

— Bundle encontrou-a.

Explicou tudo em poucas palavras.

Jimmy escutou, profundamente interessado. Era a primeira vez que ouvia falar na carta. Loraine tirou-a da bolsa e entregou-lhe. Ele leu, depois olhou para ela.

— É nisso que você pode nos ajudar. O que era que Gerry queria que você esquecesse?

Loraine franziu um pouco as sobrancelhas, perplexa.

— É tão difícil lembrar com exatidão agora. Eu abri uma carta de Gerry por engano. Estava escrita num tipo de papel barato e a letra era de pessoa quase analfabeta. No alto da página havia um endereço qualquer em Seven Dials. Percebi que não era para mim e tornei a guardá-la no envelope, sem ler.

— Tem certeza? — perguntou Jimmy, delicadamente.

Loraine riu pela primeira vez.

— Já sei o que você está pensando e reconheço que as mulheres são, de fato, muito curiosas. Mas o caso é que a carta nem sequer parecia interessante. Consistia numa espécie de lista de nomes e datas.

— Nomes e datas — repetiu Jimmy, pensativo.

— O Gerry não deu impressão de ligar muito para aquilo — continuou Loraine. — Até achou graça. Perguntou-me se eu já tinha ouvido falar na Máfia e depois disse que seria engraçado se uma sociedade como a Máfia começasse a funcionar na Inglaterra; mas que esse tipo de organização secreta não combinava muito com o temperamento inglês. "Nossos criminosos", ele disse, "carecem de imaginação".

Jimmy franziu os lábios e assobiou.

— Estou começando a entender — disse. — Seven Dials deve ser a sede de alguma sociedade secreta. Tal como ele falou na carta que escreveu a você, no início pensou que fosse apenas uma brincadeira. Mas evidentemente não era... isso ele também deixou bem claro. E mais ainda: a preocupação dele para que você esquecesse o que tinha lhe contado. Só pode haver um motivo para isso: se a tal sociedade suspeitasse de que você estava a par de suas atividades, você também correria perigo. Gerald se deu conta do risco e ficou tremendamente preocupado... por você.

Parou e depois continuou, calmamente:

— Tenho a impressão de que nós todos vamos correr perigo... se insistirmos em tirar essa coisa a limpo.

— Se...? — exclamou Bundle, indignada.

— Falo de vocês duas. Comigo é diferente. Eu era amigo do coitado do Ronny. — Olhou para Bundle. — Você já fez o que devia. Entregou-me o recado que ele mandou. Não, pelo amor de Deus, você e Loraine não podem se meter nesta história.

Bundle olhou para a outra com uma expressão interrogativa. Já tinha resolvido o que ia fazer, mas não queria demonstrar. Não desejava arrastar Loraine Wade a uma façanha perigosa.

O rostinho de Loraine, porém, incendiou-se, indignado.

— Como é que você tem coragem de dizer uma coisa dessas! Então você pensa que me resignaria a ficar de lado... quando mataram o Gerry, o meu querido Gerry, o melhor, o mais caro e bondoso irmão que uma moça já teve? A única pessoa no mundo inteiro que eu podia dizer que era minha!

Jimmy pigarreou, contrafeito. "Como Loraine é maravilhosa", pensou; "simplesmente maravilhosa".

— Escute aqui — disse, sem jeito. — Você não deve falar assim. Sobre esse negócio de estar sozinha no mundo... todas essas asneiras. Você tem uma porção de amigos... que teriam o máximo prazer em fazer o que puderem. Compreende o que eu quero dizer?

É possível que Loraine compreendesse, porque de repente ruborizou e, para disfarçar o constrangimento, começou a falar nervosamente.

— Então está combinado — disse. — Eu vou ajudar. E ninguém vai me impedir.

— E eu também, é lógico — disse Bundle.

As duas olharam para Jimmy.

— Sim — concordou ele, hesitante. — Sim, vocês têm razão.

Continuaram olhando para ele, com uma expressão interrogativa.

— Só queria saber — disse Jimmy — por onde vamos começar.

9
Planos

As palavras de Jimmy imediatamente levaram a discussão a um terreno mais prático.

— Pensando bem — disse ele —, não dispomos de muitos dados. Para ser franco, só das palavras Seven Dials. E devo confessar que nem sei direito onde fica isso. Mas, seja como for, não se pode vasculhar simplesmente todo o bairro, casa por casa.

— Por que não? — perguntou Bundle.

— Bem, talvez se pudesse, eventualmente... apesar de que tenho minhas dúvidas. Imagino que seja uma área bem povoada. Mas não seria muito sutil.

Lembrou-se de Soquete e teve que sorrir.

— Depois, naturalmente, tem aquela região lá no interior, onde Ronny foi morto com o tiro. Podia-se ir dar uma olhada. Mas a polícia, provavelmente, está fazendo tudo isso e muito melhor do que nós.

— O que me agrada em você — comentou Bundle, sarcástica — é a sua disposição alegre e otimista.

— Não ligue para ela, Jimmy — disse Loraine, baixinho. — Continue.

— Tenha um pouco mais de paciência — retrucou Jimmy a Bundle. — Todos os bons detetives abordam um caso deste jeito, eliminando as investigações desnecessárias e improfícuas. Já estou chegando à terceira alternativa: a morte de Gerald. Agora que sabemos que foi crime, a propósito, vocês têm certeza disso, não têm?

— Temos — responderam.

— Ótimo. Eu também. Bom, quanto a isso me parece que temos uma leve possibilidade. Afinal de contas, se o próprio Gerry não tomou o cloral, alguém deve ter entrado no quarto dele e colocado o remédio lá... dissolvendo-o no copo d'água, para que ao acordar ele tomasse tudo em um gole. Deixando vazia, é claro, a caixa ou frasco ou seja lá o que fosse. Concordam comigo?

— S... sim — hesitou Bundle. — Mas...

— Espere. Esse alguém tinha que estar necessariamente lá na ocasião. Não é possível que fosse alguém de fora.

— De fato — concordou Bundle, desta vez mais prontamente.

— Muito bem. Ora, isso limita consideravelmente as coisas. Para começar, imagino que boa parte da criadagem trabalhe para a família... quer dizer, são empregados seus.

— Sim — confirmou Bundle. — Quando alugamos a casa, todos eles, praticamente, ficaram lá. E continuam, pelo menos os principais. Claro que houve algumas mudanças entre os auxiliares.

— Exato. Era aonde eu queria chegar. *Você* — dirigiu-se a Bundle — precisa tirar isso a limpo. Veja se descobre quando contrataram novos empregados... os lacaios, por exemplo.

— Ah, dos lacaios tem um novo, que se chama John.

— Bem, faça sindicâncias a respeito dele. E de todos os outros que entraram recentemente para o serviço da casa.

— É, deve ter sido um empregado, sim — disse Bundle, hesitante. — Mas não poderia ter sido um dos hóspedes?

— Não vejo como.

— Quem é que estava lá, mesmo?

— Bom, tinha três moças... Nancy, Helen e Soquete...

— Soquete Daventry? Conheço.

— É possível. Uma garota que vive repetindo que as coisas são sutis.

— A própria. Sutil é uma das palavras que ela mais usa.

— Depois tinha o Gerry Wade, eu, Bill Eversleigh e o Ronny. E, evidentemente, Sir Oswald e Lady Coote. Ah, e o Pongo.

— Que Pongo?

— Um cara chamado Bateman, secretário do velho Coote. O tipo do sujeito sisudo, mas muito consciencioso. Fomos colegas de classe.

— Nenhum deles me parece muito suspeito — observou Loraine.

— Realmente não — concordou Bundle. — Como você diz, teremos que procurar no meio da criadagem. Por falar nisso, você não acha que aquele relógio atirado pela janela tenha algo a ver com a história?

— Um relógio atirado pela janela? — retrucou Jimmy, arregalando os olhos.

Era a primeira vez que tomava conhecimento do fato.

— Não sei que relação possa ter — disse Bundle. — Mas de qualquer modo é esquisito. Não parece ter lógica.

— Agora me lembro — disse Jimmy, vacilante. — Eu entrei para... para ver o coitado do Gerry e lá estavam os relógios enfileirados na lareira. E me lembro de que reparei que tinha só sete... em vez de oito.

De repente estremeceu e explicou sua reação.

— Desculpem. Mas não sei por que aqueles relógios sempre me deram calafrios. Às vezes chego até a sonhar com eles. Não gostaria nem por nada de entrar naquele quarto escuro e deparar com eles enfileirados daquele jeito.

— Se estivesse escuro você não poderia vê-los — frisou Bundle, com seu espírito prático. — A não ser que tivessem mostrador luminoso... Mais! — exclamou de repente, com o rosto afogueado. — Vocês não veem? *Seven Dials!*[2]

Os outros olharam para ela, sem compreender.

— Tem que ser — insistiu Bundle, cada vez mais veemente. — Não pode ser uma simples coincidência.

Houve uma pausa.

---

[2] Sete mostradores. (N.T.)

—Você deve ter razão — disse Jimmy Thesiger, por fim — É... é muito estranho, mesmo.

Bundle começou a interrogá-lo rapidamente.

— Quem comprou os relógios?

— Nós todos.

— De quem foi a ideia?

— De nós todos.

— Bobagem, alguém deve ter tido a ideia primeiro.

— Não foi assim que aconteceu. Estávamos discutindo como faríamos para acordar o Gerry, o Pongo sugeriu um despertador, alguém falou que um só não adiantava e alguém mais... creio que o Bill Eversleigh... disse: por que não uma dúzia? E nós todos gostamos da ideia e saímos correndo para comprá-los. Cada um comprou um, e mais dois extras, para o Pongo e Lady Coote... de pura generosidade. Não houve nenhuma premeditação na história... aconteceu assim, sem mais nem menos.

Bundle calou a boca, mas não se convenceu.

Jimmy fez um resumo metódico da situação.

— Acho que se pode dizer que temos certeza de alguns fatos. Existe uma sociedade secreta, com pontos de semelhança com a Máfia. O Gerry Wade ficou sabendo dela. A princípio julgou que fosse apenas uma brincadeira... um absurdo, digamos. Não pôde acreditar que se tratasse de algo realmente perigoso. Mas depois aconteceu alguma coisa que o convenceu e aí ele se alarmou mesmo. Tenho a impressão de que deve ter comentado qualquer coisa com o Ronny Devereux. Seja como for, quando o eliminaram o Ronny desconfiou. Ele devia saber o suficiente para seguir a mesma pista. O pior é que vamos ter que partir da estaca zero, completamente às cegas. Não dispomos dos conhecimentos que os dois tinham.

—Talvez seja uma vantagem — disse Loraine, imperturbável. — Ninguém suspeita de nós e portanto não tentarão nos eliminar.

— Quem me dera ter essa certeza — retrucou Jimmy, numa voz apreensiva. — Sabe, Loraine, o próprio Gerry não queria que você se envolvesse nisso. Você não acha que devia...?

— Não acho, não — respondeu Loraine. — Não vamos recomeçar com essa discussão. É pura perda de tempo.

Ao ouvir falar em tempo, os olhos de Jimmy fixaram-se no relógio. Soltou uma exclamação de espanto. Levantou-se e abriu a porta.

— Stevens.

— Pronto, patrão.

— Que tal tratar do almoço, Stevens? Você acha que dá?

— Eu previ que seria indispensável, patrão. sra. Stevens já providenciou tudo.

— Que sujeito maravilhoso — disse Jimmy ao voltar, com um suspiro de alívio. — E depois inteligente, sabem? Um crânio. Faz cursos por correspondência. Às vezes me pergunto se não seriam bons para mim.

— Não seja bobo — disse Loraine.

Stevens abriu a porta e entrou com a mais requintada das refeições. À omelete seguiu-se um prato de codornas e um levíssimo *soufflé*.

— Por que será que os homens solteiros têm tanta sorte, hem? — comentou Loraine com ar trágico. — Todo mundo só pensa em cercá-los de atenções.

— Que esperança — protestou Jimmy. — A coisa não é bem assim. Muito pelo contrário. Às vezes até penso em...

Gaguejou e calou-se. Loraine ficou vermelha.

De repente Bundle deu um grito, assustando Jimmy e Loraine.

— Burra! Idiota! — exclamou. — É comigo mesma. Sabia que tinha uma coisa que eu havia esquecido.

— Qual?

— Você conhece o Olho de Boi... o George Lomax, quero dizer?

— Já ouvi falar — respondeu Jimmy. — Através do Bill e do Ronny, sabe?

— Pois bem. O Olho de Boi vai dar uma daquelas festas sem graça na semana que vem. E recebeu uma carta de Seven Dials, cheia de ameaças.

— O quê? — disse Jimmy, interessadíssimo, curvando-se para frente. — Você está falando sério?

— Claro que estou. Ele contou a meu pai. O que é que você acha que isso indica, hem?

Jimmy recostou-se na cadeira. Pensou rápida e cuidadosamente. Por fim falou. Com poucas palavras.

— Alguma coisa vai acontecer nessa festa — disse.

— Também acho — concordou Bundle.

— Tudo encaixa — acrescentou Jimmy, quase devaneando.

Virou-se para Loraine.

— Que idade você tinha durante a guerra? — perguntou subitamente.

— Nove... não, oito anos.

— O Gerry, portanto, devia andar pelos vinte. Quase todos os rapazes dessa idade foram combatentes. E o Gerry não.

— De fato — disse Loraine, depois de refletir um pouco. — É, o Gerry não foi soldado. Não sei por quê.

— Pois eu sei — retrucou Jimmy. — Ou pelo menos acho que dá para adivinhar. Ele ficou fora da Inglaterra de 1915 até 1918. Dei-me ao trabalho de averiguar. E parece que ninguém sabe exatamente onde ele andou. Acho que estava na Alemanha.

As faces de Loraine se coloriram. Olhou, cheia de admiração, para Jimmy.

— Como você é inteligente.

— Ele falava bem o alemão, não falava?

— Ah, sim. Como se tivesse nascido lá.

— Aposto como tenho razão. Agora ouçam. O Gerry Wade trabalhava no Ministério das Relações Exteriores. Aparentava ser o mesmo tipo de bobo simpático... desculpem o termo, mas vocês sabem o que eu quero dizer... que Bill Eversleigh e Ronny Devereux. Uma excrescência puramente decorativa. Mas na realidade não era nada disso. Eu acho que o Gerry Wade levava uma vida dupla. Nosso serviço secreto tem fama de ser o melhor do mundo. Na minha opinião, o Gerry desempenhava uma função muito importante nesse serviço. Assim tudo se explica! Ainda me lembro de que comentei, de passagem, naquela última noite em Chimneys, que o Gerry não era tão burro como se pensava.

— E se você tiver razão? — perguntou Bundle, prática como sempre.

— Então a coisa é mais séria do que imaginávamos. Este negócio de Seven Dials não é apenas criminoso... é internacional. Agora, uma coisa é certa. Alguém tem que ir à tal festa na casa do Lomax.

Bundle fez uma careta.

— Eu conheço bem o George... mas ele não gosta de mim. Nunca se lembraria de me convidar para uma reunião séria. Em todo caso, eu poderia...

Hesitou, pensativa.

— Você não acha que *eu* poderia dar um jeito por intermédio do Bill? — perguntou Jimmy. — Sendo o braço direito do Olho de Boi, com certeza ele estará lá. E poderia me levar junto mediante um pretexto qualquer.

— Boa ideia — disse Bundle. — Mas você vai ter que doutrinar o Bill para que ele não cometa nenhuma gafe. O coitado é incapaz de raciocinar por conta própria.

— O que você me sugere? — perguntou Jimmy, humildemente.

— Ah, é facílimo! O Bill apresenta você como um rapaz riquíssimo... interessado em política, louco para ingressar no Parlamento. O George vai cair como um patinho. Você sabe como são esses partidos políticos: vivem à cata de candidatos milionários. Quanto mais rico o Bill disser que você é, tanto mais fácil será para dar um jeito.

— Desde que ele não me apresente como um Rothschild, eu topo — disse Jimmy.

— Então acho que está praticamente resolvido. Amanhã vou jantar com Bill e conseguirei uma lista dos convidados. Poderá ser útil.

— Pena que você não vá junto — lamentou Jimmy. — Mas de modo geral, acho até preferível.

— Não sei, não, se não irei — retrucou Bundle. — O Olho de Boi morre de ódio de mim... mas há outras maneiras.

Ficou pensativa.

— E eu? — perguntou Loraine, numa vozinha submissa.

— Você não entra nessa história — respondeu Jimmy na mesma hora. — Entendeu? Afinal, precisamos contar com alguém do lado de fora...

— Para quê? — insistiu Loraine.

Jimmy decidiu mudar de tática. Apelou para Bundle.

— Escute aqui — disse —, a Loraine não deve se meter nisso, você não acha?

— Sem a menor sombra de dúvida.

— Fica para outra vez — prometeu Jimmy, bondoso.

— E se não houver outra vez? — retrucou Loraine.

— Ah, tenho certeza de que haverá. Pode ficar tranquila.

— Já sei. Terei que voltar para casa e... ficar esperando.

— Isso mesmo — disse Jimmy, francamente aliviado. — Estava certo de que você ia compreender.

— Sabe como é — explicou Bundle —, se nós três forçássemos a nossa entrada lá, poderia ficar meio suspeito. E para você, então, seria ainda mais difícil. Você compreende, não é?

— Claro que compreendo — respondeu Loraine.

— Então está decidido... você não faz nada — disse Jimmy.

— Eu não faço nada — repetiu Loraine, docilmente.

Bundle olhou para ela com súbita desconfiança. A brandura de sua resignação tinha qualquer coisa de falsa. Loraine também a encarou. Seus olhos azuis e ingênuos suportaram o exame de Bundle sem sequer pestanejar. Bundle não se sentiu muito satisfeita. A docilidade de Loraine Wade parecia-lhe extremamente suspeita.

10

Bundle visita a Scotland Yard

Convém frisar que cada um dos três participantes da conversa precedente escondeu, por assim dizer, um pouco o jogo. E que uma das máximas mais certas que existe é: "Ninguém diz toda a verdade."

Pode-se pôr em dúvida, por exemplo, a sinceridade de Loraine Wade ao expor os motivos que a levaram a procurar Jimmy Thesiger.

Do mesmo modo, Jimmy Thesiger tinha várias ideias e planos relacionados com a próxima festa de George Lomax que não pretendia revelar a... Bundle, digamos.

E a própria Bundle já havia arquitetado um plano que se propunha a pôr em execução imediata e sobre o qual não fizera a menor referência.

Ao sair da casa de Jimmy Thesiger, rumou para a Scotland Yard, onde pediu para falar com o superintendente Battle.

O superintendente Battle era uma figura de certa importância. Trabalhava quase que exclusivamente em casos de delicada natureza política. Fora para investigar um caso assim que tinha estado em Chimneys quatro anos antes, e Bundle tencionava francamente tirar partido desse fato.

Depois de esperar um pouco, foi conduzida através de vários corredores, até chegar à sala particular do superintendente. Battle era um sujeito de aspecto simpático, com uma fisionomia impenetrável. Não dava a menor impressão de ser inteligente. Parecendo mais um diretor de repartição pública do que detetive.

Estava em pé, junto à janela, contemplando um bando de pardais, quando Bundle entrou.

— Boa tarde, Lady Eileen — disse. Sente-se, por favor.

— Obrigada — disse Bundle. — Fiquei com medo de que talvez não se lembrasse mais de mim.

— Nunca me esqueço de ninguém — disse Battle. E acrescentou: — Faz parte do meu trabalho.

— Ah! — retrucou Bundle, meio desanimada.

— Em que lhe posso ser útil? — perguntou o superintendente.

Bundle entrou logo no assunto.

— Sempre ouvi dizer que a Scotland Yard tem a lista de todas as sociedades secretas e organizações similares que existem em Londres.

— Nós procuramos nos manter em dia — disse o superintendente Battle, precavido.

— Suponho que a grande maioria não seja realmente perigosa.

— Nós aqui observamos uma norma que me parece muito boa — disse Battle. — Quanto mais falam, menos agem. Nem imagina como essa regra funciona.

— Já ouvi dizer, também, que vocês costumam permitir o livre funcionamento dessas sociedades. É verdade?

Battle confirmou com a cabeça.

— É a pura verdade. Por que um homem não pode se intitular Irmão da Liberdade e fazer reuniões duas vezes por semana num porão, onde só se fala em rios de sangue? Ninguém sofre prejuízo com isso, nem ele, nem nós. E se por acaso *surgir* alguma encrenca, já se sabe onde encontrá-lo.

— Mas, às vezes — insistiu Bundle, hesitante —, uma sociedade dessas pode ser mais perigosa do que se imagina, não pode?

— Só muito raramente.

— Mas, *pode* acontecer, não é?

— *Poder*, pode — admitiu o superintendente.

Houve um pequeno silêncio. Depois Bundle perguntou calmamente:

— Superintendente Battle, o senhor poderia me dar uma lista das sociedades secretas que têm sede em Seven Dials?

O superintendente Battle sempre se gabava de jamais ter sido surpreendido demonstrando qualquer espécie de emoção. Mas Bundle seria capaz de jurar que por um instante as pálpebras dele haviam tremido. Parecia atônito. Só por um instante, porém. Já recobrara a impassibilidade quando respondeu.

— A rigor, Lady Eileen, não existe mais nenhum lugar chamado Seven Dials.

— Não?

— Não. Foi quase tudo demolido e reconstruído. Antigamente era um bairro pobre, mas hoje se transformou numa parte da cidade muito respeitável, de alta categoria. Não é o local romântico típico para se andar vasculhando à cata de sociedades secretas.

— Ah! — exclamou Bundle, meio confusa.

— Mas mesmo assim gostaria muito de saber por que se lembrou desse bairro, Lady Eileen.

— Sou obrigada a lhe dizer?

— Bem, poupa incômodos, não poupa? Para sabermos em que terreno estamos pisando, por assim dizer.

Bundle hesitou um pouco.

— Ontem deram um tiro num homem — começou, lentamente. — Pensei que o tivesse atropelado...

— Sr. Ronald Devereux?

— O senhor já foi informado, é lógico. Por que não saiu nada nos jornais?

— Faz questão de saber, Lady Eileen?

— Sim, por favor.

— É que achamos que seria melhor esperar umas 24 horas... compreende? Amanhã os jornais publicarão a notícia.

— Ah!

Bundle ficou analisando-o, intrigada. O que esconderia aquela fisionomia impassível? Considerava a morte de Ronald Devereux como um crime comum ou como algo de extraordinário?

— Ele falou em Seven Dials antes de morrer — explicou, hesitante.

— Obrigado — disse Battle. — Vou tomar nota.

Rabiscou algumas palavras no bloco que tinha em cima da mesa.

Bundle mudou de tática.

— Soube que sr. Lomax veio procurá-lo ontem para tratar de uma ameaça que recebeu por carta.

— Efetivamente.

— E que foi remetida de Seven Dials.

— É, tenho a impressão de que no alto da página estava escrito Seven Dials.

Bundle sentiu-se malhando em ferro frio.

— Lady Eileen, quer que lhe dê um conselho?

— Já sei o que vai me dizer.

— Eu, se fosse a senhora, ia para casa e não pensava mais no assunto.

— Deixando tudo por sua conta, em suma?

— Bom — disse o superintendente —, nós, afinal, *somos* profissionais.

— E eu apenas uma amadora? É, mas o senhor se esquece de uma coisa... posso não ter seus conhecimentos, a sua habilidade, mas levo uma vantagem sobre um profissional. Posso trabalhar às escondidas.

Pareceu-lhe que o superintendente, pego de surpresa, se deixara impressionar um pouco pelas suas palavras.

— Claro — continuou Bundle —, se o senhor não me der uma lista das sociedades secretas...

— Ah! Eu nunca disse isso. Vou lhe dar a lista completa.

Foi até a porta, pôs a cabeça para fora e chamou por alguém. Depois tornou a se sentar. Bundle, de uma maneira um tanto absurda, sentiu-se desconcertada. A facilidade com que ele assentira a seu pedido parecia-lhe suspeita. Agora contemplava-a placidamente.

— Lembra-se da morte de sr. Gerald Wade? — perguntou, de repente.

— Lá na sua casa, não foi? Com uma dose excessiva de remédio para dormir.

— A irmã afirma que ele nunca tomava nada para dormir.

— Ah! — fez o superintendente. — A senhora ficaria admirada com a quantidade de coisas que as irmãs ignoram.

Bundle sentiu-se novamente desconcertada. Permaneceu em silêncio até que um homem entrou com uma folha de papel datilografada, que entregou a Battle.

— Cá está — disse o superintendente, depois que o subalterno saiu da sala. — Os Confrades de São Sebastião. Os Caçadores de Lobos. Os Camaradas da Paz. O Clube dos Camaradas. Os Inimigos da Opressão. Os Filhos de Moscou. Os Portadores do Estandarte Vermelho. Os Arenques. Os Companheiros dos Oprimidos — e meia dúzia de outros.

Entregou-lhe a lista com um olhar de malícia.

— O senhor está me dando isto porque sabe que não vai ter a mínima utilidade para mim — disse Bundle. — Quer que desista de tudo?

— Eu preferiria — confessou Battle. — A senhora veja... se for se meter em todos esses lugares... bem, poderia nos causar uma série de problemas.

— Teriam de cuidar de mim, é isso?

— Exatamente, Lady Eileen.

Bundle levantou-se. Já não sabia mais o que devia fazer. De momento, o superintendente Battle estava com todos os trunfos na mão. Depois lembrou-se de um pequeno incidente e, baseando-se nele, lançou um último apelo.

— Há pouco eu disse que uma amadora podia fazer certas coisas fora do alcance de um profissional. O senhor não me contradisse. Foi porque o senhor é uma pessoa honesta, superintendente Battle. Sabia que eu tinha razão.

— Continue — pediu Battle.

— Lá em Chimneys, o senhor me deixou ajudar. Não vai me deixar agora?

Battle parecia estar considerando a proposta. Animada com o silêncio dele, Bundle prosseguiu:

— O senhor bem sabe como eu sou, superintendente. Intrometo-me em tudo. Sou muito bisbilhoteira. Não quero atrapalhar seu serviço nem tentar fazer coisas que já estejam fazendo e que sabem fazer muito melhor do que eu. Mas se há oportunidade para uma amadora, gostaria de tê-la.

Houve outra pausa e então Battle disse tranquilamente:

— Lady Eileen, a senhora não poderia ter falado com maior exatidão. Mas vou lhe dizer apenas o seguinte. O que me propõe é perigoso. E quando digo perigoso, é porque é mesmo.

— Já percebi — retrucou Bundle. — Não sou tola.

— Eu sei — disse o superintendente. — Das moças que conheço, a senhora é a que mais pode se gabar disso. O que posso fazer pela senhora, Lady Eileen, é apenas isto. Vou lhe dar uma pequena indicação. Nunca acreditei no lema "Seguro morreu de velho". Na minha opinião, seria muito melhor que as pessoas que passam a vida inteira com medo de ser atropeladas na rua fossem atropeladas de uma vez por todas para acabar logo com isso. Elas não servem para nada.

Bundle se surpreendeu ao ouvir uma declaração tão assombrosa como essa vinda de uma pessoa tão convencional como o superintendente Battle.

— Que indicação que o senhor queria me dar? — perguntou, afinal.

— Conhece sr. Eversleigh, não?

— Se conheço Bill? Claro, ora. Mas o quê...?

— Acho que sr. Bill Eversleigh está em condições de lhe informar tudo o que deseja saber a respeito de Seven Dials.

— O Bill, a par desse assunto? O *Bill*?

— Não foi isso que eu disse. Absolutamente. Mas acho que, sendo inteligente como é, a senhora conseguirá dele a informação que procura. É só o que posso lhe dizer — acrescentou Battle com firmeza.

11
O jantar com Bill

Bundle preparou-se, cheia de expectativa, para o encontro marcado com Bill na noite seguinte.

Recebeu-a entusiasmado.

"Como ele é bonzinho", pensou Bundle. "Parece um cachorrão desajeitado que não pode ver o dono sem balançar o rabo."

O cachorrão já estava dando ganidos em forma de comentários e informações.

— Como você está ótima, Bundle. Não imagina a minha satisfação em vê-la. Pedi ostras... você gosta de ostras, não gosta? E como vão as coisas? O que é que você ficou fazendo durante todo esse tempo no estrangeiro? Aproveitou bastante?

— Que nada — respondeu. — Me chateei pra burro. Só vi coronéis encarquilhados e doentes, arrastando-se ao sol de uma lado para outro, e velhas solteironas aflitas cuidando de bibliotecas e igrejas.

— Prefiro a Inglaterra — disse Bill. — Agradeço esse negócio de ir para o estrangeiro... com exceção da Suíça. A Suíça até que não é má. Estou com a ideia de passar o Natal lá. Não quer ir junto?

—Vou pensar no caso — disse Bundle. — E você, Bill? Que tem feito ultimamente?

Era uma pergunta imprudente. Bundle a formulou unicamente por uma questão de polidez e para preparar o terreno para o assunto que lhe interessava. Mas Bill não ia perder uma oportunidade dessas.

— É justamente o que eu queria te contar. Você sempre foi inteligente, Bundle, e preciso do seu conselho. Sabe aquela comédia musical, *Vira pra lá*?

— Sei.

— Pois vou te contar uma das maiores sujeiras de que já ouvi falar. Ah, meu Deus, esse pessoal de teatro. Tem uma garota... ela é americana... linda de morrer...

Bundle começou a desanimar. Quando Bill se punha a descrever os problemas de suas namoradas, não havia meios de fazê-lo parar.

— Essa garota, que se chama Babe St. Maur...

— Onde é que ela arranjou esse nome? — ironizou Bundle.

Bill respondeu ao pé da letra.

— No *Who's Who*. Abriu o livro e pôs o dedo na página sem olhar. Ficou bonito, não é? O verdadeiro nome dela é Goldschmidt ou Abrameier; um negócio totalmente absurdo.

— Ah, totalmente — concordou Bundle.

— Pois é. E a Babe St. Maur é muito esperta. Tem corpo musculoso. Era uma das oito coristas que faziam a ponte humana...

— Bill — atalhou Bundle, desesperada. — Ontem de manhã fui falar com o Jimmy Thesiger.

— O nosso caro Jimmy — interrompeu Bill. — Mas, como eu estava dizendo, a Babe é muito esperta. Hoje em dia a gente tem de ser. Ela não se deixa enganar por esse pessoal de teatro. A gente tem que sobreviver, ficar por cima, como diz a Babe. E olha que talento é o que não lhe falta. Ela sabe representar... é uma maravilha como essa garota sabe representar. Não teve muita chance em *Vira pra lá*... ficou perdida no meio de um montão de garotas bonitas. Eu perguntei por que ela não tentava o teatro sério... como sra. Tanqueray, sabe? ...essa espécie de coisa... mas a Babe riu na minha cara...

— Você não tem falado com o Jimmy?

— Falei com ele hoje de manhã. Deixe ver, onde é que eu estava mesmo? Ah, é. Ainda não cheguei na história da briga. E note-se que foi tudo por inveja... pura e simples inveja. A outra garota nem se compara com a Babe, e bem que ela sabia. Aí então, sem que a Babe soubesse...

Bundle resignou-se ao inevitável. Ouviu toda a história das infelizes circunstâncias que tinham resultado no desaparecimento sumário de Babe St. Maur do elenco de *Vira pra lá*. Foi uma longa espera. Quando Bill finalmente fez uma pausa para recobrar o fôlego e apelar para a solidariedade dela, Bundle aproveitou e disse:

— Tem toda a razão, Bill. É uma verdadeira lástima. Deve haver muita inveja por aí...

— No meio teatral, então, nem se fala.

— Tenho uma ideia! O Jimmy não te disse nada se ele pretende ir à festa de Wyvern Abbey na semana que vem?

Pela primeira vez, Bill prestou atenção ao que Bundle estava dizendo.

— Ele insistiu muito num golpe sem pé nem cabeça que ele queria que eu aplicasse no Olho de Boi. A respeito de concorrer às eleições do partido conservador. Mas sabe, Bundle, eu acho isso muito arriscado.

— Aplique, ora — aconselhou Bundle. — Se o George descobrir que é mentira, a culpa não será sua. Você só se deixou levar pela credulidade, mais nada.

— Mas isso ainda não é tudo — continuou Bill. — Quero dizer, a história é muito arriscada para o Jimmy. Antes que ele se dê conta do que está acontecendo, irá parar lá por Tooting West, tendo que beijar crianças e fazer discursos. Você não imagina como o Olho de Boi é tenaz e tremendamente cheio de energia.

— Bem, teremos de arriscar — disse Bundle. — O Jimmy é perfeitamente capaz de cuidar de si mesmo.

— Você não conhece o Olho de Boi — insistiu Bill.

— Quem é que vai à tal festa, Bill? O que é que ela tem de especial?

— Ah, os chatos de sempre. Sra. Macatta, por exemplo.

— A que é deputada?

— É, você conhece. Aquela que vive se batendo pela Assistência Social, pelo Leite Puro, pela Salvação das Crianças. Imagine só o pobre do Jimmy conversando com ela.

— O Jimmy não interessa. Quem mais?

— Também tem uma húngara, que todo mundo chama de Jovem Húngara. Condessa não sei do quê, um nome confuso. Ela até que é simpática.

Engoliu em seco, como se estivesse contrafeito. Bundle observou que esmigalhava o pão, nervoso.

— Moça e bonita? — perguntou, como quem não quer nada.

— É, mais ou menos.

— Não sabia que o George tinha queda por mulheres bonitas.

— Ah, ele não tem, não. É que ela é a encarregada da nutrição infantil em Budapeste... uma coisa assim. Está claro que ela e sra. Macatta querem se conhecer.

— Quem mais?

— Sir Stanley Digby...

— O ministro da Aeronáutica?

— É. E o secretário dele, Terence O'Rourke. Que é quase um fedelho, por sinal... ou pelo menos era, nos seus tempos de aviador. Depois tem um camarada alemão, chamado Herr Eberhard, o tipo mais asqueroso que se possa imaginar. Não sei bem quem ele é, mas todo mundo anda fazendo um espalhafato infernal em torno desse sujeito. Já tive que convidá-lo duas vezes para almoçar e, palavra, Bundle, não foi fácil. Não é como esses funcionários de embaixada, que são todos muito educados. Esse cara faz barulho para tomar sopa e come ervilhas com a faca. E como se não bastasse, vive roendo as unhas, o animal... só falta comê-las.

— Que horror!

— Não é mesmo? Parece que é inventor... qualquer coisa no gênero. Acho que não tem mais ninguém. Ah, já ia me esquecendo. Sir Oswald Coote.

— E Lady Coote?

— Sim, creio que ela também vá.

Bundle ficou pensando um pouco. A lista de Bill era interessante, mas de momento não tinha tempo de examinar todas as possibilidades. Precisava passar para a próxima pergunta.

— Bill, que história é essa de Seven Dials?

No mesmo instante Bill ficou terrivelmente atrapalhado. Pestanejou e evitou olhar para ela.

— Não sei do que você está falando — disse.

— Bobagem — retrucou Bundle. — Disseram-me que você sabia de tudo a respeito.

— A respeito do quê?

Era meio difícil de responder. Bundle mudou de estratégia.

— Não vejo por que você tem que manter tanto sigilo assim — queixou-se.

— Sigilo coisa nenhuma. Quase ninguém mais anda por lá. Foi apenas uma mania.

Aquilo já estava adquirindo um aspecto intrigante.

— A gente fica tão desatualizada quando se afasta do país — comentou Bundle tristemente.

— Ah, você não perdeu nada — disse Bill. — Todo mundo ia lá só para dizer que tinha ido. No fundo era uma chatice e, Santo Deus, *quem* não se cansa de comer peixe-frito?

— Aonde é que todo mundo ia?

— Ao Clube de Seven Dials, ora — respondeu Bill, arregalando os olhos. — Não era isso que você estava perguntando?

— Eu não sabia que tinha esse nome — disse Bundle.

— Antigamente era um bairro em ruínas, lá por perto de Tottenham Court Road. Agora já demoliram e limparam tudo. Mas o Clube de Seven Dials ainda mantém a velha atmosfera. Peixe frito com batatinhas. Uma miséria total. Lembra um pouco o East End, só que fica mais à mão para se ir depois do teatro.

— Então é uma espécie de boate — disse Bundle. — Onde se dança e tudo mais?

— Isso mesmo. Mas dá muita mistura. Não tem nada de grã-fino. Artistas plásticos, sabe como é, tudo quanto é tipo de mulher estranha e um punhado de gente que nós conhecemos. Corre uma porção de boatos, mas acho que é pura conversa, só para que todo mundo continue indo lá.

— Ótimo — disse Bundle. — Então vamos.

— Ah! Eu creio que não devíamos — retrucou Bill, novamente atrapalhado. — Estou te dizendo que aquilo já perdeu a graça. Ninguém vai mais lá.

— Pois nós iremos.

— Você não vai gostar, Bundle. Tenho certeza.

— Se você não me levar ao Clube de Seven Dials, Bill, eu não irei a nenhum outro lugar. Não sei por que essa má vontade.

— Má vontade? Eu?

— Você, sim. Anda com culpa no cartório, é?

— Culpa no cartório?

— Pare de repetir tudo o que eu digo. Você está fazendo isso só para ganhar tempo.

— Não estou, não — protestou Bill, indignado. — Só que...

— Vamos. Eu sei que tem alguma coisa. Você não é capaz de esconder nada.

— Não tenho nada a esconder. Só que...

— Vamos, desembuche.

— É uma história muito comprida... Sabe, uma noite eu levei a Babe St. Maur lá...

— Ah! Outra vez a Babe St. Maur.

— O que é que tem?

— Não sabia que a história era sobre ela... — disse Bundle, bocejando.

— Como ia dizendo, levei a Babe lá. Ela estava com vontade de comer lagostas. Aí eu peguei uma e botei debaixo do braço...

A história continuou por aí afora. Quando a lagosta ficou, afinal, esquartejada numa luta entre Bill e um desconhecido malcheiroso, Bundle tornou a prestar atenção ao que ele dizia.

— Sei — disse. — E houve uma briga?

— Houve, mas a lagosta era *minha*. Já tinha comprado e pago por ela. Tinha todo o direito de...

— Claro que você tinha, claro — atalhou logo Bundle. — Mas estou certa de que já está tudo esquecido. E seja como for, não gosto de lagosta. Portanto vamos embora.

— Talvez a polícia dê uma batida lá. Tem uma sala na parte de cima onde jogam bacará.

— O máximo que pode acontecer é que papai terá que pagar a fiança para eu ser solta. Venha, Bill.

Bill ainda parecia relutante, mas Bundle foi inexorável. Não demorou muito, pegavam um táxi rumo ao lugar aonde ela queria ir.

Quando chegaram, o prédio, alto, situado numa rua estreita, era bem como havia imaginado. Rua Hunstanton, 14. Guardou o número.

Um homem de fisionomia estranhamente familiar abriu a porta. Pareceu-lhe que levara um pequeno sobressalto ao vê-la, porém cumprimentou Bill respeitosamente, como se já o conhecesse. Alto, louro, tinha cara anêmica e olhos meio inquietos. Por mais que tentasse, Bundle não conseguiu se lembrar onde já o tinha visto.

Tendo agora recobrado a calma, Bill divertia-se em bancar o mestre de cerimônias. Dançaram no porão, cheio de fumaça — a tal ponto que as pessoas só se enxergavam através de uma névoa azulada. O cheiro de peixe-frito era quase sufocante.

As paredes estavam cobertas de desenhos a carvão, alguns executados com verdadeiro talento. A mistura não podia ser maior. Gordos estrangeiros, judias opulentas, um ou outro elegante e várias damas pertencentes à mais antiga das profissões.

Bill não esperou muito para levar Bundle à parte de cima, onde o mesmo sujeito de cara anêmica montava guarda, observando com olhos de lince quem entrava no salão de jogo. De repente Bundle reconheceu-o.

— Mas claro! — exclamou. — Que burrice a minha. É o Alfred, que foi um dos nossos lacaios em Chimneys. Como vai, Alfred?

— Muito bem, obrigado, *Milady*.

— Quando você saiu de Chimneys, Alfred? Muito antes de voltarmos do estrangeiro?

— Faz mais ou menos um mês, *Milady*. Tive uma oportunidade de melhorar de vida e não quis perdê-la.

— Espero que lhe paguem bem aqui — comentou Bundle.

— Muito bem, *Milady*.

Bundle entrou no salão de jogo. Pareceu-lhe que era ali que reinava a verdadeira animação do clube. Notou que as apostas eram altas e que as pessoas reunidas em torno das duas mesas jogavam febrilmente. Olhos de gavião, semblantes desfigurados, possuídos pelo desejo de ganhar.

Permaneceu quase meia hora ali, ao lado de Bill, que finalmente começou a dar sinais de impaciência.

— Vamos dançar lá embaixo, Bundle.

Bundle concordou. Não havia mais nada para ver no salão de jogo. Desceram novamente. Dançaram por mais meia hora, comeram peixe com batatas fritas e depois Bundle quis voltar para casa.

— Mas é tão cedo — protestou Bill.

— Não é, não. Nada disso. E seja como for, amanhã vou ter um dia cheio.

— Que pretende fazer?

— Ah, depende — respondeu Bundle, misteriosa. — Mas uma coisa eu te garanto, Bill. Ficar parada é que não vou.

— E quando foi que você ficou? — retrucou ele.

12

Sindicâncias em Chimneys

Bundle certamente não herdara o temperamento do pai, cuja característica predominante era a mais condescendente das inércias. Como Bill Eversleigh observou corretamente, Bundle não sabia ficar parada.

Na manhã seguinte à noite do jantar, Bundle acordou cheia de disposição. Tinha três planos diferentes, que tencionava pôr em ação nesse mesmo dia, e logo percebeu que ia se sentir meio tolhida pelos limites de tempo e de espaço.

Felizmente não sofria do mesmo mal de Gerry Wade, Ronny Devereux e Jimmy Thesiger — levantar-se cedo não constituía problema para ela. O próprio Sir Oswald Coote seria incapaz de recriminá-la nesse sentido. Às 8h30 já havia tomado café e dirigia-se para Chimneys ao volante da Hispano.

O pai não se mostrou descontente em vê-la.

— Nunca sei quando você vai aparecer — queixou-se. — Mas assim me poupa um telefonema, coisa que detesto. Ontem o coronel Melrose esteve aqui, tratando do inquérito.

O coronel Melrose era o delegado de polícia local e velho amigo de Lord Caterham.

— Refere-se ao inquérito sobre a morte de Ronny Devereux? Quando vai ser?

— Amanhã, ao meio-dia. Melrose vai te chamar para depor. Como foi você quem encontrou o morto, terá de prestar declarações. Mas ele disse que não precisa se assustar.

— A troco de que eu iria me assustar?

— Bom, sabe como é — disse Lord Caterham. — O Melrose é um pouco antiquado.

— Meio-dia — repetiu Bundle. — Ótimo. Eu virei, se ainda estiver viva.

— Existe alguma razão para você crer que não estará?

— Sabe lá — respondeu Bundle. — Com essas tensões da vida moderna, como dizem os jornais...

— Isso me lembra que o George Lomax me convidou para a festa em Wyvern Abbey na semana que vem. Recusei, lógico.

— Muito bem — aplaudiu Bundle. — Não queremos que o senhor se meta em coisas perigosas.

— Vai acontecer alguma coisa perigosa por lá? — perguntou Lord Caterham, já interessado.

— Bom, com aquela carta que ele recebeu, o que é que se pode esperar? — retrucou Bundle.

— Talvez o George vá ser assassinado — sugeriu Lord Caterham, esperançoso. — O que é que você acha, Bundle? No fim, talvez fosse bom eu ir.

— Refreie seus instintos sanguinários e fique quietinho em casa — disse Bundle. — Vou falar com sra. Howell.

Sra. Howell era a governanta, aquela criatura empertigada, de vestido farfalhante, que infundia tanto terror a Lady Coote. Mas não conseguia intimidar Bundle, a quem, na verdade, sempre tratava de srta. Bundle, hábito adquirido na época em que Bundle morava em Chimneys, e era uma garota travessa, de pernas compridas, antes do pai herdar o título.

— Olha aqui, Howelly — disse Bundle —, vamos tomar uma boa xícara de chocolate juntas enquanto você me conta as novidades da casa.

Colheu tudo o que queria saber sem muitas dificuldades, anotando mentalmente o seguinte:

"Há duas copeiras novas, moças do povoado... aqui parece que não tem grande coisa. A terceira arrumadeira é nova, sobrinha da arrumadeira-chefe. Acho que está bem. A Howelly, pelo jeito, deve ter incomodado bastante a pobre da Lady Coote. Que dúvida."

— Nunca pensei que um dia Chimneys seria alugada a estranhos, srta. Bundle.

— Ah! A gente tem que acompanhar a época — retrucou Bundle. — Dê-se por feliz, Howelly, que isto aqui ainda não tenha se transformado numa série de apartamentos de luxo com ótimas áreas de lazer.

Sra. Howell, como autêntica reacionária, sentiu um calafrio na sua aristocrática coluna vertebral.

— Não conheço Sir Oswald Coote — comentou Bundle.

— Sir Oswald é, sem dúvida, um homem muito esperto — declarou sra. Howell com frieza.

Bundle deduziu que Sir Oswald não tinha caído na simpatia da criadagem.

— Claro, sr. Bateman era quem cuidava de tudo — continuou a governanta. — Um rapaz muito eficiente. Muito eficiente, mesmo, e que sabia como as coisas tinham que ser feitas.

Bundle desviou a conversa para a questão da morte de Gerald Wade. Sra. Howell estava mais do que disposta a falar no assunto, dando início a uma série de exclamações de pesar pelo pobre rapaz. Bundle, porém, não apurou nada de novo. Por fim despediu-se da governanta e tornou a descer a escada, tocando logo a campainha para chamar Tredwell.

— Tredwell, quando que o Alfred foi embora?

— Já deve fazer mais ou menos um mês, *Milady*.

— Por que ele foi embora?

— Por sua livre e espontânea vontade, *Milady*. Tenho impressão de que partiu para Londres. Eu não estava nada descontente com ele. Creio que a senhora vai achar bem satisfatório o novo lacaio, John. Parece que entende do serviço e é muito esforçado.

— De onde ele veio?

— Trouxe as melhores referências, *Milady*. A última casa em que ele trabalhou foi a de Lord Mount Vernon.

— Sei — disse Bundle, pensativa.

Lembrava-se que Lord Mount Vernon encontrava-se atualmente numa expedição de caça na África Oriental.

— Como é o sobrenome dele, Tredwell?

— Bauer, *Milady*.

Tredwell calou-se um instante e depois, vendo que Bundle não queria mais nada, retirou-se discretamente da sala. Bundle ficou pensativa.

Naquela manhã, John tinha-lhe aberto a porta, despertando-lhe a atenção sem que desse a perceber. Aparentava ser o criado perfeito, bem treinado, de fisionomia inexpressiva. Possuía, talvez, um porte mais militar que a maioria dos lacaios, com qualquer coisa de estranho no formato da nuca.

Bundle, porém, compreendeu que esses pormenores não tinham mais relevância para a situação. Sentou-se de testa franzida diante do mata-borrão da escrivaninha. Pegou um lápis e pôs-se a escrever o nome Bower sem parar.

De repente veio-lhe uma ideia. Conservou-se totalmente imóvel, fitando a folha. Aí então chamou Tredwell de novo.

— Tredwell, como é que se escreve Bower?

— B-A-U-E-R, *Milady*.

— Esse nome não é inglês.

— Tenho impressão de que ele é de origem suíça, *Milady*.

— Ah! É só, Tredwell. Obrigada.

De origem suíça? Pois sim. Alemã! Aquele porte marcial, aquele pescoço de touro. E tinha se empregado em Chimneys 15 dias antes da morte de Gerry Wade.

Bundle levantou-se. Não havia mais nada a fazer ali. Agora era pôr mãos à obra! Saiu em busca do pai.

— Vou-me embora de novo — anunciou. — Preciso visitar a tia Marcia.

— Visitar a Marcia? — A voz de Lord Caterham estava cheia de espanto. — Minha pobre filha, o que foi que você fez para merecer isso?

— Desta vez, para variar, vou lá porque eu quero — respondeu Bundle.

Lord Caterham olhou assombrado para ela. Parecia-lhe simplesmente incrível que alguém pudesse querer enfrentar voluntariamente a temível cunhada. Marcia, marquesa de Caterham, viúva de seu falecido irmão Henry, era uma figura de grande projeção. Lord Caterham reconhecia que fora uma esposa admirável para Henry. Sem ela, provavelmente jamais chegaria ao cargo de ministro das Relações Exteriores. Em compensação, a morte prematura de Henry, a seu ver, representara a única possibilidade de se livrar da submissão conjugal.

Tudo indicava que Bundle ia se meter imprudentemente na boca do leão.

— Ah, francamente! — exclamou. — Olhe, eu, se fosse você, não faria isso. Sabe lá que consequências não virão daí.

— Tomara que sejam as que espero — retrucou Bundle. — Não se impressione, papai, que não vai me acontecer nada.

Lord Caterham suspirou, instalando-se mais confortavelmente na poltrona. Voltou à leitura do *Field*. Mas não demorou muito para que Bundle, subitamente, tornasse a meter a cabeça na porta.

— Desculpe — disse. — Mas tem outra coisa que eu gostaria de lhe perguntar. Como é Sir Oswald Coote?

— Já te disse... um rolo compressor.

— Não me refiro à impressão que o senhor tem dele. O que eu quero saber é como foi que enriqueceu... fabricando botões para calças, camas de ferro, ou o quê?

— Ah, entendi. Foi com aço. Aço e ferro. É dono das maiores siderúrgicas... é assim que se diz?... da Inglaterra. Claro que agora ele não cuida mais pessoalmente do negócio, que se divide em várias companhias. Ele me pôs como diretor de não sei qual delas. Para mim é uma vantagem... não preciso fazer nada, só ir à cidade umas duas vezes por ano, num daqueles hotéis da rua Cannon ou da rua Liverpool, onde a gente senta ao redor de uma mesa coberta de mata-borrão novo da melhor qualidade.

Aí então o Coote, ou outro velhaco qualquer, faz um discurso cheio de cifras, ao qual, felizmente, nem se necessita prestar atenção... e te garanto que muitas vezes vale a pena, porque o almoço é ótimo.

Pouco interessada nos almoços de Lord Caterham, Bundle sumiu antes que ele terminasse de falar. No trajeto de volta a Londres, procurou ordenar todos os dados obtidos, para ver se chegava a uma conclusão satisfatória.

No seu modo de entender, siderurgia e proteção à infância não tinham nada em comum. Uma das duas, portanto, devia ser só para constar — presumivelmente a segunda. Cabia, pois, descartar sra. Macatta e a condessa húngara, que haviam sido convidadas, evidentemente, só para despistar. Não, todo o negócio girava em torno do desagradável Herr Eberhard, que não parecia o tipo de pessoa que o George Lomax normalmente recebia em sua casa. Bill comentara vagamente que ele era inventor. Depois tinha o ministro da Aeronáutica e Sir Oswald Coote, que fabricava aço. Agora sim, a situação começava a delinear-se melhor.

Já que não adiantava especular mais, Bundle desistiu da tentativa e concentrou-se na entrevista que ia ter com a tia.

Lady Caterham morava em vasto e lúgubre solar numa praça aristocrática de Londres. O interior recendia a lacre, alpiste e flores já meio murchas. Grandalhona, mais imponente que volumosa, Lady Caterham tinha nariz adunco, usava um *lorgnon* de ouro e a leve sombra de um buço ornava-lhe o lábio superior.

Surpreendeu-se bastante ao deparar-se com a sobrinha, mas ofereceu-lhe as faces gélidas para serem beijadas.

— Que prazer inesperado, Eileen — comentou friamente.

— Acabamos de chegar, tia Marcia.

— Eu sei. Como vai seu pai? Sempre na mesma?

Seu pouco caso era explícito. Fazia péssimo juízo de Alastair Edward Brent, nono marquês de Caterham, que considerava um "pobre diabo".

— Papai vai bem. Está em Chimneys.

— Ah, é? Sabe, Eileen, nunca aprovei esse negócio de alugar aquilo lá. A propriedade é, em vários sentidos, um monumento histórico que não podia ser degradado.

— Deve ter sido maravilhosa na época do tio Henry — comentou Bundle com um pequeno suspiro.

— O Henry era cônscio de suas responsabilidades — disse a viúva.

— Só imagino que pessoas não se hospedavam lá — continuou Bundle, deslumbrada. — Os maiores estadistas da Europa.

Lady Caterham suspirou.

— Posso assegurar que, mais de uma vez, importantes decisões históricas foram tomadas lá — observou. — Se ao menos seu pai...

Sacudiu tristemente a cabeça.

— Papai se chateia com política — disse Bundle. — Mas para mim não existe nada mais fascinante. Principalmente quando se pode acompanhar tudo de perto.

Fez essa declaração escandalosamente insincera sem titubear. A tia olhou para ela com certa surpresa.

— Fico satisfeita em ouvir você dizer isso — comentou. — Sempre pensei, Eileen, que você só se interessasse por futilidades.

— Isso foi antigamente — disse Bundle.

—Verdade que você ainda é muito moça — continuou Lady Caterham, pensativa. — Mas na sua posição, e se fizesse um casamento de acordo, poderia se tornar uma das nossas principais anfitriãs políticas.

A ideia deixou Bundle um pouco alarmada. Por um instante temeu que a tia fosse imediatamente indicar-lhe um marido "de acordo".

— Mas eu me acho uma ignorante — retrucou. — Quero dizer, sei tão pouco.

— Isso é fácil de remediar — afirmou Lady Caterham, categórica. — Tenho tudo quanto é livro de que você possa precisar.

— Obrigada, tia Marcia — agradeceu Bundle, passando logo à segunda fase do ataque: — A senhora conhece sra. Macatta?

— Lógico. Uma mulher de grande valor, muito inteligente. Devo dizer que, de modo geral, não aprovo esse negócio de mulheres candidatas ao Parlamento. Há maneiras mais femininas de impor nossa influência. — Parou um pouco, decerto para lembrar a maneira feminina com que obrigara um marido relutante a ingressar na arena política e o êxito maravilhoso que coroara os esforços de ambos. — Mas, enfim, os tempos mudam. E o trabalho que sra. Macatta está fazendo é de uma importância verdadeiramente nacional e do maior valor para todas as mulheres. Creio que posso dizer que se trata de uma obra verdadeiramente feminina. Evidente que você precisa conhecê-la.

Bundle deu um suspiro meio melancólico.

— Ela estará presente à festa que George Lomax vai oferecer na semana que vem. Ele convidou papai, que naturalmente não irá, mas nem se lembrou de estender o convite também a mim. Acho que me julga muito burra.

Lady Caterham teve impressão de que a sobrinha havia feito progressos realmente notáveis. Quem sabe não sofrera alguma desilusão amorosa? Isso, na opinião de Lady Caterham, era muitas vezes extremamente benéfico às moças. Só então começavam a levar a vida a sério.

— Creio que o George Lomax ainda não se deu conta de que você ficou... digamos, adulta? Eileen, meu bem — continuou a tia —, vou ter de trocar umas palavrinhas com ele.

— Ele não gosta de mim — insistiu Bundle. — Sei que não vai me convidar.

— Bobagem — retrucou Lady Caterham. — Você verá como eu consigo. Conheço o Lomax desde que ele era deste tamanho. — Indicou uma altura totalmente absurda. — Ficará simplesmente radiante de poder me prestar um favor. E fará questão de verificar com seus próprios olhos o quanto é vitalmente importante que as moças atuais da nossa condição social tomem um verdadeiro interesse pelo bem-estar do país.

Bundle quase exclamou "Apoiado, apoiado", mas conteve-se a tempo.

— Agora vou emprestar uns livros a você — declarou Lady Caterham, levantando-se.

— Srta. Connor — chamou, numa voz estridente.

Uma secretária muito bem posta e de expressão assustada entrou correndo na sala. Lady Caterham deu-lhe várias instruções. No fim, Bundle viu-se voltando de carro à rua Brook sobraçando um punhado de livros com o aspecto mais insípido que se possa imaginar.

Seu próximo passo foi telefonar a Jimmy Thesiger. As primeiras palavras dele vieram cheias de triunfo.

— Consegui — disse. — Mas tive uma porção de problemas com o Bill. Ele meteu naquela cabeça-dura dele que eu ia me sentir como um cordeiro entre lobos. Por fim deu para convencê-lo. Já trouxe uma pilha de livros e estou examinando tudo. Sabe como é, esses volumes de capa azul, repletos de folhas datilografadas. O cúmulo da chatice... mas é preciso fazer tudo como manda o figurino. Já ouviu falar na controvérsia em torno das fronteiras de Santa Fé?

— Jamais — respondeu Bundle.

— Pois estou me especializando no assunto. Levou anos a fio e foi complicadíssima. Vai ser meu cavalo de batalha. Hoje em dia a gente tem que se especializar em alguma coisa.

— Estou com uma porção de obras do mesmo gênero — disse Bundle. — Tia Marcia me emprestou.

— Tia quem?

— Tia Marcia, a cunhada de papai. Ela se interessa muito por política. Para falar a verdade, vai me conseguir um convite para a festa de George.

— É!? Puxa vida, vai ser ótimo!

Houve uma pausa e depois Jimmy perguntou:

— Escute aqui, você não acha melhor a gente não contar nada para a Loraine?

— Não sei.

— Ela talvez não gostasse de ficar excluída, compreende? E ela realmente não deve se meter nessa história.

— É.

— Quero dizer, não se pode permitir que uma moça como ela se exponha a perigos.

Bundle achou que sr. Thesiger estava mostrando uma verdadeira falta de tato. Nem parecia se preocupar que *ela* se expusesse ao mesmo tipo de risco.

— Você ainda está aí? — perguntou Jimmy.

— Estou. Fiquei pensando.

— Ah! Escute aqui, você vai amanhã ao inquérito?

— Vou. E você?

— Também. Por falar nisso, saiu em todos os jornais. Mas escondido num canto de página. Engraçado, pensei que fossem fazer um estardalhaço por causa da história.

— Pois é... eu também.

— Bom — disse Jimmy. — Preciso voltar ao trabalho. Cheguei apenas ao ponto em que a Bolívia nos mandou uma nota de protesto.

— Acho que também tenho que pôr mãos à obra — disse Bundle. — Você pretende passar a noite toda em claro?

— Creio que sim. E você?

— Ah, provavelmente. Boa noite.

Os dois mentiam da maneira mais descarada. Jimmy Thesiger sabia perfeitamente que ia sair com Loraine Wade para jantar.

Quanto a Bundle, mal desligou o fone, começou a vestir-se com umas roupas incríveis que, por sinal, eram da empregada. E depois de se aprontar, saiu a pé, não sabendo ainda qual seria o melhor meio de transporte, ônibus ou metrô, para chegar ao Clube de Seven Dials.

13
O Clube de Seven Dials

Bundle chegou ao número 14 da rua Hunstanton mais ou menos às seis da tarde. A essa hora, conforme previa, o Clube de Seven Dials encontrava-se deserto. O objetivo que a trazia ali era muito simples: pretendia encontrar Alfred, o ex-lacaio de Chimneys. Estava convencida de que o resto seria fácil. Bundle tinha um método autocrático bem elementar de lidar com empregados. Raramente falhava e não via motivo para que fosse falhar agora.

Mas não estava segura da quantidade de pessoas que moravam nas dependências do clube. E só queria, naturalmente, revelar sua presença ao menor número possível.

Enquanto considerava qual a melhor estratégia a seguir, o problema se resolveu de uma forma surpreendentemente fácil. A porta do nº 14 se abriu e o próprio Alfred apareceu.

— Boa tarde, Alfred — cumprimentou, toda cordial.

Alfred levou um susto.

— Ah! Boa tarde, *Milady*. Quase não a reconheci.

Sabendo que o reconhecimento não imediato se devia ao fato de estar usando as roupas da empregada, Bundle entrou direto no assunto:

— Preciso falar com você, Alfred. Aonde podemos ir?

— Bem... realmente, não sei, *Milady*. Isto aqui não é o que se chama um bairro familiar... francamente, não sei...

— Tem gente no clube? — atalhou Bundle.

— No momento não, *Milady*.

— Então vamos entrar.

Alfred tirou a chave do bolso e abriu a porta. Bundle entrou, Alfred, nervoso e submisso, acompanhou-a. Bundle sentou-se e fixou os olhos no atrapalhado lacaio.

— Creio que você já sabe — começou, decidida — que o que está fazendo aqui é positivamente ilegal, não?

Alfred, constrangido, mudava de posição a todo instante.

— Sim, é verdade que a polícia já deu duas batidas aqui — reconheceu. — Mas não acharam nada de comprometedor, por causa das medidas tomadas por sr. Mosgorovsky.

— Não me refiro à jogatina — disse Bundle. — Há mais do que isso... muito mais, provavelmente, do que você imagina. Vou lhe fazer uma pergunta bem franca, Alfred. Quero que me diga a verdade, ouviu? *Quanto foi que você recebeu para sair de Chimneys?*

Alfred levantou duas vezes os olhos para o teto, como que à procura de inspiração para responder; engoliu em seco e por fim resignou-se à sorte inevitável que aguarda o espírito fraco diante de outro mais forte.

— A coisa foi assim, *Milady*. Sr. Mosgorovsky apareceu com uma porção de gente lá em Chimneys no dia em que a casa é franqueada ao público. Sr. Tredwell estava meio indisposto, então tive de mostrar tudo aos visitantes. No fim da visita, sr. Mosgorovsky ficou para trás e depois de me dar uma boa gorjeta começou a conversar comigo.

— E aí? — perguntou Bundle, animando-o a prosseguir.

— Bom, para encurtar a história — disse Alfred, apressando subitamente a narrativa —, ele me ofereceu cem libras ali mesmo, para que eu largasse o emprego e viesse cuidar deste clube. Queria alguém que estivesse acostumado às melhores famílias... para dar mais classe ao ambiente, explicou. E ora, recusar parecia até uma desfaçatez, já que o salário que ganho aqui é três vezes maior do que o que eu recebia como segundo lacaio.

— Cem libras — murmurou Bundle. — É muito dinheiro, Alfred. Não te disseram nada sobre quem ia preencher a tua vaga em Chimneys?

— *Milady*, eu hesitei um pouco em largar logo o emprego. Como fiz ver a sr. Mosgorovsky, isso não era comum e poderia me trazer inconvenientes. Mas ele conhecia um rapaz que possuía ótimas referências e estava pronto a vir a qualquer hora. De modo que toquei no assunto com sr. Tredwell e tudo se resolveu a contento.

Bundle concordou com a cabeça. Suas desconfianças estavam certas e o *modus operandi* era bem como havia imaginado. Tentou mais uma pergunta.

— Quem é sr. Mosgorovsky?

— O cavalheiro que administra este clube. Ele é russo. E muito inteligente, por sinal.

Bundle desistiu momentaneamente de obter informações.

— Cem libras é uma soma muito grande, Alfred.

— A maior que já tive nas mãos, *Milady* — confessou Alfred, com toda a sinceridade.

— Nunca desconfiou de que houvesse algo de errado?

— De errado, *Milady*?

— É. Não falo da jogatina, mas de uma coisa muito mais séria. Você não quer ir para a cadeia, quer, Alfred?

— Ah, meu Deus! *Milady* não está falando sério, está?

— Anteontem fui à Scotland Yard — disse Bundle, para impressionar. — E fiquei sabendo de umas coisas muito curiosas. Preciso que você me ajude, Alfred. Se me ajudar, bem... se tudo terminar mal, posso interferir em seu favor.

— Se puder, *Milady*, terei o maior prazer. Aliás, de um jeito ou de outro, sempre a ajudaria.

— Bom, em primeiro lugar — disse Bundle —, quero examinar esta casa de alto a baixo.

Acompanhada por Alfred, intrigado e morto de medo, percorreu todas as dependências do clube. Não encontrou nada que lhe chamasse a atenção, até que chegou à sala de jogo. Aí percebeu uma porta discreta num canto, que se achava trancada.

— É usada para casos de emergência, *Milady* — explicou Alfred. — Do outro lado tem uma sala, cuja porta comunica com uma escada que vai dar na rua dos fundos. É por onde saem os grã-finos quando há uma batida.

— E a polícia não sabe disso?

— É uma porta secreta, *Milady*. Dá impressão de ser apenas um armário.

Bundle começou a ficar entusiasmada.

— Preciso entrar aí — disse.

Alfred sacudiu a cabeça.

— Não dá, *Milady*. Sr. Mosgorovsky é que tem a chave.

— Bem — retrucou Bundle —, não há de ser a única.

Notou que a fechadura era do tipo comum e provavelmente poderia ser aberta com toda a facilidade pela chave de qualquer uma das outras portas. Alfred, meio inquieto, teve de ir buscar as mais possíveis. A quarta que Bundle experimentou serviu. Girou-a, abriu a porta e entrou.

A sala era pequena e esquálida. No centro, uma mesa comprida, com cadeiras dispostas em torno. E dois armários embutidos ladeavam a lareira. Alfred indicou o mais próximo com um aceno de cabeça.

— É este — disse.

Bundle experimentou a porta; estava trancada. Então notou que a fechadura era de tipo completamente diverso, que só abria com chave própria.

— Foi bem pensado, não é? — comentou Alfred. — Quando a gente abre, parece mesmo um armário. Com prateleiras, livros de contabilidade e tudo mais. Ninguém seria capaz de desconfiar que basta apertar um botão para que o fundo ceda por completo.

Bundle pôs-se a examinar a sala, pensativa. A primeira coisa que reparou foi a porta por onde haviam entrado, cuidadosamente revestida de um tecido de lã grossa. Devia ser totalmente à prova de som. Depois pousou o olhar nas cadeiras. Havia sete, três de cada lado e uma de contornos mais imponentes à cabeceira de mesa.

Bundle arregalou os olhos. Encontrara o que procurava. Tinha certeza de que era ali o local de reuniões da sociedade secreta. O cenário não podia ser mais ideal. Parecia tão inocente — entrava-se simplesmente pela sala de jogo ou então pela porta secreta — e todo o sigilo, todas as preocupações se justificavam simplesmente pela jogatina no salão vizinho.

Enquanto pensava nisso, correu o dedo pelo mármore da lareira. Alfred viu o gesto e interpretou mal sua intenção.

— A senhora não vai encontrar nenhuma sujeira aí — disse. — Hoje de manhã sr. Mosgorovsky mandou fazer uma limpeza geral e eu espanei tudo enquanto ele esperava.

— Ah! — exclamou Bundle. — Hoje de manhã, é?

— Às vezes é preciso — disse Alfred. — Apesar de que pode se dizer que a sala nunca é usada.

— Alfred, você tem que descobrir um lugar nesta sala que dê para eu me esconder.

Alfred ficou estarrecido.

— Não é possível, *Milady*. A senhora vai me meter numa enrascada e perderei o emprego.

— Você o perderá de qualquer jeito quando for para a cadeia — retrucou Bundle, impiedosa. — Mas, para ser franca, não precisa se preocupar. Ninguém ficará sabendo.

— Mas não tem nenhum lugar — gemeu Alfred. — Se não acredita, *Milady*, veja com seus próprios olhos.

Bundle foi obrigada a reconhecer que o argumento tinha base. Mas ela possuía o espírito de quem se lança à aventura.

— Bobagem — disse, resoluta. — *Tem* que ter.

— Mas não tem — gemeu Alfred.

Jamais uma sala se mostrou menos propícia a esconderijos. Venezianas encardidas encobriam as vidraças imundas e não havia cortinas. O parapeito externo da janela, examinado por Bundle, tinha apenas uns dez centímetros de largura! E no interior da sala, apenas a mesa, as cadeiras e os armários.

O segundo estava com a chave na fechadura. Bundle aproximou-se e abriu-o. As prateleiras se achavam cobertas de uma estranha variedade de copos e objetos de louça.

— Isso aí é material de reserva, que ninguém usa — explicou Alfred. — A senhora mesma pode ver, *Milady*. Não existe nenhum canto que dê para um gato se esconder.

Bundle, porém, estava examinando as prateleiras.

— Que coisa mais frágil — disse. — Escute aqui, Alfred. Não tem um armário lá embaixo onde se pudesse guardar todos estes copos? Ah, tem? Ótimo. Então vai buscar uma bandeja e comece logo a levar isso para lá. Depressa... não há tempo a perder.

— Impossível, *Milady*. Já é tarde. Daqui a pouco os cozinheiros estão aí.

— Sr. Mosgo-não-sei-o-quê só chega bem depois, não é?

— Ele nunca vem antes da meia-noite. Mas, *Milady*...

— Chega de conversa, Alfred — atalhou Bundle. — Busque a bandeja. Se ficar discutindo, aí sim é que você *vai* se meter numa enrascada.

"Retorcendo as mãos", como se diz, Alfred retirou-se. Não demorou muito para voltar com uma bandeja em punho e, tendo percebido que qualquer protesto seria inútil, pôs-se a trabalhar com uma energia frenética que não deixava de ser surpreendente para a situação.

Conforme Bundle previa, as prateleiras eram facilmente removíveis. Tirou uma por uma, encostando-as na parede, e depois entrou no armário.

— Hum — comentou. — Como é apertado. Mal vai dar para ficar aqui. Feche a porta com cuidado, Alfred... isto. É, até que dá. Agora preciso de uma broca.

— De uma broca, *Milady*?

— Isso mesmo.

— Eu não sei se...

— Bobagem, você deve ter uma broca... talvez uma pua, também. Se não tiver, terá que ir comprar. Portanto, é melhor procurar direito.

Alfred saiu e depois de alguns minutos voltou com um verdadeiro sortimento de ferramentas. Bundle pegou a que queria e começou a abrir rapidamente um orifício à altura do olho direito. Fez isso pelo lado de fora, para que ficasse menos evidente, não ousando alargar muito o buraco, que fatalmente despertaria a atenção.

— Pronto, assim já dá — anunciou, afinal.

— Ah, mas *Milady*, *Milady*...

— O que é que tem?

— Eles vão achar a senhora... se abrirem a porta...

— Não abrirão — disse Bundle. — Porque você vai trancá-la e depois guardar a chave.

— E se por acaso sr. Mosgorovsky pedir a chave?

—Você diz que perdeu — respondeu Bundle, sem vacilar. — Mas ninguém vai se preocupar com este armário... ele está aqui só para desviar a atenção do outro e formar um par. Ande, Alfred, pode vir alguém a qualquer momento. Tranque-me aqui dentro, leve a chave e depois vem me abrir a porta quando todo mundo já tiver ido embora.

— A senhora não vai aguentar, *Milady*. É capaz de desmaiar...

— Nunca desmaio — disse Bundle. — Mas bem que você podia me trazer um coquetel. Acho que vou precisar. Depois tranque de novo a porta da sala... não se esqueça... e ponha todas as chaves nos respectivos lugares. E Alfred, não invente de fugir correndo que nem um coelho. Lembre-se, se alguma coisa sair mal, quem perde é você.

— Agora só me resta esperar — murmurou Bundle quando Alfred, depois de lhe trazer o coquetel, finalmente se retirou.

Não estava nervosa, mas temia que o ex-lacaio perdesse a coragem e terminasse denunciando-a. Sabia, porém, que o instinto de conservação de Alfred sairia triunfante. E que bastava a experiência para ajudá-lo a dissimular emoções sem mover um só músculo do rosto.

Uma única coisa a preocupava. A explicação que encontrara para a limpeza da sala naquela manhã talvez estivesse totalmente errada. Nesse caso... Bundle suspirou dentro da exiguidade do armário. A perspectiva de passar longas horas ali, sem resultado, não lhe era nada agradável.

14

A reunião secreta

Seria melhor resumir, na medida do possível, os sofrimentos das quatro horas seguintes. A posição de Bundle começou a lhe dar cãibras. Ela havia imaginado que a reunião, se chegasse a se realizar, seria efetuada quando o clube estivesse em pleno funcionamento, provavelmente entre meia-noite e duas da madrugada.

Achou que já devia ser pelo menos seis horas da manhã quando escutou o ruído de uma chave girando na fechadura.

Em seguida a luz se acendeu. O sussurro que estava ouvindo há alguns minutos cessou tão subitamente como começara. Bundle percebeu o barulho de um ferrolho — era evidente que alguém tinha entrado pela sala de jogo ao lado. Não pôde deixar de admirar a perfeição do sistema de isolamento de som da porta.

Não demorou muito para que o recém-chegado surgisse no seu campo visual — forçosamente um tanto limitado, mas que mesmo assim permitia divisá-lo. Um homem alto, de ombros largos e aspecto impressionante, com longa barba negra, que Bundle se lembrava de ter visto na noite anterior sentado a uma das mesas de bacará.

Era esse, então, o misterioso russo mencionado por Alfred, o proprietário do clube, o sinistro sr. Mosgorovsky. O coração de Bundle pôs-se a bater mais rápido. Ela se parecia tão pouco com o pai que nesse instante se sentiu entusiasmada, apesar do extremo desconforto da posição em que estava.

O russo parou um instante diante da mesa, cofiando a barba. Depois tirou o relógio do bolso e olhou a hora. Sacudindo a cabeça como se estivesse satisfeito, tornou a meter a mão no bolso e, puxando alguma coisa que Bundle não pôde ver, saiu de seu campo visual.

Quando reapareceu, ela mal conseguiu reprimir uma exclamação de surpresa.

O rosto estava agora coberto por uma máscara — mas não do tipo convencional. Em vez de modelar as feições, era apenas um pedaço de pano caído como uma cortina, com dois buracos para os olhos. De formato redondo, trazia o desenho de um mostrador de relógio em que os ponteiros marcavam seis horas.

— Os sete relógios! — exclamou Bundle.

E nesse instante, um novo ruído — sete batidas abafadas.

Mosgorovsky passou para o lado onde Bundle sabia que ficava a porta do outro armário. Escutou um estalo e depois vozes em língua estrangeira.

Dali a pouco já dava para enxergar os recém-chegados.

Também usavam máscaras de relógios, só que os ponteiros marcavam horas diversas — quatro e cinco, respectivamente. Os dois estavam em trajes de noite — mas com uma diferença. Um era jovem, esbelto e elegante, com a roupa muito bem cortada. A graça com que se movia era mais de estrangeiro do que de inglês. O outro podia ser descrito como magro e forte. A roupa lhe ia bastante bem, sem nada de especial, e Bundle adivinhou-lhe a nacionalidade antes mesmo que abrisse a boca para falar.

— Pelo que vejo, somos os primeiros a chegar.

Uma voz cheia e agradável, com certo sotaque americano e uma sombra de inflexão irlandesa.

— Tive bastante dificuldade para sair hoje à noite — disse o mais elegante, em bom inglês, apesar de meio artificial. — Essas coisas nem sempre correm como a gente quer. Não sou, como aqui o nº 4, dono de mim mesmo.

Bundle tentou adivinhar-lhe a nacionalidade. Antes de falar, tinha pensado que talvez fosse francês, mas o sotaque não era de francês. Agora achava que podia ser austríaco, húngaro ou até mesmo russo.

O americano passou para o outro lado da mesa. Bundle ouviu o barulho do arrastar de uma cadeira.

— O "uma hora" está se saindo muito bem — disse. — Felicito-o pelo risco que teve de enfrentar.

O "cinco horas" deu de ombros.

— Se a gente não se arrisca... — deixou a frase incompleta.

Ouviram-se outra vez sete batidas e Mosgorovsky aproximou-se da porta secreta.

Bundle não conseguiu distinguir nada com clareza durante alguns instantes, uma vez que todos os presentes se achavam fora do seu campo visual, mas não demorou muito para que o russo barbudo perguntasse em voz alta:

— Podemos começar?

Contornou a mesa e sentou-se junto à cadeira de braços da cabeceira. Dessa posição, ficava bem de frente para o armário de Bundle. O elegante "cinco horas" ocupou o lugar a seu lado. A terceira cadeira, a seguir, não podia ser vista por Bundle, mas o nº 4, o americano, apareceu por um instante, antes de se sentar.

Do lado mais próximo também só se enxergavam duas cadeiras e, enquanto ela procurava ver, uma mão encostou na beirada da mesa o espaldar da segunda — na realidade a que ficava no meio. E depois, com um movimento rápido, um dos recém-chegados passou rente pelo armário, dirigindo-se à cadeira oposta a de Mosgorovsky. Quem se sentasse ali mantinha, naturalmente, as costas viradas para Bundle — e eram para elas que Bundle agora olhava com grande interesse, pois eram as costas belíssimas de uma mulher de vestido muito decotado.

Foi ela quem falou primeiro. Tinha uma voz musical, estrangeira — profundamente sedutora. Estava de frente para a cadeira vazia à cabeceira da mesa.

— Quer dizer, então, que não veremos o nº 7 hoje à noite? — perguntou. — Será que algum dia o veremos, meus amigos?

— Essa foi boa! — exclamou o americano. — Muito boa, mesmo! Quanto ao "sete horas"... já estou começando a acreditar que ele nem existe.

— Não lhe aconselho a pensar assim, meu caro — disse amavelmente o russo.

Fez-se um silêncio — meio constrangedor, na opinião de Bundle.

Continuava fascinada pelas belas costas. Logo abaixo do ombro direito havia um sinalzinho preto que realçava a brancura da pele. Bundle achou que finalmente a expressão "bela aventureira", tantas vezes encontrada nos livros, adquiria um significado real. Estava absolutamente certa de que essa mulher tinha rosto bonito — um rosto eslavo e moreno, de olhos ardentes.

A voz do russo, que parecia o coordenador da reunião, arrancou-a de seus devaneios.

— Vamos continuar com os trabalhos? Em primeiro lugar, o nosso companheiro ausente, o nº 2!

Fez um gesto esquisito com a mão, indicando a cadeira encostada junto à da mulher, gesto que todos os presentes imitaram, ao mesmo tempo em que se voltavam para a cadeira.

— Gostaria que o nº 2 estivesse aqui hoje — continuou. — Há muitas coisas que precisam ser feitas. Surgiram dificuldades imprevistas.

— Já recebeu o relatório dele? — perguntou o americano.

— Por enquanto ainda não. — Houve uma pausa. — Não consigo entender.

— Será que se extraviou?

— É possível.

— Quer dizer, em suma, que existe perigo — murmurou o "cinco horas".

Usou a palavra com delicadeza e, ao mesmo tempo, satisfação.

O russo concordou veementemente com a cabeça.

— Existe, sim. Anda divulgando muita coisa sobre nós... sobre este lugar. Sei de várias pessoas que desconfiam. — E acrescentou friamente: — Precisam ser silenciadas.

Bundle sentiu um arrepio na espinha. Se fosse descoberta, seria silenciada? De repente ouviu uma palavra que lhe chamou a atenção.

— De modo que não surgiu nada a respeito de Chimneys?

Mosgorovsky sacudiu a cabeça.

O nº 5 subitamente curvou-se para frente.

— Concordo com Anna. Onde está nosso presidente, o nº 7? Foi ele quem teve a ideia do grupo. Por que nunca vem às reuniões?

— O nº 7 — respondeu o russo — tem seus próprios métodos de trabalho.

— É o que você sempre diz.

— E digo mais ainda — frisou Mosgorovsky. — Pobre daquele... ou daquela... que se insurgir contra ele.

Houve outro silêncio embaraçoso.

— Vamos prosseguir com a ordem do dia — declarou Mosgorovsky, calmamente. — Nº 3, você trouxe a planta de Wyvern Abbey?

Bundle apurou o ouvido. Até então ainda não tinha podido enxergar nem tampouco escutar a voz do nº 3. Agora podia. Era inconfundível: baixa, agradável, comum — a voz de um inglês bem-educado.

— Aqui está.

Passaram alguns papéis para o outro lado da mesa. Todo mundo se curvou para a frente. Dali a pouco Mosgorovsky levantou de novo a cabeça.

— E a lista de convidados?

— É esta aqui.

O russo leu os nomes:

— Sir Stanley Digby. Sr. Terence O'Rourke. Sir Oswald e Lady Coote. Sr. Bateman. A condessa Anna Radzky. Sra. Macatta. Sr. James Thesiger… — Fez pausa e depois perguntou bruscamente: — Quem é esse sr. James Thesiger?

O americano riu.

— Acho que não precisa se preocupar por causa dele. É uma perfeita toupeira.

O russo continuou a leitura.

— Herr Eberhard e sr. Eversleigh. Isso completa a lista.

"Ah, é?", pensou Bundle com seus botões. "E aquela moça tão simpática, Lady Eileen Brent, hem?"

— É, parece que não há motivo para preocupações — comentou Mosgorovsky. Olhou para o outro lado da mesa. — Creio que não resta dúvida quanto ao valor da invenção do Eberhard, não é?

"Três horas" deu uma resposta lacônica, tipicamente inglesa:

— Nenhuma.

— Sob o ponto de vista comercial, deve valer milhões — disse o russo. — E do internacional... bem, quem é que não conhece a ganância das nações?

Bundle imaginou que por trás da máscara ele sorria de uma maneira positivamente desagradável.

— Sim — prosseguiu ele. — Uma mina de ouro.

— Que vale o sacrifício de algumas vidas — retrucou cinicamente o nº 5 com uma risada.

— Mas vocês sabem como são os inventores — disse o americano. — Às vezes esses troços nem funcionam.

— Um homem como Sir Oswald Coote não se engana — lembrou Mosgorovsky.

— Falando com minha experiência de aviador — disse o nº 5 —, a coisa é perfeitamente viável. Há anos que vem sendo discutida... mas foi preciso o gênio do Eberhard para pô-la em prática.

— Bem — disse Mosgorovsky —, acho que não se precisa discutir mais esse assunto. Todos já viram as plantas. Não creio que nosso plano original possa ser melhorado. Por falar nisso, soube que encontraram uma carta de Gerald Wade que faz referência à nossa organização. Quem a encontrou?

— A filha de Lorde Caterham... Lady Eileen Brent.

— Bauer devia ter cuidado disso — observou Mosgorovsky. — Foi negligência da parte dele. Quem era o destinatário?

— A irmã, creio eu — respondeu o nº 3.

— Que desgraça — disse Mosgorovsky. — Mas que se há de fazer? O inquérito sobre Ronald Devereux é amanhã. Suponho que todas as providências já tenham sido tomadas, não?

— Espalhou-se o boato de que a rapaziada local andava praticando tiro com espingardas — disse o americano.

— Então tudo vai correr bem. Acho que não há mais nada a dizer. E me parece que devemos cumprimentar a nossa querida "uma hora" e desejar-lhe felicidades no papel que terá de desempenhar.

—Viva Anna! — gritou o nº 5.

Todas as mãos fizeram o mesmo gesto que Bundle tinha visto antes.

—Viva Anna!

"Uma hora" agradeceu a aclamação com um gesto tipicamente estrangeiro. Depois levantou-se e os outros fizeram o mesmo. Pela primeira vez, Bundle viu de relance o nº 3, quando ele se aproximou de Anna para pôr-lhe o casaco nos ombros — um homem alto e corpulento.

Por fim o grupo retirou-se em fila pela porta secreta. Mosgorovsky ficou segurando-a para que todos passassem, esperou um instante e então Bundle ouviu quando baixou o ferrolho na outra e saiu da sala, depois de apagar a luz.

Só duas horas mais tarde foi que Alfred, pálido e ansioso, veio soltar Bundle. Ela quase caiu-lhe nos braços e ele teve de ampará-la.

— Não se assuste — disse Bundle. — Fiquei apenas com os músculos dormentes, mais nada. Espere aí, deixe eu me sentar.

— Ah, Santo Deus, *Milady*, foi horrível.

— Bobagem — disse Bundle. — Saiu tudo perfeito. Não precisa mais ter medo, agora tudo já terminou. Podia ter acabado mal, mas graças a Deus não acabou.

— Graças a Deus, como a senhora diz, *Milady*. Passei a noite inteira apavorado. Que gente esquisita, não é?

— Esquisita é apelido — retrucou Bundle, massageando vigorosamente os braços e as pernas. — Para ser franca, é o tipo de gente que até hoje eu pensava que só existisse em livros. Vivendo e aprendendo, Alfred.

15

O inquérito

Bundle chegou em casa lá pelas seis da manhã. Às 9h30 já estava de pé e vestida. Telefonou para Jimmy Thesiger.

A prontidão com que foi atendida de certo modo a surpreendeu, mas depois ele explicou que ia comparecer ao inquérito.

— Também vou — disse Bundle. — E tenho uma porção de novidades para te contar.

— Bem, então por que não vamos juntos no meu carro para conversarmos no caminho?

— Boa ideia. Mas é melhor irmos logo porque antes preciso passar por Chimneys. O delegado ficou de me apanhar lá.

— Por quê?

— Porque ele é muito bonzinho — respondeu Bundle.

— Eu também sou — disse Jimmy. — Bonzinho à beça.

— Ah, você... você é uma toupeira — disse Bundle. — Ainda ontem ouvi alguém dizer isso.

— Quem?

— Para ser rigorosamente exata... um judeu russo. Não, não. Foi um...

Um protesto indignado interrompeu-a.

— Posso ser uma toupeira — retrucou Jimmy. — Até acho que sou mesmo... mas não admito que judeus russos me chamem assim. O que é que você andou fazendo ontem à noite, Bundle?

— É disso que eu quero falar — disse Bundle. — Até logo.

E desligou de um modo provocante, que deixou Jimmy agradavelmente intrigado. Tinha o maior respeito pelas capacidades de Bundle, embora não houvesse o menor traço de romantismo na afeição que sentia por ela.

"Ela andou aprontando alguma", pensou, tomando às pressas o último gole de café. "Quanto a isso não há dúvida."

Vinte minutos depois, o pequeno carro de dois lugares parava defronte à casa da rua Brook. Bundle, que já o aguardava, desceu a escada correndo. Jimmy, geralmente, não era muito observador, porém notou que ela estava com olheiras e tinha todo o aspecto de quem passou a noite em claro.

— Como é? — perguntou, quando o carro começou a rodar pelos subúrbios —, em que aventuras misteriosas você se meteu?

— Espere aí que eu já conto — disse Bundle. — Mas não me interrompa enquanto eu não tiver acabado.

A história era bastante comprida. Jimmy fez o possível para prestar atenção ao mesmo tempo em que evitava acidentes. Quando Bundle terminou, ele deu um suspiro — depois lançou-lhe um olhar penetrante.

— Bundle.

— Que é?

— Escute aqui, você não está querendo me fazer de bobo?

— Como assim?

— Desculpe-me — disse Jimmy —, mas me parece que já ouvi essa história antes... em sonho, sabe?

— Sim, eu sei — retrucou Bundle, compreensiva.

— Não é possível — continuou Jimmy. — A bela aventureira estrangeira, a quadrilha internacional, o misterioso nº 7, cuja identidade ninguém sabe... já li isso tudo mil vezes em livros.

— Claro que leu. Eu também. Mas não é motivo para que não tenha acontecido realmente.

— É, acho que não — reconheceu Jimmy.

— Afinal de contas, tenho a impressão de que a ficção se baseia na realidade. Quer dizer, se as coisas não acontecessem, ninguém poderia imaginá-las.

— Não deixa de ter razão — concordou Jimmy. — Mas mesmo assim fico com vontade de me beliscar para me convencer de que não estou sonhando.

— Foi a sensação que eu tive.

Jimmy deu outro suspiro.

— Bom, parece que estamos acordados. Agora deixe eu ver: um russo, um americano, um inglês, um austríaco ou húngaro, talvez... e a mulher que pode ser de qualquer nacionalidade... de preferência russa ou polonesa... é um grupo bem heterogêneo.

— E um alemão — lembrou Bundle. — Não se esqueça do alemão.

— Ah! — exclamou Jimmy, hesitante. — Você acha que...?

— O nº 2, que faltou à reunião. Só pode ser Bauer, o nosso ex-lacaio. Isso me parece pra lá de evidente pelo que falaram de um relatório que estavam esperando e não foi entregue, embora eu não consiga atinar com que espécie de relatório possa haver sobre Chimneys.

— Deve ser relacionado com a morte de Gerry Wade — disse Jimmy. — Aí tem algo que ainda não descobrimos. Você diz que chegaram a mencionar o nome de Bauer?

Bundle confirmou com a cabeça.

— Eles o recriminaram por não ter encontrado a tal carta.

— Bem, me parece que você fez tudo o que pôde. Sem sombra de dúvida. Por favor, perdoe minha incredulidade de antes, Bundle... mas sabe, a história dava impressão de ser tão incrível. Você diz que eles sabiam que vou a Wyvern Abbey na semana que vem?

— Sim, foi aí que o americano... ele, e não o russo... falou que não precisavam se preocupar, que você era uma perfeita toupeira.

— Ah! — exclamou Jimmy, calcando com raiva o pé no acelerador —, ainda bem que você me contou isso. Me dá o que se pode chamar de interesse pessoal no caso.

Ficou calado um instante e depois perguntou:

— O nome do tal inventor alemão era Eberhard, não é?

— Sim. Por quê?

— Espere um pouco. Estou me lembrando de uma coisa. Eberhard. Eberhard. É, tenho certeza que o nome era esse.

— Me conta.

— Esse cara registrou uma invenção que pode se aplicar ao aço. Não sei explicar direito por que não tenho conhecimentos científicos... mas sei que no fim o negócio ficava tão forte que um arame passava a ter a mesma resistência de uma barra de aço. Eberhard lidava com aviões e a ideia dele era que o peso seria reduzido de tal maneira que os voos sofreriam uma verdadeira revolução. Em matéria de custo, quero dizer. Tenho a impressão de que ele ofereceu essa invenção ao governo alemão, que a recusou, apontando alguma falha inegável... mas de uma forma meio antipática. Ele se lançou ao trabalho e contornou a dificuldade, que não sei qual era, mas, ofendido com a atitude deles, jurou que não botariam a mão no seu tesouro. Sempre pensei que tudo fosse pura conversa, mas agora... me parece diferente.

— É isso mesmo — disse Bundle, toda animada. — Você deve ter razão, Jimmy. No mínimo o Eberhard ofereceu a invenção dele ao nosso governo. Eles já consultaram, ou vão consultar a opinião idônea de Sir Oswald Coote a respeito. Vai haver uma conferência não oficial em Wyvern Abbey entre Sir Oswald, George, o ministro da Aeronáutica e Eberhard. O Eberhard mostrará os planos, o processo ou seja lá qual for o nome que tenha...

— A fórmula — sugeriu Jimmy. — Acho que "fórmula" é uma boa palavra.

— Ele mostrará a fórmula que os Sete Relógios pretendem roubar. Lembro-me que o russo falou que valia milhões.

— Creio que vale mesmo — disse Jimmy.

— E até algumas vidas... foi o que o outro disse.

— Que pelo jeito já foram sacrificadas — comentou Jimmy, com a fisionomia subitamente acabrunhada. — Veja só essa droga de inquérito de hoje. Bundle, você tem certeza de que o Ronny não disse mais nada?

— Tenho — respondeu Bundle. — Foi só isto: "Seven Dials... Diga... Jimmy Thesiger..." Foi só o que ele pôde dizer, coitado.

— Quem dera que soubéssemos o que ele descobriu — disse Jimmy. — Mas uma coisa é certa. Garanto que o tal lacaio, Bauer, deve ser o culpado da morte de Gerry. Sabe, Bundle...

— O quê?

— Às vezes fico preocupado. Quem será a próxima vítima?! Francamente, é o tipo do negócio em que uma moça não deve se meter.

Bundle não pôde deixar de sorrir. Parecia-lhe que Jimmy tinha levado um bocado de tempo para colocá-la na mesma categoria de Loraine Wade.

— É mais provável que seja você e não eu — observou, alegremente.

— Tomara! — exclamou Jimmy. — Mas que tal umas baixas no campo inimigo, para variar? Hoje estou me sentindo meio sanguinário. Diga-me uma coisa, Bundle. Você seria capaz de reconhecer essas pessoas se tornasse a vê-las?

Bundle hesitou.

— Acho que reconheceria o nº 5 — respondeu afinal. — Tinha um modo esquisito de falar... uma espécie de jeito maldoso, sibilante... acho que ele eu reconheceria logo.

— E o inglês?

Bundle sacudiu a cabeça.

— Foi o que menos vi... só de relance... e a voz dele é muito comum. Além de ser um homenzarrão, não há mais nada que o caracterize.

— Tem a mulher, lógico — continuou Jimmy. — Com ela deve ser mais fácil. Só que não é provável que vocês duas se encontrem. No mínimo está encarregada das piores sujeiras, recebendo convites para jantar com ministros de Gabinete, arrancando-lhes segredos de Estado depois de algumas bebidas. Ao menos é o que acontece nos livros. Para ser franco, o único ministro de Gabinete que conheço só toma água quente com gotas de limão.

— Olhe o George Lomax, por exemplo. Você pode imaginá-lo apaixonado por belas estrangeiras? — perguntou Bundle com uma gargalhada.

Jimmy concordou que era impossível mesmo.

— E quanto ao homem misterioso, o nº 7 — prosseguiu Jimmy. — Não tem ideia de quem possa ser?

— Não.

— Ele também... a julgar pelos livros, quero dizer... deve ser alguém que todo mundo conhece. Não seria o próprio George Lomax?

Bundle sacudiu a cabeça, relutante.

— Num livro isso ficaria perfeito — concordou. — Mas conhecendo o Olho de Boi... — E entregou-se a um súbito acesso de riso. — O Olho de Boi, o grande gênio do crime — exclamou. — Não seria fantástico?

Jimmy concordou que seria. A conversa de ambos tinha demorado algum tempo e ele diminuíra involuntariamente a marcha do carro por duas ou três vezes. Quando chegaram a Chimneys, encontraram o coronel Melrose já à espera de Bundle. Jimmy lhe foi apresentado e os três partiram juntos para o inquérito.

Conforme o coronel Melrose havia previsto, tudo foi muito simples. Bundle prestou depoimento. O médico também. Surgiram testemunhas declarando que era comum a prática de tiro com espingarda nas redondezas. O veredicto foi morte por acidente.

Terminado o inquérito, o coronel Melrose ofereceu-se para levar Bundle de carro até Chimneys e Jimmy Thesiger voltou para Londres.

A despeito da despreocupação aparente, estava vivamente impressionado com a história de Bundle. Franziu os lábios.

— Ronny, meu velho — murmurou —, você vai ver o que eu vou fazer. Pena que você não esteja aqui para entrar na brincadeira.

Outra ideia veio-lhe como um raio. Loraine! Estaria correndo perigo?

Depois de alguns minutos de hesitação, aproximou-se do telefone e ligou para ela.

— Sou eu... Jimmy. Achei que você gostaria de saber o resultado do inquérito. Morte por acidente.

— Ah, mas...

— Pois é, eu também acho que há qualquer coisa por trás disso. O juiz deve ter recebido alguma indicação. Tem alguém interessado em abafar o caso. Olhe, Loraine...

— O quê?

— Escute aqui. Está... está havendo uma coisa meio estranha por aí. Tome muito cuidado, viu? Por minha causa.

Percebeu a súbita nota de pânico que surgiu na voz dela.

— Jimmy... mas então também é perigoso... para *você*.

Ele riu.

— Ah, não faz mal. Tenho fôlego de gato. Até logo, meu bem.

Desligou e ficou um pouco imóvel, pensando. Depois chamou Stevens.

— Stevens, você quer ir comprar uma pistola para mim?

— Uma pistola, patrão?

Criado impecável, Stevens não demonstrou a mínima surpresa.

— Que tipo de pistola o senhor quer?

— Daquelas que a gente aperta o gatilho e vai dando tiro sem parar.

— Uma automática, então.

— Isso — disse Jimmy. — Uma automática. E eu gostaria de que fosse de cano azul... se é que você e o homem da loja sabem do que se trata. Nos romances policiais americanos, o herói sempre anda com uma automática de cano azul no bolso de trás das calças.

Stevens permitiu-se um sorriso discreto.

— A maioria dos americanos que conheço, patrão, sempre anda com algo bem diferente no bolso de trás das calças — comentou.

Jimmy Thesiger deu uma risada.

16
Fim de semana em Wyvern Abbey

Bundle chegou de carro em Wyvern Abbey bem na hora do chá de sexta-feira à tarde. George Lomax adiantou-se para recebê-la com bastante solicitude.

— Minha querida Eileen — exclamou. — Que prazer vê-la por aqui. Perdoe-me por não tê-la convidado quando falei com seu pai, mas com franqueza, nunca supus que uma reunião deste gênero pudesse interessá-la. Fiquei ao mesmo tempo surpreso e... encantado quando Lady Caterham me contou do seu... interesse por... política.

— Estava louca por vir — disse Bundle de um modo simples e sincero.

— Sra. Macatta só chegará pelo último trem — explicou George. — Ontem à noite ela tomou parte num comício em Manchester. Conhece Thesiger? É muito moço, mas tem excelentes conhecimentos de política externa. Olhando, ninguém diria.

— Já conheço sr. Thesiger — disse Bundle, apertando cerimoniosamente a mão de Jimmy, que ela observou que tinha repartido o cabelo ao meio para acentuar a seriedade da sua expressão.

— Escute aqui — cochichou Jimmy às pressas, enquanto George afastava-se um pouco. — Não fica zangada comigo, mas contei ao Bill o que pretendíamos fazer.

— Ao Bill? — retrucou Bundle, contrariada.

— Bem, afinal de contas — continuou Jimmy —, o Bill é da turma, você sabe. O Ronny era amigo dele e o Gerry também.

— Ah, eu sei — disse Bundle.

— Mas acha que fiz mal, não é? Desculpe.

— Claro que o Bill é um bom rapaz. Mas não se trata disso — insistiu Bundle. — É que ele... bem, é que o Bill vive cometendo gafes.

— Tem o raciocínio lento, não é? — sugeriu Jimmy. — Mas você se esquece de uma coisa... ele tem punhos muito fortes. E estou com a impressão de que isso vai nos fazer falta.

— É, talvez tenha razão. Como foi que ele reagiu?

— Bem, ele custou bastante para entender, mas... quero dizer, tive que explicar várias vezes. Mas repetindo tudo com calma, em palavras bem simples, por fim consegui que aquele cabeça-dura terminasse entendendo. É lógico que ele está do nosso lado, para o que der e vier, como se costuma dizer.

De repente George reapareceu.

— Quero apresentar-lhe algumas pessoas, Eileen. Este é Sir Stanley Digby... Lady Eileen Brent. Sr. O'Rourke...

O ministro da Aeronáutica era gordinho e sorridente. Sr. O'Rourke, um rapaz alto de vivíssimos olhos azuis e rosto tipicamente irlandês, cumprimentou Bundle com efusão.

— E eu que pensava que íamos ter um fim de semana terrivelmente tedioso, só de políticos — murmurou bem rápido.

— Fale baixo — disse Bundle. — Eu me interesso muito por política...

— Sir Oswald e Lady Coote você já conhece — continuou George.

— Não pessoalmente — retrucou Bundle, sorrindo.

E aplaudiu mentalmente o talento descritivo do pai.

Sir Oswald apertou-lhe a mão com tanta força que ela quase perdeu o equilíbrio.

Lady Coote, depois de um cumprimento meio tristonho, virou-se para Jimmy Thesiger com o que se poderia chamar de certo prazer. Apesar do hábito repreensível que ele tinha de se atrasar para o café da manhã, Lady Coote sentia afeição por esse simpático rapaz de rosto corado. Seu ar de bom caráter irrefreável a fascinava. Vinha-lhe uma vontade maternal de curá-lo de seus maus costumes e transformá-lo numa pessoa trabalhadora. Se ele depois continuaria a ter a mesma atração, era uma pergunta que nunca tinha se formulado. Agora começava a contar-lhe um doloroso acidente de carro que acontecera com uma de suas amigas.

— Sr. Bateman — apresentou George, lacônico, como se quisesse passar logo a coisas mais importantes.

Um rapaz sisudo e pálido curvou-se.

— E agora — continuou George —, quero apresentar-lhe a condessa Radzky.

A condessa estava conversando com sr. Bateman; reclinada num sofá, as pernas cruzadas da maneira mais ousada, fumava um cigarro numa piteira inacabável, cravejada de turquesas.

Bundle achou que era uma das mulheres mais lindas que já tinha visto. Os olhos grandes azuis, o cabelo da cor do azeviche, a pele bronzeada, o nariz curto dos eslavos e um corpo esbelto, sinuoso. Os lábios estavam pintados de um modo que Bundle tinha certeza que devia ser inédito em Wyvern Abbey.

— Esta é sra. Macatta... não é? — perguntou logo.

Quando George respondeu que não e apresentou Bundle, a condessa cumprimentou de leve com a cabeça e no mesmo instante voltou a conversar com o sisudo sr. Bateman.

Bundle escutou a voz de Jimmy.

— O Pongo está completamente fascinado pela bela eslava — disse. — Que coisa mais patética, não é? Venha tomar um pouco de chá.

Aproximaram-se de novo de Sir Oswald Coote.

— Aquela sua casa, Chimneys, é ótima — observou o grande industrial.

— Que bom que o senhor gostou dela — retrucou Bundle, discretamente.

— Só que precisa mudar de encanamento — disse Sir Oswald. — Para ficar mais moderna, sabe?

E assim foi a conversa, durante alguns minutos.

— Pretendo alugar a casa do duque de Alton. Por três anos. Enquanto procuro uma para comprar. Seu pai, mesmo que quisesse, não poderia vendê-la, não é?

Bundle quase perdeu o fôlego. Veio-lhe, como num pesadelo, a visão da Inglaterra infestada por um bando de Coote em diversas réplicas de Chimneys — todas, evidentemente, dotadas de um sistema de encanamento absolutamente moderno.

Sentiu um ressentimento súbito e violento que, afinal de contas, teve que reconhecer que era absurdo. Comparando Lord Caterham com Sir Oswald, não havia dúvida sobre quem levaria a pior. Sir Oswald possuía uma dessas personalidades marcantes que ofuscam todos os que entram em contato com elas. Era, tal como Lord Caterham tinha dito, um verdadeiro rolo compressor. E no entanto, indiscutivelmente, em muitos sentidos, Sir Oswald também era burro. Fora de seu ramo especial de conhecimentos e de sua tremenda vitalidade, provavelmente não passava de um grande ignorante. Uma centena de delicadas valorizações da vida, das quais Lord Caterham sabia efetivamente tirar proveito, estavam para sempre veladas a Sir Oswald.

Enquanto se dedicava a essas reflexões, Bundle continuou a conversar animadamente. Descobriu que Herr Eberhard já havia chegado, mas tinha ido se deitar por causa de uma forte dor de cabeça. A informação lhe foi dada por sr. O'Rourke, que conseguiu encontrar lugar a seu lado e não quis mais afastar-se.

Bundle então subiu para trocar de roupa, num agradável ânimo de expectativa. No fundo sentia-se nervosa com a chegada iminente de sra. Macatta. Já previa que a conversa não ia ser nenhum mar de rosas.

Quando tornou a descer, recatadamente vestida com um traje de renda preta, e passou pelo saguão, levou um susto. Havia ali um lacaio, quer dizer, um homem com uniforme de lacaio, porque aquela figura atarracada e corpulenta não podia enganar ninguém. Bundle parou e arregalou os olhos.

— Superintendente Battle! — exclamou.

— Isso mesmo, Lady Eileen.

— Mas... — Bundle vacilou. — O senhor está aqui... para... para...?

— Controlar a situação.

— Ah!

— A tal carta cheia de ameaças, compreende? — disse o superintendente —, deixou sr. Lomax meio assustado. Ele fez questão absoluta de que eu viesse pessoalmente.

— Mas o senhor não acha... — começou Bundle, sem concluir a frase.

Não queria insinuar que o disfarce do superintendente era ineficaz. Dava a impressão de trazer escrito, dos pés à cabeça, a palavra "polícia" em letras garrafais. Bundle não podia imaginar nenhum criminoso que fosse tão incauto a ponto de não se colocar logo de sobreaviso.

— Julga que vão me reconhecer? — perguntou o superintendente, impassível, sublinhando a última palavra.

— Creio que sim — confessou Bundle.

A sombra de um sorriso passou pelas feições imperturbáveis de Battle.

— Assim eles ficam de sobreaviso, não é? Bem, Lady Eileen, e por que não?

— Pois é, por que não? — repetiu Bundle, de maneira meio idiota, a seu ver.

O superintendente sacudiu lentamente a cabeça.

— Não queremos que aconteça nada de desagradável, não é mesmo? — disse. — Não se precisa usar de muita esperteza... basta mostrar a qualquer grã-fino de dedos leves que ande por aí... bem, basta mostrar que existe alguém vigiando, por assim dizer.

Bundle olhou para ele com certa admiração. De fato, era perfeitamente possível que a súbita aparição de um personagem tão ilustre como o superintendente Battle intimidasse os maquinadores de algum plano em andamento.

— Querer ser esperto demais é um erro — insistiu o superintendente. — O importante é que não aconteça nada de desagradável neste fim de semana.

Bundle seguiu adiante, perguntando-se quantos convidados já não teriam reconhecido ou ainda iriam reconhecer o detetive da Scotland Yard. Deparou-se com George parado na sala de visitas com a testa franzida e um envelope cor de laranja na mão.

— Que amolação — disse. — Recebi um telegrama de sra. Macatta avisando que ela não vai poder vir. Os filhos estão com caxumba.

Bundle, no íntimo, suspirou de alívio.

— Sinto mais por sua causa, Eileen — continuou George amável. — Sei como você estava ansiosa por conhecê-la. A condessa também vai ficar muito desapontada.

— Ora, não tem importância — disse Bundle. — Pior seria se ela viesse e me passasse caxumba.

— Ah é, nem sei como não me lembrei disso — concordou George. — Mas não acredito que haja possibilidade de contágio a uma distância tão grande. Tenho até certeza de que sra. Macatta não exporia ninguém a um risco desses. É uma mulher de excelentes princípios, com um verdadeiro senso das responsabilidades que tem para com a comunidade. Neste momento de crise nacional, todos nós devemos levar em conta que...

Pronto a iniciar um discurso, George conteve-se a tempo.

— Fica para outra vez — disse. — Ainda bem que no seu caso não há pressa. Mas a condessa, infelizmente, está apenas de visita ao país.

— Ela é húngara, não é? — perguntou Bundle, curiosa.

— É, sim. Você, sem dúvida, já deve ter ouvido falar no Partido da Juventude Húngara. A condessa é um dos líderes desse partido. Muito rica, enviuvou moça e dedicou sua fortuna e seu talento à causa pública. Sobretudo aos problemas da mortalidade infantil... que é terrível na situação atual da Hungria. Eu... Ah! eis aqui Herr Eberhard.

O inventor alemão era mais jovem do que Bundle imaginava. Não teria, provavelmente, mais que 33 ou 34 anos. Tosco e desajeitado, não chegava a ser antipático. Os olhos azuis eram mais tímidos que esquivos e os seus maneirismos mais desagradáveis, como o hábito de roer unhas descrito por Bill, provinham, no entender de Bundle, antes de nervosismo que de outra causa qualquer. De aspecto magro e esguio, dava impressão de frágil e anêmico.

Conversou meio contrafeito com Bundle num inglês formal. Ambos receberam de bom grado a interrupção do expansivo sr. O'Rourke. Não demorou muito para que Bill surgisse todo afobado — não haveria outra palavra para qualificar a chegada dele. Entrou do mesmo jeito que um cachorro terra-nova de estimação, acercando-se logo de Bundle. Parecia atarantado.

— Alô, Bundle. Soube que você estava aqui. Passei a tarde inteira trabalhando feito doido, senão teria vindo antes.

— Graves preocupações nacionais para hoje? — perguntou O'Rourke, cheio de compreensão.

Bill deu um gemido.

— Não sei como é o seu chefe — queixou-se. — Parece-me um gordinho bem camarada. Mas o Olho de Boi é absolutamente impossível. Faz a gente dar duro da manhã até a noite. E acha que tudo está errado, que ninguém faz o que deveria ter feito.

— Que é isso? Até parece ladainha — comentou Jimmy, aproximando-se do grupo.

Bill lançou-lhe um olhar reprobatório.

— Só Deus sabe o que tenho que aguentar — afirmou, patético.

— Como entreter a condessa, por exemplo, não é? — insinuou Jimmy. — Pobre Bill, deve ser mesmo um castigo danado para quem odeia as mulheres como você.

— Que história é essa? — perguntou Bundle.

— Depois do chá — explicou Jimmy com um sorriso de malícia —, a condessa pediu ao Bill para lhe mostrar todos os recantos históricos disto aqui.

— Bem, eu não podia me recusar, podia? — retrucou Bill, avermelhando feito um pimentão.

Bundle sentiu-se meio contrafeita. Conhecia, até bem demais, a suscetibilidade de sr. William Eversleigh aos encantos femininos. Nas mãos de uma mulher como a condessa, Bill se derreteria todo. E mais uma vez perguntou-se se Jimmy Thesiger não tinha agido mal ao confiar em Bill.

— A condessa é uma mulher maravilhosa — disse Bill. — E extremamente inteligente. Vocês precisavam vê-la percorrendo a casa. As perguntas que fazia.

— De que tipo eram? — indagou Bundle de repente.

Bill mostrou-se vago.

— Ah! Foram tantas que já nem me lembro direito. Coisas relacionadas com a história. Com os móveis antigos. E... Ah! tudo quanto é espécie de pergunta.

Nesse momento a condessa entrou na sala. Vinha um pouco ofegante. Estava belíssima num vestido colante de veludo preto. Bundle notou que Bill correu logo para junto dela. E o rapaz sisudo de óculos foi atrás.

— O Bill e o Pongo estão caidinhos por ela — comentou Jimmy Thesiger com uma risada.

Bundle, porém, não achou graça nenhuma.

17
Depois do jantar

George não acreditava em inovações. Wyvern Abbey carecia até mesmo do conforto corriqueiro de um sistema de aquecimento central. Assim, quando as mulheres entraram na sala de visitas depois do jantar, a temperatura do recinto estava extremamente inadequada ao uso das modernas roupas de noite. O fogo que ardia atrás da grade de aço da lareira agiu como um ímã. As três se agruparam em torno dele.

— Brrrrrrr! — fez a condessa, num lindo e exótico som estrangeiro.

— Os dias estão cada vez mais curtos — disse Lady Coote, cobrindo os ombros opulentos com uma horrível echarpe florida.

— A troco de que o George não mantém a casa bem aquecida? — perguntou Bundle.

— Vocês, ingleses, nunca aquecem suas casas — comentou a condessa, tirando a longa piteira da bolsa e começando a fumar.

— Esta lareira é antiquada — disse Lady Coote. — O calor sobe pela chaminé em vez de se espalhar pela sala.

— Ah! — exclamou a condessa.

Houve uma pausa.

A condessa estava tão obviamente entediada com a companhia que a conversa tornava-se difícil.

— O engraçado é que os filhos de sra. Macatta fossem escolher logo hoje para ficar com caxumba — observou Lady Coote, quebrando o silêncio. — Quer dizer, não é que seja propriamente engraçado, mas...

— O que é caxumba? — interrompeu a condessa.

Bundle e Lady Coote puseram-se simultaneamente a explicar. Por fim, entre ambas, conseguiram.

— Suponho que as crianças húngaras também tenham, não? — perguntou Lady Coote.

— Como? — retrucou a condessa.

— As crianças húngaras. Elas não sofrem disso?

— Sei lá — respondeu a condessa. — Como vou saber?

Lady Coote olhou-a com estranheza.

— Mas me disseram que a senhora trabalhava...

— Ah, isso! — A condessa descruzou as pernas, tirou a piteira da boca e pôs-se a falar rapidamente. — Vou lhes contar horrores — disse. — Verdadeiras atrocidades que presenciei. Uma coisa incrível! Acho que nem vão acreditar!

E dito e feito. Desandou a falar fluentemente, com grande poder descritivo. Pintou quadros inacreditáveis de inanição e miséria. Falou de Budapeste no pós-guerra e nas vicissitudes passadas até os dias de hoje. Foi dramática, mas também, na opinião de Bundle, um pouco semelhante a um disco de vitrola. Bastava dar-lhe corda que já começava. De repente, com a mesma brusquidão, parava.

Lady Coote ficou profundamente impressionada — quanto a isso não havia dúvida. Permaneceu sentada, boquiaberta, com os grandes olhos escuros e tristonhos fixos na condessa. De vez em quando interrompia com um comentário descabido.

— Três filhos de uma prima minha morreram queimados. Que horror, não é?

A condessa não prestava atenção. Continuava falando sem parar. Finalmente parou da mesma maneira súbita com que tinha começado.

— Pronto! Já contei tudo. Dinheiro a gente tem... o que falta é organização.

Lady Coote suspirou.

— Meu marido sempre diz que não se pode fazer nada sem método. Ele atribui o êxito dele exclusivamente a isso. E afirma que nunca teria progredido de outra forma.

Suspirou de novo. Passou-lhe diante dos olhos uma visão fugaz: a de um Sir Oswald que não vencera na vida, um Sir Oswald que conservava, em todas as coisas essenciais, os atributos daquele rapaz jovial da loja de bicicletas. Apenas por um momento, ocorreu-lhe que tudo poderia ter sido muito mais agradável se Sir Oswald *não* observasse método nenhum.

E por uma associação de ideias perfeitamente compreensível, virou-se para Bundle.

— Diga-me, Lady Eileen, a senhora gosta daquele seu jardineiro-chefe?

— O MacDonald? Bem... — Bundle hesitou. — Não se pode propriamente *gostar* do MacDonald — explicou, à guisa de desculpa. — Mas ele é muito competente.

— Ah! Lá isso ele é — concordou Lady Coote.

— Só que não se deve dar confiança demais a ele — frisou Bundle.

— Pois é, também acho — disse Lady Coote.

Olhou com inveja para Bundle — que parecia encarar com tanta naturalidade a tarefa de manter MacDonald em seu devido lugar.

— Eu simplesmente adoraria ter um jardim de luxo — comentou a condessa, com ar sonhador.

Bundle arregalou os olhos, espantada, mas nesse instante teve a atenção desviada para Jimmy Thesiger, que entrou na sala e falou-lhe diretamente numa voz estranha, apressada.

— Escute, você não quer ir dar uma olhada agora naqueles desenhos? Estão te esperando.

Bundle saiu logo, acompanhada por Jimmy.

— Que desenhos? — perguntou, quando a porta da sala fechou-se atrás dela.

— Não tem desenho nenhum — respondeu Jimmy. — Eu tinha que dizer alguma coisa para poder falar com você.Venha. O Bill está esperando por nós na biblioteca. Não tem ninguém lá.

Encontraram Bill caminhando de um lado para o outro, evidentemente perturbado por alguma coisa.

— Olhe aqui — explodiu. — Não estou gostando disto.

— Disto o quê?

— De você se envolver nesta história.Aposto como vai acabar mal e aí...

Olhou para ela com uma espécie de aflição patética. Bundle sentiu uma agradável sensação de amparo.

— Ela devia ficar fora, não devia, Jimmy?

Apelou para o outro.

— Foi o que eu lhe disse — retrucou Jimmy.

— Puxa vida, Bundle... alguém pode sair ferido.

Bundle virou-se para Jimmy.

— O que foi que você contou a ele?

— Tudo, ora.

— Ainda não entendi bem direito — confessou Bill. — Você andando lá por aquele lugar em Seven Dials e tudo mais. — Fitou-a, tristonho. — Olha, Bundle, eu preferia que você não fizesse isso.

— Isso o quê?

— Se meter nessa espécie de coisa.

— Por quê? — retrucou Bundle. — É tão emocionante.

— Pois é... emocionante. Mas pode ser perigosíssimo.Veja o que aconteceu com o pobre do Ronny.

— Sim — disse Bundle. — Se não fosse o seu amigo Ronny, creio que nunca teria me "metido", como você diz, nesta história. Portanto, agora não adianta vir com lamúrias para o meu lado.

— Eu sei que você é uma garota cem por cento, Bundle, mas...

— Dispenso elogios.Vamos ao que interessa.

Para seu alívio, Bill recebeu bem a sugestão.

— Você tinha razão quanto à fórmula — disse. — O Eberhard trouxe uma espécie de fórmula com ele, ou melhor, quem trouxe foi Sir Oswald. Já testaram o negócio numa das fábricas dele... rodeado de grande sigilo e tudo mais. O Eberhard esteve presente. Agora se reuniram lá no estúdio... para o que se poderia chamar de "acertando detalhes".

— Quanto tempo Sir Stanley Digby pretende ficar aqui? — perguntou Jimmy.

— Amanhã ele tem que voltar a Londres.

— Hum — fez Jimmy. — Então não há dúvida. Se, conforme suponho, Sir Stanley vai levar a fórmula com ele, o roubo terá que ser tentado ainda hoje.

— Também me parece.

— Lógico. É até bom, porque isso reduz as possibilidades. Eles vão ter que usar de muita esperteza. Precisamos combinar tudo. Antes de mais nada, onde ficará a tal fórmula hoje à noite? Com o Eberhard ou com Sir Oswald Coote?

— Com nenhum dos dois. Soube que será entregue ao ministro da Aeronáutica para ele levar amanhã para a cidade. Nesse caso, ficará com O'Rourke. Com toda a certeza.

— Bom, então só nos resta fazer uma coisa. Já que se supõe que alguém vai tentar roubar a fórmula, temos que ficar de guarda a noite inteira, meu caro Bill.

Bundle abriu a boca para protestar, mas acabou não dizendo nada.

— Por falar nisso — continuou Jimmy —, ou muito me engano ou era o nosso velho amigo Battle da Scotland Yard que vi há pouco lá no saguão, fantasiado de lacaio, não?

— Brilhante, meu caro Watson — disse Bill.

— Acho que estamos invadindo a seara dele — disse Jimmy.

— Não há outro jeito — retrucou Bill. — Pelo menos se quisermos levar isto até o fim.

— Então fica combinado — disse Jimmy. — Vamos dividir o serviço em dois turnos.

Bundle quis protestar de novo, mas desistiu.

— Muito bem — concordou Bill. — Quem fica com o primeiro?

— Vamos tirar a sorte?

— Acho melhor.

— O.k. Lá vai. Cara eu, coroa você.

Bill concordou. Atiraram a moeda para o alto. Jimmy abaixou-se para pegá-la.

— Coroa — disse.

— Droga — exclamou Bill. — Você ficou com o primeiro, que deve ser o mais divertido.

— Ah, sabe lá — retrucou Jimmy. — Você pensa que criminoso tem horário? Quando é que você quer que eu te acorde? Às 3h30?

— Me parece bem.

Aí então, finalmente, Bundle reclamou:

— E *eu*?

— Nada disso. Você vai pra cama dormir.

— Ah! — protestou Bundle. — Que coisa mais sem graça.

— Sabe lá — repetiu Jimmy, caridosamente. — Você pode ser assassinada durante o sono, enquanto Bill e eu ficamos incólumes.

— É, sempre há essa possibilidade. Sabe de uma coisa, Jimmy? Não vou com a cara daquela condessa. Desconfio muito dela.

— Bobagem — exclamou Bill, com ardor. — Ela está acima de qualquer suspeita.

— Como é que você sabe? — perguntou Bundle.

— Porque sei, ora. Um cara da embaixada húngara se responsabilizou por ela.

— Ah! — fez Bundle, meio desconcertada com o fervor dele.

— Vocês mulheres são todas iguais — resmungou Bill. — Só porque ela é linda como o diabo...

Bundle já andava farta de ouvir esse típico e injusto argumento masculino.

— Pois acho bom você não começar a fazer confidências naquela orelhinha delicada dela — aconselhou. — Vou me deitar. Já estava morrendo de tédio naquela sala e não pretendo voltar para lá.

Saiu da biblioteca. Bill olhou para Jimmy.

— A nossa querida Bundle — disse. — Fiquei com medo que nos criasse um problema. Você sabe como ela gosta de se intrometer em tudo. Acho simplesmente fantástica a maneira como se conformou.

— Eu também — concordou Jimmy. — Fiquei surpreso.

— Ela tem a cabeça no lugar, não há dúvida. Reconhece quando uma coisa é completamente impossível. Escute aqui, você não acha que devíamos ter alguma arma? Os caras que se metem nesse gênero de aventura geralmente têm.

— Eu trouxe uma automática de cano azul — disse Jimmy, com certo orgulho. — É pesada pra burro e parece assustadora. Quando chegar a hora, eu te empresto.

Bill olhou-o, cheio de respeito e inveja.

— Como é que você se lembrou de trazer? — perguntou.

— Sei lá — respondeu Jimmy, despreocupadamente. — Foi uma ideia que me deu.

— Tomara que não atiremos na pessoa errada — disse Bill, um pouco apreensivo.

— Seria uma desgraça — declarou sr. Thesiger, todo solene.

18

As aventuras de Jimmy

Aqui a nossa narrativa tem que se dividir em três partes separadas e distintas. A noite resultou em incidentes e cada uma das três pessoas envolvidas assistiu a tudo de seu ponto de vista individual.

Comecemos por aquele rapaz tão simpático e atraente, sr. Jimmy Thesiger, no momento em que finalmente dava boa noite ao seu colega de conspiração, Bill Eversleigh.

— Não se esqueça — pediu Bill —, às três horas. Se você ainda estiver vivo, bem entendido — acrescentou, brincando.

— Posso ser uma toupeira — retrucou Jimmy, lembrando-se com rancor do comentário que Bundle lhe repetira —, mas não tanto quanto pareço.

— Foi o que você disse do Gerry Wade — frisou Bill. — Lembra-se? E naquela mesma noite ele...

— Vire essa boca pra lá, seu idiota — exclamou Jimmy. — Puxa, que falta de tato!

— Absolutamente — protestou Bill. — Então não entrei para a carreira diplomática? Todo diplomata tem tato.

— Ah! — fez Jimmy. — É que você ainda deve estar na fase de aprendizado.

— Não me conformo com a Bundle — disse Bill, voltando abruptamente ao assunto anterior. — Seria capaz de apostar que... bem, que nos criaria um problema. Ela melhorou muito. Mas muito, mesmo.

— Foi o que seu chefe também comentou — retrucou Jimmy. — Disse que estava agradavelmente surpreendido.

— Pensei que a Bundle já andasse exagerando — disse Bill. — Mas o Olho de Boi é tão burro que nem nota. Bem, boa noite. Desconfio que você terá um pouco de trabalho para me acordar na hora marcada... mas não desista, viu?

— Não vai adiantar nada se você seguir o exemplo do Gerry Wade — avisou Jimmy, malicioso.

Bill olhou-o com ar reprobatório.

— Puxa vida, por que você tinha que me lembrar de uma coisa dessas? — perguntou.

— Foi você quem começou — respondeu Jimmy. — Agora vai dormir, vai.

Bill, porém, não foi. Continuou parado no mesmo lugar, só trocando a posição da perna.

— Olhe aqui — disse.

— Que é?

— O que eu quero dizer é... bom, está tudo bem com você, não é? Não há mal nenhum em brincar, mas quando penso no coitado do Gerry... e depois no coitado do Ronny...

Jimmy olhou exasperado para ele. Bill era dessas pessoas inegavelmente dotadas de boas intenções, mas cujos resultados não poderiam ser descritos como animadores.

— Estou vendo que vou ter que te mostrar o Leopoldo — disse.

Botou a mão no bolso do terno azul-marinho que acabara de trocar e tirou algo para Bill ver.

— Uma automática de verdade, autêntica, de cano azul — anunciou, todo orgulhoso.

— Não — exclamou Bill. — É mesmo?

Estava, sem dúvida, impressionado.

— Stevens, o meu mordomo, comprou para mim. Está bem lubrificada e é fácil de usar. Basta apertar o gatilho e Leopoldo se encarrega do resto.

— Ah! — fez Bill. — Escute, Jimmy.

— O quê?

— Cuidado, viu? Não vá disparar esse troço por aí à toa. Já pensou se o velho Digby for sonâmbulo e você acerta nele?

— Não tem perigo — disse Jimmy. — Claro que agora que comprei o Leopoldo vou querer aproveitar, mas procurei refrear ao máximo os meus instintos sanguinários.

— Então, boa noite — despediu-se Bill pela vigésima vez, mas realmente indo embora.

Jimmy ficou sozinho para montar guarda.

Sir Stanley Digby ocupava um quarto na extremidade da ala oeste. De um lado havia um banheiro e, do outro, uma porta comunicava com um quarto menor, onde se alojara sr. Terence O'Rourke. As portas desses três recintos davam para um corredor pequeno. A tarefa do vigilante era simples. Uma cadeira colocada discretamente à sombra de um armário de carvalho, bem na altura em que o corredor desembocava na galeria principal, oferecia um posto de observação perfeito. Não existia outra maneira de entrar na ala oeste e quem transitasse por ali teria fatalmente que ser visto. Uma lâmpada continuava acesa.

Jimmy escondeu-se confortavelmente, cruzou as pernas e esperou. Segurava Leopoldo no colo, de prontidão.

Olhou o relógio. Era 0h40 — fazia apenas uma hora que todos tinham se recolhido. Nenhum ruído quebrava o silêncio, a não ser o tiquetaque distante de um relógio qualquer.

Por um motivo ou outro, Jimmy não estava gostando muito daquele tiquetaque. Lembrava-lhe uma série de coisas. Gerald Wade — e os sete relógios na lareira... Quem os teria colocado lá — e por quê? Sentiu um arrepio.

Que espera mais horripilante. Não era de admirar que acontecessem coisas nas sessões espíritas. Sentado ali no escuro, ficava-se com os nervos tensos — pronto para saltar ao menor barulho. E as ideias desagradáveis que ocorrem à gente...

Ronny Devereux! Ronny Devereux e Gerry Wade! Tão moços, tão cheios de vida e energia — rapazes normais, alegres, saudáveis.

E agora, onde estavam? Debaixo da terra, no fundo de uma sepultura... comidos pelos vermes... Arre! Como é que não conseguia se livrar dessas ideias?

Tornou a olhar o relógio. Apenas 1h20. Como o tempo custava a passar.

Que moça incrível, a Bundle! Imaginem, ter a coragem e ousadia de ir se meter no meio daquele lugar lá em Seven Dials. Por que ele não havia tido a coragem e a iniciativa de se lembrar de fazer o mesmo? Talvez porque a ideia fosse, realmente, fantástica.

O nº 7. Que diabo, quem poderia ser o nº 7? Quem sabe não estaria em Wyvern Abbey neste instante? Disfarçado de empregado. Não seria, certamente, um dos hóspedes. Não, isso era impossível. Mas enfim, a história toda era impossível. Se não soubesse que Bundle seria incapaz de pregar uma mentira — ora, pensaria até que ela havia inventado aquilo tudo.

Bocejou. Que esquisito, sentir sono e, no entanto, ao mesmo tempo, estar alerta. Olhou de novo o relógio. Vinte para as duas. O tempo ia passando.

E aí então, de repente, prendeu a respiração. Curvou-se para frente, à escuta. Tinha ouvido algo.

Os minutos corriam... Sim, não restava dúvida. O estalo de uma tábua... Mas vinha de um canto qualquer, lá embaixo. Agora, outra vez! Um estalo bem leve, de mau agouro. Alguém caminhava furtivamente pela casa.

Jimmy levantou-se sem fazer barulho. Deslizou silenciosamente até o topo da escada. Tudo parecia perfeitamente tranquilo. Apesar disso, tinha absoluta certeza de haver escutado aqueles passos furtivos. Não se tratava de imaginação.

Devagar e cautelosamente, desceu a escada, segurando Leopoldo com firmeza na mão direita. Nenhum ruído no vasto saguão. Se não se enganara ao supor que os passos abafados provinham diretamente debaixo de onde se achava antes, então só podia ter sido da biblioteca.

Jimmy aproximou-se da porta da biblioteca, mas não ouviu nada. Aí, escancarando de repente a porta, acendeu as luzes.

Ninguém! O amplo salão estava todo iluminado. Porém vazio.

Jimmy franziu a testa.

"Seria capaz de jurar...", pensou consigo mesmo.

A biblioteca era um lugar grande, com três portas envidraçadas que davam para o terraço. Jimmy atravessou-a. A porta do meio estava sem trinco.

Abriu-a e saiu no terraço, olhando para ambos os lados. Ninguém!

"Tudo parece normal", pensou consigo mesmo. "E no entanto..."

Ficou um instante parado. Depois tornou a entrar na biblioteca. Foi até a porta do corredor, trancou-a e guardou a chave no bolso. Aí então apagou as luzes. Permaneceu imóvel, prestando atenção; por fim acercou-se de mansinho da porta envidraçada aberta e ficou ali, com Leopoldo de prontidão.

Havia ou não havia um leve rumor de passos caminhando pelo terraço? Não, pura imaginação. Segurou Leopoldo com força e continuou à escuta...

Ao longe, um carrilhão bateu duas horas.

19
As aventuras de Bundle

Bundle Brent era uma moça cheia de expedientes, e também dotada de muita imaginação. Tinha previsto que Bill, para não dizer Jimmy, iria objetar à sua participação nos possíveis riscos daquela noite. Mas não tencionava perder tempo com discussões. Traçou seus próprios planos e tomou todas as medidas necessárias. Bastou dar uma olhada pela janela de seu quarto pouco antes do jantar. Verificou então que as paredes cinzentas de Wyvern Abbey eram cobertas por trepadeiras, sendo que a do lado externo de sua janela tinha um aspecto particularmente sólido e não apresentaria dificuldades à sua capacidade atlética.

Até certo ponto, não via nada de mal no plano de Bill e Jimmy. Só que, na sua opinião, esse ponto era muito limitado. Na hora não quis criticar a ideia, porque pretendia encarregar-se pessoalmente do outro aspecto da questão. Em suma — enquanto Jimmy e Bill ficavam vigiando o interior da casa, Bundle controlaria o lado de fora.

A própria aquiescência submissa ao insignificante papel que lhe fora reservado causou-lhe um prazer infinito, embora se perguntasse desdenhosamente como era possível que dois marmanjos pudessem ser enganados tão fácil assim. Bill, é lógico, jamais se notabilizara por qualquer brilhantismo intelectual. Em compensação conhecia, ou deveria conhecer, sua Bundle. E ela achava que Jimmy Thesiger, apesar de conhecê-la apenas superficialmente, bem que poderia prever que ela não se deixaria descartar daquele modo tão simples e sumário.

Quando se viu sozinha no quarto, Bundle pôs imediatamente mãos à obra. Primeiro despiu o vestido de noite e as poucas roupas íntimas que trazia por baixo, recomeçando tudo desde o princípio. Não trouxera a criada e ela mesmo fizera a mala. Senão a camareira francesa ficaria atônita ao perceber que a patroa pretendia levar um par de calças de montaria como único equipamento de equitação.

Provida de calças de montaria, sapatos de sola de borracha e pulôver escuro, Bundle estava pronta para tudo. Olhou a hora. Apenas 0h30. Muito cedo. Ia levar tempo ainda para acontecer qualquer coisa. Precisava esperar que todo mundo pegasse no sono. Decidiu que 1h30 seria a hora ideal para iniciar suas atividades.

Apagou a luz e sentou-se à janela, aguardando. Levantou-se pontualmente na hora prevista, ergueu a vidraça e deslizou a perna pelo peitoril. A noite estava linda, fria e serena. Com estrelas, mas sem lua.

Não teve problema para descer pela trepadeira. Bundle e as duas irmãs, quando crianças, corriam livremente pelos jardins de Chimneys, subindo nas árvores com a agilidade de um gato. Bundle caiu em cima de um canteiro, meio ofegante, mas completamente incólume.

Parou um pouco para revisar seus planos. Sabia que os quartos ocupados pelo ministro da Aeronáutica e o secretário ficavam na ala oeste — o lado oposto da casa em relação ao lugar onde Bundle agora se encontrava. Um terraço ligava os lados sul e oeste, terminando abruptamente junto ao muro de um pomar.

Bundle se afastou do canteiro e dirigiu-se para o ângulo da casa onde tinha início o terraço, ao sul. Esgueirou-se silenciosamente por ele afora, mantendo-se rente à sombra da parede. Mas, ao chegar na outra extremidade, levou um susto, pois havia um homem parado ali com a manifesta intenção de barrar-lhe o caminho.

Reconheceu-o logo.

— Superintendente Battle! Que susto que o senhor me deu!

— É para isso mesmo que estou aqui — retrucou Battle cortesmente.

Bundle olhou para ele. Como sempre, admirou-se da sua falta de precauções para passar despercebido. Era um homem enorme, forte, inconfundível, e, ainda por cima, completamente inglês. Mas de uma coisa Bundle tinha absoluta certeza: o superintendente Battle não era nada bobo.

— O que é que o senhor está realmente fazendo aqui? — perguntou, em voz baixa.

— Apenas cuidando para que ninguém se meta onde não foi chamado — respondeu ele.

— Ah! — fez Bundle, meio desanimada.

— A senhora, por exemplo, Lady Eileen. Não creio que costume passear a esta hora da noite.

— Quer dizer que devo voltar? — perguntou Bundle, hesitante.

O superintendente Battle confirmou com a cabeça.

— A senhora tem uma compreensão rápida, Lady Eileen. Foi exatamente o que eu quis dizer. A senhora saiu... por uma porta ou pela janela?

— Pela janela. Descer por essa trepadeira é a coisa mais fácil.

Battle levantou os olhos, pensativo.

— É — concordou. — Creio que sim.

— E o senhor quer que eu volte? — repetiu Bundle. — Não estou gostando da ideia. Pretendia ir até o outro terraço.

— Talvez não seja a única que queira fazer isso — disse Battle.

— É impossível não ver o senhor aqui — retrucou Bundle, com certa maldade.

O superintendente, porém, pareceu encantado com a ideia.

— Ainda bem — disse. — O meu lema é evitar aborrecimentos. E agora não me leve a mal, Lady Eileen, mas acho que já está na hora de a senhora voltar para a cama.

A firmeza do seu tom não admitia discussões. Meio cabisbaixa, Bundle refez o caminho. Já estava na metade da trepadeira quando lhe ocorreu uma ideia. Por pouco não afrouxou a mão e caiu.

E se o superintendente Battle suspeitasse *dela*?

Havia qualquer coisa — sim, sem dúvida, havia qualquer coisa no seu jeito que sugeria vagamente essa ideia. Não pôde deixar de rir ao arrastar-se por cima do peitoril da janela para entrar no quarto. Ora, vejam só, o superintendente suspeitando *dela*!

Embora até ali tivesse obedecido às ordens de Battle para voltar para o quarto, Bundle não tinha a menor intenção de se deitar e dormir. Tampouco achava que Battle queria realmente que ela fizesse isso. Não era homem de esperar o impossível. E permanecer parada enquanto podiam estar acontecendo coisas ousadas e empolgantes constituía uma verdadeira impossibilidade para Bundle.

Olhou o relógio. Dez para as duas. Depois de um instante de irresolução, abriu cuidadosamente a porta. Tudo quieto. Não se ouvia o mínimo barulho. Esgueirou-se em silêncio pelo corredor.

Parou um pouco, julgando ter escutado o rangido de uma tábua, mas por fim convenceu-se do contrário e seguiu adiante. Agora estava no corredor principal, tomando o rumo da ala oeste. Chegou ao ângulo de cruzamento, espiou cautelosamente em torno — e arregalou os olhos, espantada.

Não havia ninguém no posto de vigilância. Nem sinal de Jimmy Thesiger.

Bundle ficou completamente atônita. Que teria acontecido? Por que Jimmy abandonara o posto? O que significava aquilo?

Nesse momento ouviu um relógio bater duas horas.

Continuou imóvel, sem saber o que fazer. De repente seu coração deu um pulo e depois parecia ter parado.

A maçaneta da porta do quarto de Terence O'Rourke girava lentamente.

Bundle olhava, fascinada. Mas a porta não se abriu. Em vez disso, a maçaneta voltou, bem devagar, à posição original. O que significava aquilo?

De repente Bundle tomou uma decisão. Jimmy, por algum motivo qualquer, abandonara o posto. Ela precisava chamar Bill.

Rápida e sem ruído, Bundle voltou correndo pelo mesmo caminho que viera. Irrompeu bruscamente pelo quarto de Bill adentro.

— Acorda, Bill! Ah, por favor, acorda!

Apesar dos cochichos veementes, não teve resposta.

— Bill! — implorou Bundle.

Impaciente, acendeu as luzes. E parou, assustada.

O quarto estava vazio e a cama nem sequer tinha sido desfeita.

Onde andaria Bill?

Subitamente, prendeu a respiração. *Aquele não era o quarto de Bill.* O belo *négligé* jogado sobre uma cadeira, as bugigangas femininas em cima do toucador, o vestido de noite de veludo preto caído descuidadamente sobre outra cadeira... Lógico, com a pressa, se enganara de porta. Aquele era o quarto da condessa Radzky.

Sim, mas onde estava a condessa, então?

No momento exato em que Bundle se fazia essa pergunta, o silêncio foi repentinamente quebrado e de uma maneira que não admitia dúvidas.

O clamor vinha do andar térreo. Bundle saiu correndo como um raio do quarto da condessa. Desceu a escada. O barulho era na biblioteca — cadeiras derrubadas com violência.

Bundle sacudiu em vão a porta da biblioteca. Estava trancada. Mas dava para ouvir perfeitamente a luta travada lá dentro — a respiração ofegante, o arrastar de pés, as vozes masculinas soltando pragas, o estrondo ocasional de um móvel mais leve que caía na linha de combate.

E por fim, sinistros, distantes, quebrando definitivamente a calma da noite e tudo mais, dois tiros em rápida sucessão.

20
As aventuras de Loraine

Loraine Wade levantou-se e acendeu a luz. Era exatamente 0h50. Tinha se deitado cedo, às 21h30. Possuía a rara habilidade de poder acordar à hora que queria, de modo que já conseguira desfrutar de um longo sono reparador.

Dois cães dormiam com ela no quarto. Um deles ergueu a cabeça, olhando-a com curiosidade.

— Quieto, Lurcher — disse Loraine, e o enorme animal tornou a baixar obediente a cabeça, observando-a por entre as pestanas felpudas.

Era verdade que Bundle já havia duvidado uma vez da submissão de Loraine Wade, mas fora uma suspeita rápida, que logo passou. Loraine sempre se mostrava tão sensata, tão disposta a permanecer alheia a tudo.

E, no entanto, quem examinasse atentamente o rosto dela veria força de caráter no queixinho resoluto e nos lábios apertados com firmeza.

Loraine vestiu um costume mescla, pôs no bolso uma lanterna elétrica, depois abriu a gaveta do toucador e tirou uma pequena pistola de cabo de marfim que parecia quase de brinquedo. Tinha-a comprado na véspera no Harrods e estava muito satisfeita com ela.

Lançou um último olhar em torno, verificando se não havia esquecido nada. Nesse instante o enorme cão se ergueu e aproximou-se dela, encarando-a com olhos implorantes e balançando o rabo.

Loraine balançou a cabeça.

— Não, Lurcher. Nada disso. Você não pode ir junto. Tem que ficar aqui e se comportar direito.

Beijou a cabeça do cachorro, obrigou-o a deitar-se de novo no tapete e depois saiu silenciosamente do quarto, fechando a porta atrás de si.

Tirou da garagem o pequeno carro de dois lugares. Desceu a rampa suave sem fazer ruído. Só ligou o motor quando já se achava a certa distância da casa. Aí então olhou o relógio de pulso e apertou o acelerador.

Deixou o carro num lugar previamente marcado. Tinha uma brecha na cerca por onde podia passar facilmente. Em questão de minutos, Loraine estava parada no meio dos jardins de Wyvern Abbey.

Fazendo o mínimo barulho possível, aproximou-se do prédio histórico coberto por trepadeiras. Ao longe, um carrilhão bateu duas horas.

O coração de Loraine começou a bater mais rápido ao chegar perto do terraço. Não havia ninguém por ali — nenhum sinal de vida em parte alguma. Tudo parecia calmo e deserto. Alcançou o terraço e parou, olhando em volta.

De repente, sem o menor aviso, caiu algo lá de cima com estrondo a seus pés. Loraine curvou-se e o apanhou. Era um pacote de papel pardo, muito mal embrulhado. Segurando-o na mão, Loraine levantou os olhos.

Havia uma janela aberta logo acima de sua cabeça e no momento exato em que estava olhando, surgiu uma perna na beirada e um homem se pôs a descer pela trepadeira.

Loraine não esperou mais nada. Saiu correndo, agarrada ao pacote de papel pardo.

Atrás dela, de repente, irrompeu o barulho de uma luta.

— Me larga! — disse uma voz rouca.

E outra, que ela conhecia tão bem:

— Pois sim... era isso que você queria, não é?

Loraine continuou correndo — às cegas, tomada de pânico —, chegou ao segundo terraço e caiu nos braços de um homenzarrão.

— Pronto, pronto — disse o superintendente Battle, todo amável.

Loraine lutava para conseguir falar.

— Ah, depressa! Depressa! Eles estão se matando! Depressa, por favor!

Ouviu-se o disparo seco de um tiro de revólver — seguido de outro.

Battle saiu correndo. Loraine foi atrás. Chegaram à porta da biblioteca. Estava aberta.

Battle curvou-se e acendeu uma lanterna. Loraine se aproximou e espiou por cima do ombro dele. Soltou uma exclamação que mais parecia um soluço.

Jimmy Thesiger estava caído diante da porta, no meio de uma poça de sangue, com o braço direito pendido numa estranha posição.

Loraine deu um grito estridente.

— Ele está morto — gemeu. — Oh, Jimmy, Jimmy... ele está morto!

— Vamos, vamos — disse Battle, delicadamente. — Não fique assim. O rapaz não está morto, não. Posso lhe garantir. Veja se dá para acender a luz.

Loraine obedeceu. Atravessou a sala tropeçando, achou o interruptor da luz ao lado da porta do corredor e apertou-o. A biblioteca ficou toda iluminada. O superintendente suspirou, aliviado.

— Não foi nada — ele está apenas ferido no braço direito. Desmaiou por causa da perda de sangue. Ajude-me a levantá-lo.

Alguém bateu na porta da biblioteca. Ouviram-se vozes, pedindo, exigindo explicações.

Loraine virou-se, hesitante.

— Devo...?

— Não há pressa — respondeu Battle. — Daqui a pouco a gente abre. Ajude-me.

Loraine aproximou-se, obediente. O superintendente havia tirado do bolso um grande lenço limpo e estava enfaixando o braço do ferido. Loraine o auxiliou.

— Ele vai ficar bom — disse Battle. — Não se preocupe. Essa rapaziada tem fôlego de gato. E não foi só a perda de sangue que o pôs fora de combate. Deve ter batido com a cabeça quando caiu no chão.

Do lado de fora, as batidas na porta aumentavam cada vez mais. A voz de George Lomax, em brados furiosos, chegava bem nítida:

— Quem está aí? Abram imediatamente esta porta.

O superintendente Battle suspirou.

— Acho que teremos que abrir — disse. — É pena.

Olhou em torno, para ver o que tinha acontecido. Uma pistola automática estava caída perto de Jimmy. Battle pegou-a com cuidado, segurando-a com toda a delicadeza, e examinou-a. Resmungou qualquer coisa e largou-a em cima da mesa. Depois atravessou a sala e tirou o trinco da porta.

Várias pessoas quase caíram dentro da biblioteca. Todas, praticamente, disseram alguma coisa na mesma hora. George Lomax, tartamudeando palavras renitentes que se recusavam a sair com suficiente fluência, exclamou:

— O... o... o que significa isto? Ah! É o senhor, superintendente. Que foi que houve? Escute aqui... o que... aconteceu?

— Meu Deus! — disse Bill Eversleigh. — O Jimmy!

E olhou fixamente para o vulto inerte caído no chão.

Lady Coote, vestida com um deslumbrante roupão roxo, deu um grito:

— Pobre rapaz!

E passou como um raio por Battle para se curvar de um modo maternal sobre o prostrado Jimmy.

— Loraine! — exclamou Bundle.

— *Gott im Himmel!*[3] — disse Herr Berhard, e outras expressões do mesmo gênero.

---

[3] Deus do céu (em alemão no original). (N.T.)

— Meu Deus, que negócio é esse? — perguntou Sir Stanley Digby.

— Olha só quanto sangue — disse uma criada, com um grito de emoção e prazer.

— Minha nossa! — exclamou um lacaio.

E o mordomo, de um jeito muito mais corajoso do que se poderia notar minutos antes:

— Ora essa, vamos parar com isto! — fazendo debandar a criadagem.

— Não seria melhor pedir que algumas pessoas se retirassem? — sugeriu o eficiente sr. Rupert Bateman a George.

Aí então todos tomaram fôlego.

— Incrível! — exclamou George Lomax. — Que aconteceu, Battle?

Um olhar de Battle fez George recobrar a serenidade habitual.

— Agora vamos — disse, aproximando-se da porta —, todo mundo volte para seus quartos, por favor. Houve um... um...

— Um pequeno acidente — completou Battle calmamente.

— Pois é, um acidente. Ficaria muito grato se todos fossem se deitar.

Mas ninguém se mostrava disposto a atender o pedido.

— Lady Coote... por favor...

— Pobre rapaz — disse Lady Coote, sempre maternal.

Levantou-se com grande relutância da posição ajoelhada em que estava. E no mesmo instante Jimmy se mexeu e ergueu o corpo.

— Olá — disse com dificuldade. — Que foi que houve?

Olhou em torno, estonteado, e depois compreendeu a situação.

—Vocês pegaram ele? — perguntou, ansioso.

— Ele quem?

— O sujeito que desceu pela trepadeira. Eu estava ali, perto da porta. Joguei-me em cima dele e não paramos mais de...

— Um desses terríveis arrombadores de casas — comentou Lady Coote. — Pobre rapaz.

Jimmy continuou olhando em torno.

— Escutem aqui... tenho impressão de que nós... deixamos tudo revirado. O cara era forte como um touro e saímos praticamente aos trambolhões por aí.

O estado da sala era um atestado vivo dessa declaração.Tudo o que havia de leve e quebrável num raio de quatro metros, e podia ficar danificado, *estava* danificado.

— E aí, o que aconteceu?

Jimmy, porém, andava a procura de algo.

— Onde está o Leopoldo? O orgulho das automáticas de cano azul?

Battle indicou a pistola em cima da mesa.

— Isso é seu, sr. Thesiger?

— Exato. É o pequeno Leopoldo. Quantos tiros foram disparados?

— Apenas um.

Jimmy fez uma careta.

— Estou decepcionado com Leopoldo — murmurou. — Decerto não apertei o gatilho direito, senão ele teria continuado a disparar.

— Quem abriu fogo primeiro?

— Acho que fui eu — respondeu Jimmy. — O sujeito, sabe, de repente me escapou das mãos.Vi que pretendia fugir pela porta, aí então apertei o dedo no Leopoldo e mandei bala. Ele se virou lá da porta, disparou na minha direção e... bem, creio que depois disso fui atingido.

Esfregou a cabeça, meio tristonho.

Sir Stanley Digby, de repente, ficou alerta.

— Descendo pela trepadeira, você disse? Meu Deus, Lomax! Será que conseguiram o que queriam?

Saiu às pressas da sala. Por um motivo qualquer, ninguém falou durante a sua ausência. Dali a pouco voltou. O rosto redondo e rechonchudo de Sir Stanley estava mortalmente pálido.

— Meu Deus, Battle — disse —, eles conseguiram. O'Rourke está ferrado no sono... tenho a impressão de que narcotizado. Não pude acordá-lo. E os papéis sumiram.

21
A recuperação da fórmula

— *Der liebe Gott!*[4] — gemeu Herr Eberhard, branco como giz.

George, todo digno, fez uma cara de censura para Battle.

— Isso é verdade, Battle? Deixei tudo a seus cuidados.

O superintendente mostrou-se inabalável como uma rocha. Não mexeu nenhum músculo do rosto.

— Às vezes até os melhores são derrotados — retrucou calmamente.

— Quer dizer, então, que o documento realmente sumiu?

Para a surpresa geral, Battle sacudiu a cabeça.

— Não, sr. Lomax. A situação não é tão grave como o senhor pensa. Está tudo em ordem. Mas não é a mim que deve agradecer, e sim a esta moça.

Indicou Loraine, que arregalou os olhos, assombrada. Battle aproximou-se e tirou-lhe delicadamente das mãos o embrulho de papel pardo a que ela ainda se apegava maquinalmente.

— Eu acho, sr. Lomax — disse —, que o senhor encontrará aqui o que procura.

Sir Stanley Digby, mais rápido do que George, pegou o pacote e abriu-o, investigando sofregamente o conteúdo. Deixou escapar um suspiro de alívio e enxugou a testa. Herr Eberhard precipitou-se sobre a fórmula do invento que era a menina de seus olhos e

---

[4] Pelo amor de Deus (em alemão no original). (N.T.)

apertou-o contra o coração, ao mesmo tempo em que proferia uma torrente de exclamações em alemão.

Sir Stanley virou-se para Loraine, apertando-lhe efusivamente a mão.

— Minha cara, nós lhe estamos infinitamente gratos, pode crer — disse.

— Isso mesmo — apoiou George. — Embora eu...

Parou, perplexo, deparando com uma moça que lhe era totalmente desconhecida. Loraine lançou um olhar de apelo a Jimmy, que a socorreu.

— Esta é srta. Wade — disse. — A irmã de Gerald Wade.

— Não diga — exclamou George, apertando-lhe calorosamente a mão. — Minha cara srta. Wade, devo expressar-lhe a minha profunda gratidão pelo que fez. Confesso, porém, que não compreendo muito bem...

Fez uma pausa, delicadamente, e quatro das pessoas presentes sentiram que a explicação não ia ser nada fácil. O superintendente Battle tratou de salvar a situação.

— Talvez fosse melhor deixarmos esse assunto para depois — sugeriu, diplomático.

O eficiente sr. Bateman também procurou desviar a conversa para outro plano.

— Não seria bom alguém ir ver O'Rourke? Não acha, sr. Lomax, que convinha chamar o médico?

— Evidentemente — concordou George. — Lógico. Que descuido imperdoável não termos pensado nisso antes. — Olhou para Bill. — Ligue para o dr. Cartwright. Peça-lhe para vir aqui. E dê-lhe a entender, se possível, que é preciso manter... a máxima discrição.

Bill foi providenciar.

— Eu vou subir com você, Digby — disse George. — Talvez se possa fazer algo... tomar certas medidas... enquanto se aguarda a chegada do médico.

Olhou meio desamparado para Rupert Bateman. A eficiência sempre se encontra a postos. Foi Pongo quem de fato tomou conta da situação.

— Quer que eu vá junto com o senhor?

George aceitou a sugestão com alívio. Sabia que ali estava alguém em quem podia se apoiar. Sentiu aquela sensação de confiança absoluta que sr. Bateman inspirava a todos os que entravam em contato com ele.

Os três saíram juntos da sala.

— Pobre rapaz — repetiu Lady Coote com sua voz de contralto. — Talvez eu possa ajudar em alguma coisa...

E correu atrás deles.

— Que mulher mais maternal — comentou Battle, pensativo. — muito maternal, mesmo. Onde será...

Três pares de olhos interrogativos concentraram-se no superintendente.

— Onde será que anda Sir Oswald Coote? — perguntou Battle devagar.

— Oh! — exclamou Loraine. — O senhor acha que ele foi assassinado?

Battle sacudiu a cabeça, com ar reprobatório.

— Não há necessidade de serem imaginadas tragédias — disse. — Não... prefiro achar...

Fez uma pausa, virou a cabeça de lado, à escuta — impondo silêncio com a grande mão erguida.

Não tardou muito para que todos escutassem o que o seu ouvido apurado fora o primeiro a perceber. Passos se aproximando no terraço lá fora. Ressoavam com clareza, sem qualquer esforço de dissimulação. De repente, uma figura imponente bloqueou a porta envidraçada. Permaneceu ali, olhando para eles e transmitindo-lhes, de maneira estranha, a segurança de quem está acostumado a dominar todas as situações.

Sir Oswald, pois era ele, encarou um a um todos os presentes. Nenhum detalhe escapou ao seu olhar arguto: Jimmy, com o braço na atadura improvisada; Bundle, vestida daquela maneira extravagante; Loraine, uma completa desconhecida para ele. Por fim, fixou os olhos no superintendente Battle.

— Que foi que aconteceu, inspetor? — perguntou energicamente.

— Uma tentativa de roubo, Sir Oswald.

— *Tentativa*, é?

— Sim, porque graças a esta moça aqui, srta. Wade, os ladrões não conseguiram levar nada.

— Ah! — exclamou Sir Oswald, terminando a minuciosa observação. — E *isto* o que é, inspetor?

Mostrou uma pequena pistola Mauser que segurava delicadamente pela coronha.

— Onde foi que o senhor encontrou isso, Sir Oswald?

— Lá fora, no gramado. Imagino que tenha sido abandonada por um dos ladrões durante a fuga. Peguei-a com todo o cuidado, porque achei que talvez quisesse examinar as impressões digitais.

— O senhor pensa em tudo, Sir Oswald — disse Battle.

E, com o mesmo cuidado, segurou a pistola, pousando-a em cima da mesa ao lado do Colt de Jimmy.

— E agora faça-me o favor de contar exatamente o que aconteceu — pediu Sir Oswald.

O superintendente descreveu rapidamente os incidentes da noite. Sir Oswald franziu a testa, pensativo.

— Compreendo — disse, incisivo. — Depois de ferir e deixar sr. Thesiger fora de combate, o sujeito fugiu correndo, atirando longe a pistola. O que não posso entender é por que ninguém saiu atrás dele.

— Foi só quando ouvimos a história de sr. Thesiger é que ficamos sabendo que alguém tinha fugido — explicou Battle, impassível.

— Mas não deu para ver quem era?

— Não. Acho que me desencontrei dele por uma questão de segundos. Não havia lua e deve ter sumido no escuro assim que saiu no terraço. Com certeza escapou logo depois de dar o tiro.

— Hum — fez Sir Oswald. — Ainda acho que deviam ter dado uma busca. Bem que alguém poderia ter ficado de guarda...

— Tenho três subalternos lá fora no jardim — disse Battle calmamente.

— Ah!

Sir Oswald parecia meio espantado.

— Estavam encarregados de prender qualquer pessoa que tentasse se afastar daqui.

— E no entanto... não prenderam?

— No entanto não prenderam — confirmou Battle, sisudo.

Sir Oswald olhou-o, intrigado com aquelas palavras.

— Superintendente, o senhor está me contando tudo o que sabe? — perguntou, veemente.

— Sim, Sir Oswald... tudo o que *sei*. O que eu penso, já é diferente. Talvez pense certas coisas bastante curiosas... mas enquanto esses pensamentos me levarem a parte alguma, não vale a pena falar sobre eles.

— Pois mesmo assim — retrucou Sir Oswald, lentamente —, gostaria de saber o que o senhor pensa, superintendente.

— Por um lado, Sir Oswald, eu penso que há um verdadeiro excesso de trepadeiras aqui neste lugar... desculpe-me, mas tem um raminho no seu paletó... sim, uma quantidade excessiva de trepadeiras. O que complica muito as coisas.

Sir Oswald encarou Battle, mas a resposta que poderia ter dado foi interrompida pela chegada de Rupert Bateman.

— Ah, aqui está o senhor, Sir Oswald. Ainda bem. Lady Coote há pouco sentiu sua falta... e insistiu que o senhor tinha sido assassinado pelos ladrões. Sinceramente, Sir Oswald, me parece que seria bom ir logo falar com ela. Ela está tremendamente abalada.

— Como Maria é tola — retrucou Sir Oswald. — Por que iriam me assassinar? Espere aí que eu vou com você, Bateman.

E retirou-se em companhia do secretário.

— Que rapaz mais eficiente — comentou Battle, quando saíram. — Como é mesmo o nome dele... Bateman?

Jimmy confirmou.

— Bateman... Rupert — disse. — Mais conhecido como Pongo. Fomos colegas de classe.

— Ah, é? Que interessante, sr. Thesiger. E que opinião tinha dele na época?

— Ah, sempre foi uma espécie de toupeira.

— Pois não me deu essa impressão — disse Battle.

— Ah, o senhor sabe o que eu quero dizer. Claro que não era propriamente burro. Tinha inteligência de sobra e vivia sempre estudando. Mas sério demais. Sem o menor senso de humor.

— Ah! — fez o superintendente. — Que pena. Os homens sem senso de humor tendem a se levar demasiadamente a sério... e terminam sempre em apuros.

— Não posso imaginar o Pongo em apuros — disse Jimmy. — Até agora tem se saído extremamente bem... conquistou a confiança do velho Coote e tudo indica que tão cedo não perderá o emprego.

— Superintendente Battle — disse Bundle.

— Pois não, Lady Eileen.

— Não lhe pareceu estranho que Sir Oswald não explicasse o que estava fazendo lá fora no jardim no meio da noite?

— Ah! — exclamou Battle. — Sir Oswald é uma figura ilustre... e as figuras ilustres acham que nunca precisam dar explicações, a menos que lhes sejam exigidas. Apressar-se a explicar e pedir desculpas sempre é um sinal de fraqueza. Sir Oswald sabe disso tão bem quanto eu. Não seria ele quem iria começar com explicações e desculpas, que esperança. Ele simplesmente chega, imponente, e *me* tira satisfações. Sir Oswald é um grande homem.

O tom de admiração na voz do superintendente era tão grande que Bundle não insistiu mais no assunto.

— E agora — prosseguiu Battle, lançando um olhar de malícia ao grupo — que estamos todos reunidos numa roda tão amiga...

eu *gostaria* de saber como foi que srta. Wade conseguiu chegar tão prontamente aqui.

— Ela devia se envergonhar — disse Jimmy. — Enganar todo mundo do jeito que enganou...

— E por que é que eu teria de ficar excluída? — reclamou Loraine, arrebatadamente. — Nunca pretendi ficar... não, desde o primeiro dia lá na sua casa, quando vocês dois explicaram que a melhor coisa que eu tinha a fazer era permanecer tranquilamente em casa e não me meter no perigo. Eu não disse nada, mas na mesma hora tomei minha resolução.

— Bem que desconfiei — exclamou Bundle. — Aquela docilidade não era normal. Devia ter logo visto que estava tramando algo.

— Você me pareceu tão sensata — disse Jimmy Thesiger.

— Pois é, não é, Jimmy? — retrucou Loraine. — Nada mais fácil do que enganar você.

— Obrigado pelo elogio — disse Jimmy. — Não faça caso de mim, continue.

— Quando você me telefonou, dizendo que talvez houvesse perigo, fiquei mais decidida do que nunca — prosseguiu Loraine. — Fui ao Harrods e comprei uma pistola. Esta aqui, olhe.

Mostrou a delicada arma. O superintendente pegou-a e examinou.

— Um brinquedinho bem mortífero, srta. Wade — comentou. — Já usou muito ele?

— Absolutamente — respondeu Loraine. — Mas achei que trazê-lo junto... bom, me daria uma sensação de segurança.

— Sem dúvida — concordou Battle, seriamente.

— Minha ideia era vir até aqui e ver o que estava acontecendo. Deixei o carro lá na estrada, pulei a cerca e cheguei no terraço. Mal acabei de olhar em torno quando — ploft! — caiu uma coisa bem nos meus pés. Apenhei-a do chão e levantei os olhos para ver de onde poderia ter vindo. E aí enxerguei o tal sujeito descendo pela trepadeira e saí correndo.

— Muito bem — disse Battle. — Agora, srta. Wade, daria para descrever como ele era?

A moça sacudiu a cabeça.

— Estava muito escuro para se enxergar. Pareceu-me que era um homenzarrão... mais nada.

— E agora o senhor, sr. Thesiger. — Battle virou-se para Jimmy. — O senhor lutou com ele... não viu como ele era?

— Era um indivíduo corpulento... é só o que posso dizer. Soltou uns grunhidos com a voz rouca... foi quando o peguei pela garganta. "Me solta, seu...", ou coisa que o valha, foi o que ele disse.

— Um indivíduo sem instrução, portanto?

— É bem capaz. Pela maneira de falar, acho que sim.

— Continuo sem entender a história do embrulho — disse Loraine. — Por que será que ele o atirou lá de cima? Estaria estorvando a descida?

— Não — respondeu Battle. — Tenho uma explicação completamente diferente para isso. O tal embrulho, srta. Wade, foi jogado deliberadamente para a senhora... pelo menos assim creio.

— Para *mim*?

— Digamos... para a pessoa que o ladrão julgou que a senhora fosse.

— Isso está ficando cada vez mais complicado — disse Jimmy.

— Sr. Thesiger, quando o senhor entrou nesta sala, não acendeu a luz?

— Acendi.

— E não havia ninguém aqui?

— Ninguém.

— Mas antes não tinha lhe parecido que alguém andava caminhando aqui na biblioteca?

— Tinha.

— E aí, depois de experimentar a porta envidraçada, o senhor apagou a luz de novo e trancou a porta?

Jimmy disse que sim.

O superintendente Battle olhou atentamente em torno de si, até fixar-se num biombo grande de couro espanhol perto de uma das estantes de livros.

Atravessou bruscamente a sala e espiou atrás dele.

Soltou uma exclamação de surpresa que imediatamente atraiu os três jovens para o seu lado.

A condessa Radzky estava caída no chão, desacordada.

22
A história da condessa Radzky

A condessa recobrou os sentidos de uma maneira muito diferente da de Jimmy Thesiger. Demorou mais e foi incomparavelmente mais artística.

Artística foi a expressão de Bundle. Tinha sido diligente em seus socorros, que consistiram sobretudo na aspersão de água fria, e a condessa reagiu instantaneamente, passando a mão branca, confusa, pela testa e murmurando palavras ininteligíveis.

Foi então que Bill, finalmente livre de seus compromissos com o telefone e os médicos, irrompeu sala adentro, passando logo a se comportar (na opinião de Bundle) da forma mais idiota possível.

Curvou-se para a condessa com uma cara apreensiva e ansiosa, fazendo-lhe uma série de comentários sem pé nem cabeça:

— Escute, condessa. Não foi nada. Não foi nada, mesmo. Não procure falar. Vai lhe fazer mal. Fique simplesmente imóvel. Daqui a pouco já se sentirá melhor. Não diga nada enquanto não se sentir completamente bem. Não se afobe. Fique simplesmente imóvel e feche os olhos. Daqui a pouco já se lembrará de tudo. Tome outro gole d'água. Quem sabe um conhaque? Isso mesmo. Você não acha, Bundle, que um cálice de conhaque...?

— Bill, pelo amor de Deus, deixe-a em paz — atalhou Bundle, irritada. — Ela já vai ficar boa.

E com a mão hábil jogou uma boa quantidade de água fria na elaborada maquiagem da condessa.

A condessa estremeceu e soergueu-se. Parecia bem mais desperta.

— Ah! — murmurou. — Estou aqui. Ah!

— Não se afobe — disse Bill. — Só fale quando se sentir completamente restabelecida.

A condessa procurou fechar mais o tênue *néglígé*.

— Já estou começando a me lembrar — murmurou. — Já estou, sim.

Olhou o pequeno grupo que a cercava. Talvez tivesse percebido uma certa indiferença na expressão atenta daquelas fisionomias. Em todo caso, sorriu deliberadamente para a única que revelava, indisfarçavelmente, uma emoção bem diversa.

— Ah, meu grande inglês — murmurou —, não se preocupe. Eu estou bem.

— Ah, ainda bem! Mas tem certeza? — perguntou Bill, ansioso.

— Absoluta. — Sorriu-lhe, para confirmar. — Os húngaros têm nervos de aço.

Uma expressão de profundo alívio passou pelo rosto de Bill, sendo substituída por um olhar de vaidade que fez com que Bundle sentisse vontade de lhe dar um pontapé.

— Beba um pouco d'água — sugeriu, friamente.

A condessa não quis. Jimmy, mais sensível à beleza dela, lembrou um coquetel, ideia que foi muito bem recebida. Depois de bebê-lo, levantou a cabeça de novo, desta vez com um olhar mais vivo.

— Digam-me o que aconteceu? — perguntou logo.

— Nós esperávamos que a senhora pudesse nos contar — retrucou Battle.

A condessa virou-se subitamente para ele. Parecia ser a primeira vez que percebia a presença daquele calmo homenzarrão.

— Fui até seu quarto — explicou Bundle. — A cama não estava desfeita e a senhora não estava lá.

Fez uma pausa — olhando de modo acusador para a condessa, que fechou os olhos e sacudiu a cabeça devagar.

— Ah, é. Agora me lembro de tudo. Oh, foi horrível! — estremeceu. — Vocês querem que eu conte?

— Sim, por favor — pediu o superintendente, ao mesmo instante em que Bill intervinha:

— Só se tiver forças.

A condessa hesitou entre os dois, mas o olhar tranquilo e imperioso de Battle venceu.

— Não pude dormir — começou. — A casa... me oprimia. Estava toda eriçada, como vocês dizem, feito um gato em cima de brasas. Sabia que nesse estado era inútil pensar em ir para a cama. Caminhei pelo quarto, de um lado para outro. Li um pouco. Mas os livros que havia lá não me interessavam muito. Lembrei-me de vir buscar um que fosse mais atraente.

— Muito natural — disse Bill.

— E uma coisa que acontece com grande frequência, a meu ver — concordou Battle.

— De modo que assim que a ideia me ocorreu, saí do quarto e desci. A casa estava muito quieta...

— Desculpe — interrompeu Battle —, mas por acaso não sabe que horas seriam?

— Jamais sei a hora — retrucou a condessa, magnífica, seguindo adiante: — A casa estava muito quieta. Até daria para se ouvirem os ratos, se houvesse. Desci a escada... sem fazer o menor barulho...

— Sem fazer o menor barulho?

— Evidentemente. Eu não queria acordar ninguém — explicou ela, com ar reprobatório. — Entrei aqui na biblioteca. Cheguei neste canto e procurei um livro adequado nas estantes.

— Tendo, é lógico, acendido antes a luz, não?

— Não, não acendi a luz. Tinha trazido junto a minha lanterninha. Com ela, examinei as prateleiras.

— Ah! — fez o superintendente.

— De repente — continuou a condessa, dramática —, ouço algo. Um ruído furtivo. Passos abafados. Apago a lanterna e fico escutando. Os passos se aproximam cada vez mais... sorrateiros, horríveis. Encolho-me atrás do biombo. Dali a pouco a porta se abre e a luz se acende. O homem... o gatuno, está dentro da sala.

— Sim, mas escute aqui... — começou sr. Thesiger.

Um pé do tamanho de um bonde apertou o dele. Percebendo que Battle estava lhe fazendo um sinal, Jimmy calou-se.

— Quase morri de medo — prosseguiu a condessa. — Tentei prender a respiração. O homem esperou um pouco, prestando atenção. Depois, sempre com aquele caminhar horrível, furtivo...

Jimmy tornou a abrir a boca para protestar, porém desistiu.

— ...aproximou-se da porta do terraço e espiou lá fora. Demorou-se ali um instante, aí atravessou a sala de novo e tornou a apagar a luz, passando a chave na fechadura. Fico apavorada. Ele está lá dentro da biblioteca, andando de um lado para outro, sorrateiramente, no escuro. Ah, é horrível. Imaginem se me encontra aqui neste canto! Daí a pouco noto que se aproxima outra vez da porta do terraço. Depois, silêncio. Fico com a esperança de que talvez tenha saído por ali. À medida que o tempo vai passando e não ouço mais barulho, tenho quase certeza de que foi isso que ele fez. E quando vou acender a lanterna para verificar — zás trás! — começa tudo.

— Tudo o quê?

— Ah! Que horror...jamais...jamais esquecerei! Dois homens tentando se matar. Que coisa terrível! Rolavam pela sala e os móveis se quebravam em todas as direções. Pareceu-me, também, que ouvi uma mulher gritar... mas não era na sala. Vinha de algum canto, lá fora. O criminoso tinha voz rouca. Resmungava mais do que falava. Não parava de repetir: "Me larga, me larga!" O outro era um cavalheiro, de voz bem educada, inglesa.

Jimmy ficou todo radiante.

— Quase só praguejava — continuou a condessa.

— Um cavalheiro, não resta dúvida — disse o superintendente.

— E aí então — prosseguiu a condessa —, um clarão e um tiro. A bala atingiu a estante a meu lado. Eu... eu acho que devo ter desmaiado.

Levantou os olhos para Bill. Ele tomou-lhe a mão e acariciou-a.

— Pobrezinha — disse. — Que experiência horrível!

"Bobalhão", pensou Bundle.

O superintendente Battle, com passo ágil e silencioso, aproximara-se da estante de livros que ficava um pouco à direita do biombo. Curvou-se, procurando. De repente abaixou-se e apanhou alguma coisa do chão.

— Não foi uma bala, condessa — disse. — É a cápsula do cartucho. Onde o senhor estava parado quando atirou, sr. Thesiger?

Jimmy tomou posição perto da porta do terraço.

— Ao que me lembro, mais ou menos aqui.

Battle colocou-se no lugar dele.

— Isso mesmo — concordou. — A cápsula vazia iria parar lá no fundo, à direita. É de uma bala calibre 455. Não me admiro que a condessa julgasse que fosse a própria bala no escuro. Atingiu a estante a uns trinta centímetros de onde ela estava. A bala mesmo raspou a moldura da porta do terraço. Amanhã nós a encontraremos lá fora; a menos que tenha se alojado no corpo do agressor.

Jimmy sacudiu a cabeça, pesaroso.

— É uma pena que Leopoldo não tenha se saído melhor — comentou, tristonho.

A condessa o contemplava com uma atenção extremamente lisonjeira.

— O seu braço! — exclamou. — Está todo enfaixado! Foi o senhor, então...?

Jimmy lhe fez uma reverência, com ar de brincadeira.

— Gostei muito de saber que tenho voz de inglês bem educado — disse. — E posso lhe assegurar que jamais sonharia em usar a linguagem que usei se suspeitasse que estava na presença de uma senhora.

— Verdade que não entendi quase nada — apressou-se a explicar a condessa. — Muito embora tivesse uma governanta inglesa quando era pequena...

— Não é o tipo de coisa que ela lhe ensinaria — admitiu Jimmy. — Só lhe dava temas sobre a caneta de seu tio e o guarda--chuva da sobrinha do jardineiro. Conheço o gênero.

— Mas o que aconteceu? — insistiu a condessa. — É isso que eu quero saber. Vamos, digam-me.

Fez-se um silêncio, enquanto todos se viravam para o superintendente Battle.

— É muito simples — disse ele, conciliador. — Houve uma tentativa de roubo. De uns documentos com implicações políticas que estavam em poder de Sir Stanley Digby. Os ladrões quase conseguiram o que queriam, mas graças a esta moça — indicou Loraine — não conseguiram.

A condessa lançou um olhar à moça — bastante esquisito, por sinal.

— Não diga — comentou friamente.

— Foi uma coincidência muito feliz que ela, por acaso, se encontrasse aqui — explicou Battle, sorrindo.

A condessa suspirou de leve e tornou a entrecerrar os olhos.

— Que absurdo, mas ainda me sinto tão fraca — murmurou.

— Claro que se sente — exclamou Bill. — Vou levá-la até seu quarto. Bundle lhe fará companhia.

— É muita gentileza de Lady Eileen — disse a condessa —, mas prefiro ficar sozinha. Já me sinto perfeitamente bem, mesmo. Quem sabe o senhor me ajuda apenas a subir a escada?

Levantou-se, aceitou o braço que Bill lhe oferecia e, apoiando--se pesadamente nele, saiu da biblioteca. Bundle acompanhou-os até o saguão, mas a condessa, reiterando — com certa aspereza — a declaração de que se sentia perfeitamente bem, não permitiu que subisse a escada junto com eles.

Enquanto Bundle observava a graciosa silhueta da condessa afastando-se lentamente, amparada por Bill, notou subitamente algo que a espantou. O *négligé*, de *chiffon* laranja, que, como já foi dito, era muito tênue, deixava entrever *um sinalzinho preto* abaixo do ombro direito.

Contendo uma exclamação, Bundle virou-se impetuosamente para a biblioteca, de onde o superintendente Battle já vinha saindo, precedido por Jimmy e Loraine.

— Pronto — disse Battle. — Fechei a porta do terraço e mandei um agente ficar de guarda lá fora. Agora vou trancar esta aqui e esconder a chave. Amanhã de manhã faremos o que os franceses chamam de reconstituição do crime... Pois não, Lady Eileen. O que é?

— Superintendente Battle, preciso falar com o senhor... é urgente.

— Mas claro, eu...

De repente surgiu George Lomax, acompanhado pelo dr. Cartwright.

— Ah, você está aqui, Battle. Vai ficar aliviado ao saber que não há nada de grave com O'Rourke.

— Nunca achei que houvesse nada de grave com sr. O'Rourke — retrucou Battle.

— Apliquei-lhe uma boa injeção — disse o médico. — Amanhã ele já estará bom. Talvez com um pouco de dor de cabeça, mais nada. E agora, meu rapaz, vamos examinar esse ferimento.

— Venha cá, enfermeira — disse Jimmy a Loraine. — Venha segurar a bacia ou a minha mão. Assista à agonia de um bravo. Você já sabe como é.

E saiu junto com Loraine e o médico. Bundle continuou a lançar olhares desesperados para o superintendente, que tinha sido fisgado por George.

Battle esperou pacientemente que o loquaz George fizesse uma pausa. Aí então aproveitou a oportunidade.

— Daria para eu trocar uma palavrinha em particular com Sir Stanley? No pequeno estúdio ali nos fundos?

— Mas certamente — disse George. — Sem dúvida. Vou chamá-lo agora mesmo.

Subiu correndo a escada de novo. Battle puxou Bundle depressa para a sala de visitas e fechou a porta.

— Do que se trata, Lady Eileen?

— Vou lhe contar o mais rápido possível... só que é meio comprido e complicado.

E da maneira mais concisa que pôde, Bundle descreveu sua ida ao Clube Seven Dials e as aventuras que tinham lhe acontecido por lá. Quando terminou, Battle soltou um suspiro. Para variar, perdera a impassibilidade fisionômica.

— Fantástico — comentou. — Simplesmente fantástico. Nunca supus que fosse possível... mesmo para a senhora, Lady Eileen. Não sei como não imaginei.

— Mas foi o senhor quem me deu a sugestão, superintendente. Mandou que eu perguntasse ao Bill Eversleigh.

— É um perigo dar sugestões a pessoas como a senhora, Lady Eileen. Jamais sonhei que fosse chegar a um extremo desses.

— Bem, não há por que se preocupar. Como vê, não perdi nenhum pedaço.

— De fato. Por enquanto, ao menos — retrucou Battle, soturno.

Ficou pensativo, examinando a situação.

— Não sei qual foi a intenção de sr. Thesiger, expondo-a a um risco assim — acabou dizendo.

— Ele só soube depois — disse Bundle. — Eu não sou trouxa, superintendente. E afinal, ele andava tão ocupado, cuidando de srta. Wade...

— Ah, é? — retrucou Battle, piscando o olho. — Vou ter que pedir a sr. Eversleigh para cuidar da senhora, Lady Eileen.

— O Bill?! — exclamou Bundle, com desdém. — Mas, superintendente Battle, o senhor ainda não ouviu o resto da minha história. A mulher que eu vi lá no clube... Anna, a nº 1. Pois bem, a nº 1 é a condessa Radzky.

E descreveu rapidamente como reconhecera o sinalzinho preto.

Para sua surpresa, o superintendente Battle limitou-se a pigarrear.

— Um sinal só não basta, Lady Eileen. Duas mulheres podem facilmente ter sinais idênticos. A senhora deve se lembrar de que a condessa Radzky é uma pessoa muito conhecida na Hungria.

— Então ela não é a verdadeira condessa Radzky. Eu lhe digo que tenho certeza de que é a mesma mulher que vi no clube. E repare no que aconteceu com ela agora de noite... a maneira como foi encontrada. Não acredito, de jeito nenhum, que estivesse desmaiada.

— Ah, eu não chegaria a tanto, Lady Eileen. Aquela cápsula vazia atingindo a estante ao lado dela bem que poderia ter deixado a coitada simplesmente apavorada.

— Mas afinal, o que é que ela estava fazendo lá? Ninguém sai de lanterna em punho à procura de um livro.

Battle coçou o rosto. Não parecia disposto a responder. Pôs-se a caminhar de um lado para outro, pensando no que devia fazer. Finalmente virou-se para ela.

— Escute aqui, Lady Eileen. Vou confiar na senhora. A conduta da condessa é, realmente, suspeita. Sei disso tão bem quanto a senhora. É muito suspeita, até... mas precisamos agir com cautela. Não podemos criar aborrecimentos com as Embaixadas. É preciso ter *certeza.*

— Pois é. Se o senhor tivesse *certeza*...

— Sim, mas há outra coisa também. Durante a guerra, Lady Eileen, houve um verdadeiro escarcéu a respeito de espiões alemães que andavam à solta. Muita gente intrometida vivia escrevendo cartas aos jornais sobre isso. Nós não demos a mínima importância. Não nos deixamos levar por essas críticas. Não nos interessava prender os pequenos porque cedo ou tarde *nos conduziriam ao chefão... o homem que dava as ordens.*

— Quer dizer que...?

— Não se preocupe com o que eu quero dizer, Lady Eileen. Lembre-se apenas disto. *Eu sei de tudo a respeito da condessa.* E quero que a deixem em paz. E agora — acrescentou Battle, pesaroso —, tenho que inventar alguma coisa para dizer a Sir Stanley Digby!

23

Battle assume o comando

Eram dez horas da manhã do dia seguinte. O sol infiltrava-se pelas portas envidraçadas da biblioteca, onde o superintendente Battle trabalhava desde as seis. Atendendo a seu chamado, George Lomax, Sir Oswald Coote e Jimmy Thesiger tinham vindo se encontrar com ele, já restabelecidos das emoções da véspera por um café reforçado. O braço de Jimmy estava numa tipoia, único vestígio da luta na noite anterior.

Battle olhou para os três com benevolência — um pouco com o ar de um tutor bondoso explicando um museu aos meninos. Na mesa ao lado havia vários objetos, cuidadosamente rotulados. Entre eles Jimmy reconheceu Leopoldo.

— Ah, superintendente — disse George —, eu estava ansioso para saber o que o senhor descobriu. Pegou o sujeito?

— Isso não vai ser fácil — respondeu Battle calmamente.

Não parecia irritado com seu fracasso nesse sentido.

George Lomax fez uma cara de descontentamento. Abominava toda espécie de leviandade.

— Acho que já tenho uma ideia bem nítida da situação — prosseguiu o detetive.

Pegou dois objetos em cima da mesa.

— Aqui estão as duas balas. A maior é calibre 455, disparada do Colt automático de sr. Thesiger. Raspou pela moldura da porta do terraço e encontrei-a cravada no tronco daquele cedro lá. Esta pequeninha foi disparada da Mauser 25. Depois de atravessar o braço de sr. Thesiger, cravou-se no braço desta cadeira aqui. Quanto à pistola, propriamente dita...

— Como é? — indagou logo Sir Oswald. — Alguma impressão digital?

Battle sacudiu a cabeça.

— O homem estava de luvas — respondeu, devagar.

— Que pena — disse Sir Oswald.

— Um sujeito que entende do riscado teria que estar de luvas. Sir Oswald, ou muito me engano ou o senhor encontrou esta pistola a apenas vinte passos da escada que leva ao terraço, não?

Sir Oswald aproximou-se da porta envidraçada.

— Sim, mais ou menos.

— Não quero criticá-lo, mas acho que seria melhor que o senhor a tivesse deixado exatamente onde estava.

— Desculpe — disse Sir Oswald, todo empertigado.

— Ah, não tem importância. Consegui reconstituir tudo. Havia as suas pegadas desde os fundos do jardim e um lugar onde o senhor tinha evidentemente parado e se inclinado, e uma espécie de marca na grama, extremamente sugestiva. A propósito, qual a explicação que o senhor dá para a pistola estar lá?

— Suponho que tivesse sido abandonada pelo sujeito durante a fuga.

Battle sacudiu a cabeça.

— Abandonada não, Sir Oswald. Existem duas coisas que invalidam essa hipótese. Para começar, há apenas uma série de pegadas cruzando o gramado naquele lugar... e são as suas.

— Sei — disse Sir Oswald, pensativo.

— Tem certeza, Battle? — perguntou George.

— Absoluta, sr. Lomax. Só existe outra série de rastros cruzando o gramado... os de srta. Wade, que se encontram muito mais à direita.

Fez uma pausa e depois continuou:

— E tem a marca no chão. A pistola deve ter caído com certa força. Tudo indica que foi jogada de longe.

— Bem, e por que não? — disse Sir Oswald. — Digamos que o sujeito fugiu pela alameda à esquerda. Não deixaria nenhuma pegada pelo caminho e de lá arremessaria a pistola no meio do gramado, não é, Lomax?

George concordou com a cabeça.

— É verdade que ele não deixaria nenhuma pegada na alameda — disse Battle —, mas pelo formato da marca e pela maneira como a relva foi cortada, não creio que a pistola tenha sido jogada daquela direção. Acho que foi jogada daqui do terraço.

— É bem possível — disse Sir Oswald. — Que diferença faz, superintendente?

— Ah, pois é, Battle — interveio George. — Isso tem alguma importância?

— Talvez não, sr. Lomax. Mas nós gostamos de tirar essas coisas a limpo. Agora eu pediria que um dos senhores pegasse esta pistola e jogasse longe. Quem sabe Sir Oswald? É muita gentileza sua. Coloque-se ali na porta. Agora atire-a no meio do gramado.

Sir Oswald fez o que lhe era pedido. A pistola saiu voando no ar com o impulso fortíssimo de seu braço. Jimmy Thesiger aproximou-se, interessado. Battle correu para buscá-la, como se tivesse grande prática no assunto. Voltou radiante.

— É isso mesmo. O mesmo tipo de marca. Apesar de que, falando nisso, o senhor jogou-a uns bons dez metros mais longe. Mas é que o senhor tem muita força, não é, Sir Oswald? Com licença, tenho a impressão de que estão batendo na porta.

O superintendente devia ter um ouvido apuradíssimo porque ninguém havia escutado nada. Mas ele tinha razão. Lady Coote estava parada do lado de fora, com um copo na mão.

— Olha o remédio, Oswald — disse, entrando na sala. — Você se esqueceu de tomá-lo depois do café.

— Estou muito ocupado, Marie — retrucou Sir Oswald. — Deixe para outra hora.

— Se não fosse eu, você não tomaria nunca — insistiu calmamente a esposa, adiantando-se para ele. — É que nem um menino travesso. Tome-o agora.

E dócil, obediente, o grande magnata do aço tomou o remédio.

Lady Coote sorriu com tristeza e doçura para todos.

— Estou interrompendo? Estão muito ocupados? Ah, vejam só esses revólveres. Que coisas mais horríveis... barulhentas, mortíferas. Pensar, Oswald, que você poderia ter sido baleado pelo arrombador ontem à noite.

— A senhora deve ter se alarmado quando deu pela falta dele, não é, Lady Coote? — perguntou Battle.

— A princípio nem pensei nisso — admitiu Lady Coote. — Este pobre rapaz aqui — indicou Jimmy —, sendo ferido... e tudo tão horrível, mas também tão emocionante. Só quando sr. Bateman me perguntou onde estava Sir Oswald foi que me lembrei de que ele tinha saído meia hora antes para dar uma volta.

— Sofre de insônia, Sir Oswald? — indagou Battle.

— Em geral durmo muito bem — disse Sir Oswald. — Mas confesso que ontem à noite estava me sentindo incrivelmente inquieto. Achei que um pouco de ar puro me faria bem.

— E saiu aqui por esta porta envidraçada, suponho?

Seria impressão sua ou Sir Oswald realmente hesitou um pouco antes de responder?

— E de chinelos, ainda por cima — disse Lady Coote —, em vez de botar um sapato de sola grossa. Não sei o que você faria, se eu não estivesse perto para cuidar de você.

E sacudiu tristemente a cabeça.

— Marie, não me leve a mal, mas quer fazer o favor de nos deixar a sós? Temos uma porção de coisas para tratar.

— Eu sei, meu bem. Já estava de saída.

Lady Coote retirou-se, levando o copo vazio como se fosse uma taça com a qual tivesse acabado de ministrar uma poção fatal.

— Bem, Battle — disse George Lomax —, parece que tudo está bastante claro. É, perfeitamente claro. O sujeito atira contra sr. Thesiger, deixando-o fora de combate, joga a arma longe, corre pelo terraço e pela alameda afora.

— Onde deveria ter sido capturado pelos meus agentes — acrescentou Battle.

— Você me desculpe, Battle, mas me parece que seus agentes foram muito descuidados. Não viram srta. Wade chegar. Uma vez que não perceberam uma coisa dessas, podiam também facilmente deixar o ladrão escapar.

O superintendente abriu a boca para falar, depois deu impressão de ter refletido melhor. Jimmy Thesiger olhou-o com curiosidade. Bem que gostaria de saber o que Battle estava pensando.

— Deve ter sido um campeão de corridas — limitou-se a declarar o inspetor da Scotland Yard.

— Como assim, Battle?

— Exatamente como eu disse, sr. Lomax. Eu mesmo cheguei ao ponto onde o terraço faz ângulo apenas alguns segundos depois que o tiro foi disparado. E para um homem percorrer toda aquela distância vindo na minha direção e desviar para a alameda antes que eu tivesse tempo de me acercar pelo lado da casa... bem, é como eu digo, ele teria que ser um campeão de corridas.

— Não consigo entender aonde você quer chegar, Battle. Você está com alguma ideia que eu ainda não compreendi. Primeiro disse que o homem não passou pelo gramado e agora insinua... O que é mesmo que você quer insinuar? Que ele não saiu pela alameda afora? Então, na sua opinião... aonde é que ele foi parar, realmente?

Como única resposta, o superintendente levantou o polegar.

— Hem? — fez George.

Battle repetiu o gesto com mais ênfase ainda. George ergueu a cabeça e olhou para o teto.

— Lá em cima — disse Battle. — Subindo de novo pela trepadeira.

— Mas que asneira, Battle. O que você está dizendo é um absurdo.

— Absurdo coisa nenhuma. Ele já tinha feito isso antes. Podia repetir a proeza.

— Não falei que era absurdo nesse sentido. Mas se ele queria fugir, jamais voltaria correndo para o interior da casa.

— Era o refúgio mais seguro, sr. Lomax.

— Mas a porta de sr. O'Rourke ainda estava trancada por dentro quando nós chegamos lá.

— E como fizeram para chegar lá? Passando pelo quarto de Sir Stanley. Foi por ali que o sujeito fugiu. Lady Eileen me contou que viu a maçaneta da porta do quarto de sr. O'Rourke girando. Isso aconteceu quando o nosso homem esteve lá em cima pela primeira vez. Desconfio de que na segunda a chave se encontrasse debaixo do travesseiro de sr. O'Rourke. Mas a saída dele é perfeitamente explicável... pela porta que dá para o quarto de Sir Stanley, que, naturalmente, estava vazio. Como todos os demais, Sir Stanley tinha descido correndo para vir à biblioteca. O nosso homem encontrou o caminho livre.

— E aí, para onde é que ele foi?

Battle encolheu os ombros robustos e começou a fazer rodeios.

— Há uma série de hipóteses. Tornou a entrar noutro quarto vazio da ala oposta do prédio e desceu pela trepadeira... saindo por uma porta lateral... ou, possivelmente, se fosse alguém da casa... bem, ficou por aqui mesmo.

George fez uma expressão escandalizada.

— Francamente, Battle, eu ficaria... eu ficaria muito sentido se um dos meus empregados, nos quais deposito a mais inteira confiança... eu ficaria muito aborrecido se tivesse que suspeitar...

— Ninguém está lhe pedindo que suspeite de alguém, sr. Lomax. Estou apenas expondo todas as possibilidades que o caso oferece. Os empregados talvez não tenham feito nada... provavelmente não fizeram.

— Você me deixou preocupado — disse George. — Muito preocupado, mesmo.

Seus olhos pareciam que iam saltar das órbitas.

Para desviar a atenção, Jimmy tocou com o dedo de leve num estranho objeto escuro que havia em cima da mesa.

— O que é isto? — perguntou.

— A prova definitiva — respondeu Battle. — A última das poucas que temos. É, ou melhor, foi uma luva.

Pegou a relíquia carbonizada, manuseando-a com orgulho.

— Onde foi que você achou isso? — perguntou Sir Oswald.

Battle indicou com a cabeça, por cima do ombro.

— Ali na lareira, quase queimada, mas não completamente. Curioso, dá impressão de que foi mordida por um cachorro.

— Talvez seja de srta. Wade — sugeriu Jimmy. — Ela tem vários cachorros.

O superintendente discordou.

— Isto não é luva de mulher... não, nem sequer desse tipo bem folgado que elas andam usando ultimamente. Experimente um pouco, para ver.

Ajustou o resto da luva na mão de Jimmy.

— Está vendo? Até para o senhor fica grande.

— Julga que essa descoberta tenha grande importância? — perguntou Sir Oswald com frieza.

— Nunca se sabe o que é que pode ter importância, Sir Oswald.

Ouviu-se uma forte batida na porta e depois Bundle entrou.

— Sinto muito — disse, à guisa de desculpas. — Mas papai acaba de telefonar, pedindo que eu volte para casa porque já está ficando muito preocupado.

Fez uma pausa.

— Que foi que houve, minha cara Eileen? — perguntou George, encorajando-a ao perceber que aquilo não era tudo.

— Não queria interrompê-los... mas é que achei que talvez tivesse alguma relação com tudo isso. Sabem, o que aborreceu papai foi que um dos nossos lacaios sumiu. Saiu ontem à noite e não voltou mais.

— Como é que ele se chama? — indagou Sir Oswald, encarregando-se do interrogatório.

— John Bauer.

— É inglês?

— Creio que se intitula suíço... mas tenho a impressão de que é alemão. Mas fala inglês perfeitamente.

— Ah! — Sir Oswald prendeu o fôlego com tanta força que chegou a chiar. — E quanto tempo faz que ele está em Chimneys?

— Pouco menos de um mês.

Sir Oswald virou-se para os outros dois.

— Aí está o homem que procuramos. Lomax, você sabe muito bem que há várias potências estrangeiras atrás daquele negócio. Agora me lembro desse tal lacaio... um sujeito alto, de ar marcial. Chegou uns 15 dias antes de irmos embora. Uma manobra muito inteligente. Qualquer empregado novo aqui seria examinado por completo, mas em Chimneys, a oito quilômetros de distância...

— Você acha que o plano foi preparado com tanta antecedência assim?

— Por que não? Aquela fórmula vale milhões, Lomax. Bauer, sem dúvida, esperava ter acesso aos meus papéis particulares em Chimneys e, através deles, descobrir o que pretendíamos fazer. Parece-me plausível que tivesse um cúmplice aqui nesta casa... alguém que lhe explicasse a planta do prédio e que se encarregasse de administrar o entorpecente a O'Rourke. Mas Bauer foi o sujeito que srta. Wade viu descendo pela trepadeira... o homenzarrão corpulento.

Virou-se para Battle.

— Bauer é o homem que o senhor procura, superintendente. E que, não sei como, deixou que escapasse de suas mãos.

24

Bundle se põe a pensar

Battle ficou inegavelmente surpreso. Coçou o queixo, pensativo.

— Sir Oswald tem razão, Battle — disse George. — O homem é esse mesmo. Há alguma esperança de capturá-lo?

— Pode ser que sim, sr. Lomax. Realmente, a coisa parece... suspeita. Claro que talvez reapareça... em Chimneys, quero dizer.

— Acha provável?

— Não, não acho — admitiu Battle. — É, não resta dúvida, parece que Bauer é o nosso homem. Mas não consigo compreender como podia ter entrado e saído daqui sem ser visto.

— Já lhe disse minha opinião sobre os agentes que você colocou no jardim — lembrou George. — Uns completos ineficientes... não quero pôr a culpa em você, Battle, mas...

A pausa foi eloquente.

— Bem, paciência — disse Battle, despreocupadamente —, tenho as costas largas.

Sacudiu a cabeça e suspirou.

— Preciso telefonar imediatamente. Com licença, meus senhores. Desculpe-me, sr. Lomax... tenho a impressão de que pus tudo a perder. Mas este caso é muito desconcertante... bem mais do que o senhor imagina.

E retirou-se às pressas da sala.

— Vamos até o jardim — pediu Jimmy a Bundle. — Quero falar com você.

Saíram juntos pela porta do terraço. Jimmy ficou olhando para o gramado, de testa franzida.

— O que é? — perguntou Bundle.

Jimmy explicou a maneira como a pistola tinha sido jogada de longe.

— Gostaria de saber qual era a ideia do velho Battle quando pediu ao Coote para atirar a pistola. Juro que tinha alguma intenção. Seja como for, caiu a uns dez metros de distância de onde foi encontrada. Sabe, Bundle, o Battle é muito perspicaz.

— É um homem extraordinário — disse Bundle. — Vou te contar o que aconteceu ontem à noite.

Descreveu-lhe a conversa com o superintendente. Jimmy escutou, atento.

— De modo que a condessa é o nº 1 — comentou, pensativo. — Tudo se encaixa muito bem. O nº 2, Bauer, vem lá de Chimneys. Sobe pela trepadeira até o quarto de O'Rourke, ciente de que ele já está sob o efeito de um entorpecente... administrado pela condessa, não se sabe como. O plano consiste em que ele deve jogar os papéis para ela, que ficará esperando lá embaixo. Aí então ele tornará a entrar pela biblioteca e subirá para o quarto dela. Se Bauer for surpreendido em flagrante durante a fuga, não encontrarão nada em seu poder. Sim, o plano era ótimo... só que não deu certo. Mal a condessa chega à biblioteca, ouve passos e tem que se esconder atrás do biombo. O que é muito incômodo para ela, porque não pode avisar o cúmplice. O nº 2 rouba os papéis, espia pela janela, vê o que imagina ser a condessa esperando, atira-lhe o embrulho e começa a descer pela trepadeira, para ter a desagradável surpresa de me encontrar à sua espera. Enquanto isso, a condessa, toda nervosa, continua atrás do biombo. Levando tudo em consideração, a história que ela contou até que foi muito boa. Sim, tudo se encaixa perfeitamente.

— Demais — frisou Bundle, incisiva.

— Hem? — fez Jimmy, surpreso.

— E o nº 7? O nº 7 que nunca aparece, que fica sempre nos bastidores. A condessa e Bauer? Não, não é tão simples assim. Bauer esteve aqui ontem à noite, sim. Mas foi só para a eventualidade de que a coisa não desse certo, como de fato não deu. O papel dele é o do bode expiatório; para desviar toda a atenção do nº 7... do chefão.

— Escuta aqui, Bundle — perguntou Jimmy, apreensivo —, você não anda lendo muitos livros policiais, não?

Bundle lançou-lhe um olhar de digna repreensão.

— Bem — disse Jimmy —, ainda não sou como a Rainha de Copas. Não posso acreditar em seis coisas impossíveis antes da hora do café da manhã.

— Já passou da hora do café — retrucou Bundle.

— Mesmo assim. Temos uma hipótese perfeitamente plausível, que se encaixa nos fatos... e você não quer aceitá-la de modo algum, simplesmente porque, como no velho enigma, prefere tornar tudo mais difícil.

— Sinto muito — disse Bundle —, mas eu me apego ferreamente à ideia de um misterioso nº 7 que seria hóspede da casa.

— Qual é a opinião de Bill?

— O Bill é impossível — respondeu Bundle com frieza.

— Ah! — fez Jimmy. — Suponho que já tenha lhe falado sobre a condessa, não? Ele tem que ficar de sobreaviso. Senão, sabe lá o que não será capaz de contar.

— Ele se recusa a ouvir qualquer coisa contra ela — disse Bundle. — Ele é... ah, simplesmente um idiota. Eu gostaria de que você fizesse com que ele compreendesse a história do sinalzinho preto.

— Você esquece que não fui eu que fiquei dentro do armário — lembrou Jimmy. — E seja como for, prefiro não discutir com o Bill sobre o sinalzinho preto da amiga dele. Mas não é possível que seja tão burro que não note como tudo se encaixa.

— Ah, mas ele é. E irremediavelmente — afirmou Bundle, ressentida — você não podia ter cometido maior erro do que contar tudo a ele.

— Sinto muito — disse Jimmy. — Na hora não vi... agora é que estou vendo. Como fui bobo, puxa vida, mas o Bill...

—Você sabe como são essas estrangeiras — retrucou Bundle. — Como agarram um homem.

— Para falar a verdade, não sei — disse Jimmy. — Até hoje nenhuma tentou me agarrar. — E deu um suspiro.

Fez-se um pouco de silêncio. Jimmy analisava a situação. Quanto mais pensava, mais insatisfatória lhe parecia.

—Você diz que o Battle quer que deixem a condessa em paz — comentou, afinal.

— É.

— A ideia seria descobrir outra pessoa por meio dela?

Bundle confirmou com a cabeça.

Jimmy franziu a testa, procurando imaginar a consequência lógica. Era óbvio que Battle tinha em mente um plano bem definido.

— Sir Stanley Digby não foi à cidade hoje de manhã cedo?

— Foi.

— O'Rourke foi com ele?

— Sim, acho que sim.

— Não te parece... não, não é possível.

— O quê?

— Que O'Rourke esteja, de certo modo, metido nessa história?

— Talvez — respondeu Bundle, pensativa. — Ele tem uma inteligência muito viva. É, não me surpreenderia se... olhe, para dizer a verdade, nada mais me surpreende! Para ser franca, há apenas uma pessoa de quem eu tenho certeza absoluta de que não é o nº 7.

— Quem?

— O superintendente Battle.

— Ah! Pensei que você fosse dizer o George Lomax.

— Psiu, aí vem ele.

E, realmente, George vinha se aproximando deles com um passo decidido. Jimmy deu uma desculpa e afastou-se. George sentou ao lado de Bundle.

— Minha cara Eileen, você tem que nos deixar, mesmo?

— Bom, parece que papai ficou muito alarmado. Acho melhor eu ir para casa segurar a mão dele.

— Esta mãozinha será de fato um consolo — disse George, pegando-a e acariciando-a com ar de brincadeira. — Minha cara Eileen, eu compreendo e respeito suas razões. Numa época de condições tão variáveis e precárias...

"Já vai começar", pensou Bundle, desesperada.

— ...quando a vida familiar está em jogo... todas as velhas tradições ruindo por terra... compete à nossa classe dar o exemplo, para mostrar que nós, pelo menos, não fomos atingidos pelas condições modernas. Chamam-nos de Conservadores... eu me orgulho desse termo... me orgulho, repito! Existem coisas que *deviam ser conservadas*... a dignidade, a beleza, o recato, a santidade da vida familiar, o respeito filial... o que é que perece, se tudo isso sobrevive? Como ia dizendo, minha cara Eileen, eu invejo os privilégios de sua juventude. Juventude! Que coisa maravilhosa! Que palavra sublime! E nós só a valorizamos quando chegamos à... à maturidade. Confesso, minha filha, que até a bem pouco tempo a sua frivolidade me chocava. Agora vejo que era apenas a frivolidade adorável e atrevida de uma criança. Hoje compreendo a beleza séria e profunda da sua inteligência. Espero que me permita orientá-la nas leituras que lhe interessam.

— Oh, obrigada — agradeceu Bundle, com voz sumida.

— E não quero que tenha mais medo de mim. Fiquei escandalizado quando Lady Caterham me contou que você se sentia intimidada na minha presença. Posso lhe garantir que sou um sujeito muito prosaico.

Bundle estava fascinada com essa demonstração de modéstia de George.

— Nunca seja tímida comigo, minha filha — prosseguiu ele. — Nem sinta receio de me entediar. Terei o maior prazer em plasmar, por assim dizer, a sua inteligência em botão. Serei o seu mentor político. Jamais se precisou tanto de moças de talento e graça no partido quanto hoje. Sabe lá se você não está predestinada a seguir as pegadas de sua tia, Lady Caterham.

Essa terrível perspectiva deixou Bundle arrasada. A única coisa que pôde fazer foi olhar assustada para George. O que não o desanimou — pelo contrário. A principal queixa que tinha das mulheres era a de que falavam demais. Raramente encontrava o que considerava como uma boa ouvinte. Sorriu com indulgência para Bundle.

— A borboleta desabrochando da crisálida. Que quadro maravilhoso. Tenho uma obra interessantíssima sobre economia política. Vou buscá-la agora mesmo para você levar para Chimneys. Quando tiver terminado de lê-la, quero comentá-la com você. Se algum ponto lhe parecer obscuro, não hesite em me escrever. Tenho sempre que atender a várias obrigações públicas, mas não poupo esforços para dispor de um tempo de sobra para os assuntos dos meus amigos. Já lhe trago o livro.

Afastou-se a passos rápidos. Bundle ficou olhando-o, estupefata. A chegada imprevista de Bill tirou-a do torpor.

— Escute aqui — disse Bill. — A troco de que o Olho de Boi estava segurando a sua mão?

— Não era a minha mão — retrucou Bundle, sem poder se dominar. — Era a minha inteligência em botão.

— Deixe de ser idiota, Bundle.

— Desculpe, Bill, mas estou meio preocupada. Você lembra que falou que o Jimmy corria grave perigo vindo para cá?

— E corre mesmo — afirmou Bill. — Não há nada mais difícil do que escapar das garras do Olho de Boi depois que ele se interessa pela gente. O Jimmy vai cair na rede antes que se dê conta.

— Não é o Jimmy quem vai cair... sou eu — disse Bundle, desesperada. — Terei que ser apresentada a uma infinidade de sra. Macatta, ler sobre economia política, comentar com o George e sabe Deus aonde é que isso vai parar!

Bill deu um assobio.

— Pobre Bundle. Também, quem mandou exagerar não é?

— De que jeito eu podia evitar? Ah, Bill, cada vez eu me enterro mais. Que horror!

— Não tem importância — disse Bill, consolando-a. — No fundo o George não acredita muito nessa história de mulheres se candidatando ao Parlamento, portanto você não terá que subir nas tribunas e dizer uma porção de besteiras, nem beijar crianças remelentas em Bermondsey. Vem, vamos tomar um coquetel. Já está quase na hora do almoço.

Bundle se levantou e saiu caminhando, obediente, ao lado dele.

— E eu que detesto política — murmurou tristemente.

— Lógico que você detesta. Como toda pessoa sensível, aliás. Só gente como o Olho de Boi e o Pongo é capaz de levá-la a sério e se apaixonar por ela. Mas mesmo assim — disse Bill, voltando subitamente a um assunto anterior —, você não devia deixar que o Olho de Boi segurasse a sua mão.

— Ora essa, por quê? — perguntou Bundle. — Ele me conhece desde menina.

— Porque eu não gosto.

— Como você é puritano, William... Mais! Olhe só, o superintendente Battle...

Tinham entrado por uma porta lateral. De um lado do corredorzinho havia uma pequena peça que servia de depósito, onde se guardavam tacos de golfe, raquetes de tênis, bolas de madeira e outras distrações da vida doméstica no campo. O superintendente Battle examinava atentamente vários tacos de golfe. Levantou a cabeça, meio sem jeito, ao ouvir a exclamação de Bundle.

— Vai dedicar-se ao golfe, superintendente?

— Não seria má ideia, Lady Eileen. Dizem que nunca é tarde para se começar. E eu tenho uma característica que logo se manifesta em qualquer jogo.

— Qual é? — perguntou Bill.

— Nunca me dou por vencido. Se as coisas saem mal, eu recomeço tudo de novo.

E com ar de determinação, Battle saiu do depósito e reuniu-se a eles, fechando a porta atrás de si.

25
Jimmy expõe seus planos

Jimmy Thesiger estava se sentindo deprimido. Esquivando-se de George, de quem suspeitava querer pegá-lo para tratar de assuntos sérios, sumiu discretamente depois do almoço. Tendo-se tornado uma autoridade na questão da disputa sobre as fronteiras de Santa Fé, não pretendia submeter-se a um exame a essa altura dos acontecimentos.

Não demorou muito para que as suas esperanças se concretizassem. Loraine Wade, também a sós, percorria uma das alamedas sombreadas do jardim. Num instante Jimmy colocou-se a seu lado. Caminharam alguns minutos em silêncio, até que por fim Jimmy arriscou:

— Loraine?

— Sim?

— Escute aqui, sou péssimo para me exprimir... mas como é? Que tal se a gente tirasse logo uma licença, casasse e vivesse junto, felizes para sempre?

Loraine não se fez da rogada diante dessa proposta imprevista. Atirou a cabeça para trás e deu uma gargalhada.

— Ah, não deboche — reclamou Jimmy.

— Desculpe. Não pude evitar. Foi tão engraçado.

— Loraine... você é um demônio.

— Não sou, não. Até que eu sou boazinha.

— Só para quem não te conhece... e se deixa enganar por esse ar de docilidade e pudor.

— Ai, como você fala bonito...

— Aprendi tudo nas palavras cruzadas.

— Que cultura!

— Loraine, meu bem, não desconversa. Você quer ou não quer?

O rosto de Loraine ficou sério. Tomou seu aspecto de determinação habitual. A boca pequena se franziu e o queixinho saltou para frente, agressivo.

— Não, Jimmy. Pelo menos enquanto as coisas continuarem do jeito que estão... tudo ainda sem solução.

— Eu sei que não fizemos o que nos propusemos — concordou Jimmy. — Mas mesmo assim... bem, um capítulo já está encerrado. Os papéis se acham em mãos do Ministério da Aeronáutica. A virtude triunfou. E... a todas essas... nada feito.

— De modo que... vamos nos casar? — perguntou Loraine com um leve sorriso.

— Isso mesmo. A ideia é essa.

Loraine, porém, tornou a sacudir a cabeça.

— Não, Jimmy. Enquanto tudo não ficar solucionado... enquanto não estivermos sãos e salvos...

— Acha que corremos perigo?

— Você não?

O rosto corado de querubim de Jimmy se turvou.

— Tem razão — admitiu, afinal. — Se aquela história fantástica que Bundle contou for verdade... e, por incrível que pareça, creio que deve ser... então só estaremos sãos e salvos depois de ajustar contas com o nº 7!

— E os outros?

— Ah, os outros não interessam. Quem me assusta é o nº 7, que tem seus próprios métodos de trabalho. Porque não sei quem ele é nem onde devo procurá-lo.

Loraine estremeceu.

— Ando apavorada — disse em voz baixa. — Desde a morte do Gerry...

— Não precisa ter medo. Não há nenhum motivo para isso. Deixe tudo por minha conta. Uma coisa eu te digo, Loraine: *eu ainda pego esse nº* 7. Depois que a gente descobrir quem ele é... olhe, acho que não teremos muito trabalho com o resto da quadrilha, seja lá quem for.

— Isso *se* você o pegar... mas suponhamos que ele pegue você.

— Impossível — afirmou Jimmy, alegremente. — Sou muito esperto. Tenha confiança em si mesmo... esse sempre foi o meu lema.

— Quando me lembro do que poderia ter acontecido ontem à noite... — Loraine estremeceu.

— Bem, mas não aconteceu nada — disse Jimmy. — Aqui estamos nós, sãos e salvos... embora eu confesse que meu braço dói que é um caso sério.

— Coitadinho.

— Ah, a gente deve estar preparado para o que der e vier. Ainda mais que com os meus ferimentos e a minha conversa estimulante conquistei Lady Coote por completo.

— Ah! Você julga isso importante?

— Tenho a impressão de que pode vir a ser útil.

— Você está com algum plano na cabeça, Jimmy. Qual é?

— Um herói nunca revela seus planos — declarou Jimmy com firmeza. — Eles amadurecem no escuro.

— Deixe de ser idiota, Jimmy.

— Eu sei, eu sei. É o que todo mundo me diz. Mas te garanto, Loraine, que há um bocado de inteligência neste meu crânio. Agora, quais são os *teus* planos? Tem algum?

— Bundle me convidou para ir passar uns tempos com ela em Chimneys.

— Ótimo — disse Jimmy. — Não podia ser melhor. Porque, seja como for, gostaria de ficar de olho em Bundle. Nunca se sabe que loucura ela é capaz de inventar. Imprevisível como só ela. E o pior é que sempre se sai bem. Vou te contar, impedir que a Bundle se meta em encrencas não é fácil.

— O Bill devia controlá-la — sugeriu Loraine.

— Ele anda muito ocupado com outras coisas.

— Não caia nessa — disse Loraine.

— Como? E a condessa ? O rapaz está doido por ela.

Loraine continuou a sacudir a cabeça.

— Aí tem algo que não entendo direito. Mas não é a condessa com Bill... é a Bundle. Sabe, hoje de manhã o Bill estava conversando comigo quando sr. Lomax apareceu e sentou-se ao lado da Bundle. Pegou a mão dela ou coisa que o valha e aí o Bill saiu disparando feito... feito um foguete.

— Há gostos pra tudo — observou sr. Thesiger. — Imagine só, alguém que esteja conversando com você, se lembrar de fazer outra coisa. Mas você me surpreende, Loraine. Pensei que o pamonha do Bill tivesse caído na rede da bela estrangeira. Pelo menos é o que Bundle acha.

— A Bundle pode achar — disse Loraine. — Mas vai por mim, Jimmy, a coisa não é bem assim.

— Então que ideia é essa?

— Não te parece possível que o Bill ande fazendo investigações por conta própria?

— O Bill? Ele não tem inteligência para isso.

— Sei lá. Quando um sujeito pacato e atlético como Bill resolve ser sutil, ninguém leva a sério.

— E o resultado é capaz de surpreender meio mundo. Sim, você não deixa de ter razão. Mas mesmo assim nunca teria pensado isso do Bill. Ele está representando com perfeição o papel de cordeirinho da condessa. Acho que você se engana, sabe, Loraine? A condessa é uma mulher tremendamente bonita... embora não seja o meu tipo, é lógico — apressou-se a explicar sr. Thesiger —, e o velho Bill sempre teve o coração do tamanho de um bonde.

Loraine sacudiu a cabeça, cética.

— Bem — disse Jimmy —, faça como você quiser. Parece que já chegamos mais ou menos a um acordo. Você vai com Bundle para Chimneys e, pelo amor de Deus, não deixe que ela se meta de novo naquele lugar em Seven Dials. Sabe lá o que pode acontecer se ela fizer isso.

Loraine concordou.

— E agora — acrescentou Jimmy —, acho bom eu ir dar uma palavrinha com Lady Coote.

Lady Coote estava bordando num banco do jardim. O risco era a figura mal feita de uma mulher desolada chorando junto de um túmulo.

Lady Coote arrumou lugar para Jimmy a seu lado e ele, com o tato que o caracterizava, elogiou-a prontamente pelo trabalho.

— Gosta? — perguntou Lady Coote, encantada. — Foi começado pela minha tia Selina na semana em que ela morreu de câncer. Câncer do fígado, coitada.

— Que coisa horrível — exclamou Jimmy.

— E como vai o braço?

— Ah, já está quase bom. Sempre incomoda um pouco, sabe como é.

— Convém tomar cuidado — advertiu Lady Coote. — Conheço casos que se transformam em septicemia e se acontece com o senhor, é capaz de perder o braço.

— Puxa, tomara que não!

— Só estou lhe prevenindo — disse Lady Coote.

— Onde é que a senhora está morando atualmente? — perguntou sr. Thesiger. — Na cidade ou...?

Considerando-se que já sabia perfeitamente a resposta que ia receber, não se pode deixar de elogiar a habilidade com que encaixou a pergunta.

Lady Coote suspirou fundo.

— Sir Oswald alugou Letherbury, a casa do duque de Alton. Conhece?

— Mais ou menos. Uma mansão sensacional, não é?

— Ah, não sei — respondeu Lady Coote. — É um casarão muito grande, e sombrio, sabe? Cheio de corredores cobertos de retratos de pessoas de aspecto assustador. Acho muito deprimente isso que eles chamam de quadros dos Velhos Mestres. Precisava ver uma casinha que tivemos em Yorkshire, sr. Thesiger. Quando

Sir Oswald era apenas sr. Coote. Uma entrada tão simpática e uma sala de visitas tão alegre, com um recanto para a lareira, as paredes forradas de papel listrado com um friso de glicínias que eu mesma escolhi, ainda me lembro. Listras de cetim, sabe, não de *moiré*. Sempre me pareceu de muito mais bom gosto. Na sala de refeições quase não dava sol, mas com um papel bem vermelho e uma série dessas gravuras de caça engraçadas ficava tão festivo que até parecia ambiente de Natal.

Empolgada por essas recordações, Lady Coote deixou cair vários novelos de lã que Jimmy juntou respeitosamente.

— Obrigada, meu filho — disse ela. — Do que era mesmo que eu estava falando? Ah... de casas... pois é, o que eu gosto mesmo é de uma casa alegre. Fica tão mais interessante para escolher coisas para ela.

— Suponho que qualquer dia destes Sir Oswald terminará comprando uma casa própria — sugeriu Jimmy. — E aí então a senhora poderá ter tudo como quer.

Lady Coote sacudiu tristemente a cabeça.

— Ele já anda falando em entregar tudo a uma firma... e o senhor sabe o que isso significa.

— Ah, mas eles consultariam a senhora?

— Seria uma dessas mansões imponentes, cheias de antiguidades. Desprezariam as coisas que eu acho confortáveis e íntimas. Não que Sir Oswald estivesse mal à vontade e insatisfeito nos lugares em que morávamos antigamente. Inclusive tenho a impressão de que os gostos dele, no fundo, combinam com os meus. Mas agora ele só se contenta com o que há de melhor. Tem se saído maravilhosamente bem nos negócios e, naturalmente, quer demonstrar isso de uma maneira qualquer. Muitas vezes, porém, me pergunto como é que isso ainda vai terminar.

Jimmy fez uma cara compreensiva.

— É que nem um cavalo que sai a galope — continuou Lady Coote. — Mete o freio nos dentes e lá se vai. Com Sir Oswald acontece o mesmo. Ele corre, corre e não consegue mais parar. Já é um dos homens mais ricos da Inglaterra... mas pensa que ele se satisfaz com isso? Que esperança. Ele quer ser... sei lá o que ele quer ser! Uma coisa, porém, é certa: às vezes fico até com medo!

— É como aquele sujeito lá da Pérsia[5] — disse Jimmy —, que vivia em busca de mundos para conquistar.

Lady Coote concordou com a cabeça, sem compreender muito bem o que Jimmy queria dizer.

— O que me pergunto é o seguinte: será que o estômago dele aguenta? — prosseguiu, toda queixosa. — Se ficar inválido... com as ideias que tem... ah, nem é bom pensar.

— Ele parece gozar de boa saúde — disse Jimmy, à guisa de consolo.

— Sim, mas anda com alguma coisa na ideia — retrucou Lady Coote. — Preocupado, isso é o que ele anda. *Eu* sei.

— Preocupado com o quê?

— Não sei. Talvez com alguma coisa na fábrica. Para ele é um alívio poder contar com sr. Bateman. Um rapaz tão sério... e tão consciencioso.

— Até demais — concordou Jimmy.

— O Oswald confia muito na opinião de sr. Bateman. Diz que sempre tem razão.

— Essa era uma de suas piores características anos atrás — frisou Jimmy.

Lady Coote ficou meio perplexa.

— Aquele fim de semana que passei em sua casa, lá em Chimneys, foi uma verdadeira beleza — disse Jimmy. — Aliás, teria sido uma verdadeira beleza se o coitado do Gerry não tivesse batido as botas. As moças que estavam lá eram uma graça.

— Eu achei que eram muito desconcertantes — retrucou Lady Coote. — Nada românticas, sabe? Imagine que cheguei a bordar alguns lenços para Sir Oswald com meu próprio cabelo quando estávamos noivos.

---

[5] Atual Irã. (N.E.)

— É mesmo? — disse Jimmy. — Que maravilha. Mas talvez seja porque hoje em dia as moças não têm o cabelo muito comprido.

— Lá isso é — admitiu Lady Coote. — Ah, mas a gente nota numa porção de outras coisas. Eu me lembro que quando era jovem, um dos meus... bem, dos meus namorados... juntou um punhado de pedrinhas e uma moça que estava comigo logo disse que ele ia guardar aquilo como um tesouro, só porque eu tinha pisado em cima delas. Que ideia mais bonita, pensei. Apesar de que depois descobri que ele andava fazendo um curso de mineralogia... ou era geologia?... numa escola técnica. Mas gostei da ideia... assim como dessa história de roubar o lenço de uma moça como se fosse um tesouro... e tantas coisas mais.

— O diabo seria se a moça tivesse que assoar o nariz — comentou o prático sr. Thesiger.

Lady Coote largou o bordado no colo e lançou-lhe um olhar penetrante, se bem que bondoso.

— Ora vamos — disse. — Será que não há nenhuma moça simpática que o senhor admire? Para quem gostaria de trabalhar e constituir um pequeno lar?

Jimmy enrubesceu, sem saber o que responder.

— Achei que o senhor se entendia muito bem com uma daquelas moças lá em Chimneys... a Vera Daventry.

— A Soquete?

— Todo mundo a chama por esse apelido, não é? — disse Lady Coote. — Não sei por quê. Não fica bem.

— Ah, ela é formidável — reconheceu Jimmy. — Gostaria de tornar a vê-la.

— Ela vai passar o próximo fim de semana conosco.

— Ah é? — retrucou Jimmy, esforçando-se para imprimir um tom de ansiosa expectativa aos dois monossílabos.

— É, sim. O senhor... o senhor não gostaria de ir?

— Como não — afirmou Jimmy com veemência. — Muito obrigado pelo convite, Lady Coote.

E reiterando seus protestos de agradecimento, deixou-a.

Não demorou muito, Sir Oswald veio ao encontro da esposa.

— O que era que aquele pilantra queria com você? — perguntou. — Não suporto esse rapaz.

— Ele é muito bonzinho — protestou Lady Coote. — E tão corajoso. Veja só como se feriu ontem à noite.

— Sim, para aprender a não se meter onde não é chamado.

— Ah, como você é injusto, Oswald.

— Ele jamais pensou em trabalhar a sério. Um verdadeiro vadio, como nunca se viu igual. Seria incapaz de se defender, se tivesse que ganhar a vida.

— Você deve ter ficado com os pés úmidos ontem à noite — disse Lady Coote. — Tomara que não pegue uma pneumonia. Outro dia morreu o Freddie Richards. Deus do céu, Oswald, chego até a me arrepiar quando me lembro de que você andou perambulando por aí com um ladrão perigoso à solta pelo jardim. Podia ter levado um tiro. Por falar nisso, convidei sr. Thesiger para passar o fim de semana conosco.

— Pois sim — retrucou Sir Oswald. — Não quero esse rapaz lá em casa, está ouvindo, Marie?

— Por que não?

— Não interessa.

— Sinto muito, meu bem — disse Lady Coote calmamente. — Agora já convidei, de modo que não tem mais remédio. Quer me fazer o favor de me passar esse novelo cor-de-rosa, Oswald?

Sir Oswald atendeu o pedido com uma carranca ameaçadora. Olhou para a esposa e hesitou. Lady Coote estava enfiando tranquilamente a lã na agulha.

— Faço absoluta questão de não receber o Thesiger lá em casa no fim de semana — declarou, afinal. — O Bateman me contou uma porção de coisas a respeito dele. Foram colegas de classe.

— Que foi que ele contou?

— Nada que lhe fosse lisonjeiro. Para falar a verdade, me preveniu seriamente contra ele.

— Ah, ele preveniu, é? — retrucou Lady Coote, pensativa.

— E eu tenho o maior respeito pela opinião do Bateman. Ele nunca se engana.

— Meu Deus — exclamou Lady Coote. — Que confusão parece que fui criar. Se soubesse, claro que nunca o teria convidado. Por que você não me falou antes, Oswald? Agora é tarde demais.

Começou a recolher suas coisas com extremo cuidado. Sir Oswald olhou para ela, fez menção de falar, depois deu de ombros. Acompanhou-a até a casa. Lady Coote, caminhando na frente, ia sorrindo de leve. Gostava muito do marido, mas também gostava — de uma maneira serena, discreta, totalmente feminina — de impor sua vontade.

26
Principalmente sobre golfe

— Essa sua amiga é muito simpática, Bundle — disse Lord Caterham.

Fazia quase uma semana que Loraine já estava em Chimneys e tinha conquistado a admiração do dono da casa — principalmente devido à rapidez maravilhosa que demonstrara para aprender a manejar um taco de golfe.

Entediado pelo inverno passado no exterior, Lord Caterham resolveu dedicar-se ao golfe. Era um jogador execrável e, consequentemente, tomara-se de paixão pelo esporte. Passava a manhã inteira impelindo a bola contra vários arbustos e moitas — ou melhor, tentando impelir e arrancando grandes nacos de grama macia, para o desespero de MacDonald.

— Temos que arranjar um campo apropriado — disse Lord Caterham, dirigindo-se a uma margarida. — Um campo que seja perfeito. Bem, agora tire só uma linha desta tacada, Bundle. Dobra-se o joelho direito, curva-se de leve para trás, mantendo a cabeça imóvel e usando os pulsos.

Com um violento arremesso, a bola rolou pelo gramado e desapareceu nas profundezas impenetráveis de um tufo compacto de azáleas.

— Curioso — disse Lord Caterham. — Que será que eu fiz de errado? Mas, como ia dizendo, Bundle, essa sua amiga é uma simpatia. Realmente, acho que estou levando-a a se interessar muito pelo jogo. Hoje de manhã ela deu umas tacadas ótimas... quase tão boas, de fato, quanto as minhas.

Lord Caterham, desatento, arrancou outro enorme naco de grama. MacDonald, que ia passando por perto, apanhou-o e cravou-o de novo, com firmeza, no mesmo lugar. O olhar que lançou a Lord Caterham teria feito qualquer pessoa que não fosse um golfista inveterado sumir terra adentro.

— Se, conforme desconfio muito, o MacDonald foi cruel com os Coote — disse Bundle —, ele agora está pagando pelos seus pecados.

— Por que é que eu não poderia fazer o que quero em meu próprio jardim? — retrucou o pai. — O MacDonald devia até se interessar pela maneira como estou jogando... os escoceses são verdadeiros campeões de golfe.

— Pobre papai — disse Bundle. — O senhor nunca será um campeão... em todo caso sempre é uma maneira de não se meter em encrencas.

— Absolutamente — protestou Lord Caterham. — Outro dia cheguei ao sexto buraco em cinco tacadas. O professor ficou muito admirado quando lhe contei a façanha.

— Pudera — ironizou Bundle.

— Ah, por falar nos Coote, Sir Oswald joga bastante bem... bastante bem, mesmo. Não que tenha um estilo bonito... é rígido demais. Mas não perde uma tacada. Agora, é mesquinho que só vendo... não admite que se toque na bola a um palmo de distância! Quer que a gente acerte logo no buraco. Isso é que não me agrada.

— No mínimo ele gosta de ter certeza — disse Bundle.

— Sim, mas tira toda a graça do jogo — retrucou o pai. — E ele também não se interessa pelo aspecto teórico. Diz que joga só para fazer exercício e que não se preocupa com estilo. Agora, o tal secretário, o Bateman, é todo o oposto. Teoria é com ele. Eu estava enviesando muito mal o meu bastão e ele disse que era só porque eu usava demais o braço direito. E me explicou uma teoria interessantíssima. No golfe, tudo é questão do braço esquerdo — o braço esquerdo é que conta. Diz ele que joga tênis com a canhota, mas golfe com tacos comuns, porque aí é que se manifesta a superioridade dele com o braço esquerdo.

— E ele jogou tão bem assim? — perguntou Bundle.

— Não jogou, não — confessou Lord Caterham. — Mas é que andava meio fora de forma. A teoria eu compreendo perfeitamente e acho muito útil. Ah! você viu essa, Bundle? Passou bem por cima das azáleas. Que tacada perfeita. Ah, se a gente tivesse certeza de poder fazer isso todas as vezes... Sim, Tredwell, que foi que houve?

Tredwell dirigiu-se a Bundle.

— Sr. Thesiger quer falar com *Milady* ao telefone.

Bundle saiu correndo para a casa, aos gritos de "Loraine, Loraine". Loraine chegou perto dela no momento exato em que atendia o telefone.

— Alô, é você, Jimmy?

— É. Como vai?

— Eu vou bem, mas meio entediada.

— E a Loraine?

— Ela vai bem. Está aqui ao meu lado. Quer falar com ela?

— Depois. Tenho uma porção de novidades. Para começar, vou passar o fim de semana com os Coote — disse, de um modo significativo. — Agora escute aqui, Bundle, você não sabe onde se pode arranjar uma gazua, não?

— Não tenho a mínima ideia. Para que você precisa de uma gazua lá nos Coote?

— É que tenho a impressão de que me pode ser útil. Você não conhece nenhuma loja onde se possa encontrar?

— Acho melhor procurar um amigo gatuno e bonzinho que te mostre como é que se faz.

— Eu sei, Bundle, eu sei. Infelizmente não conheço nenhum. Pensei que você, com a sua inteligência, fosse capaz de me sugerir uma solução para o problema. Mas estou vendo que terei de recorrer ao Stevens, como sempre. Não demora muito ele ficará com umas ideias engraçadíssimas a meu respeito... primeiro uma automática de cano azul... e agora uma chave falsa. Vai imaginar que virei bandido.

— Jimmy?

— Que é?

— Olhe aqui... tome cuidado, viu? Quero dizer, se Sir Oswald encontrar você às voltas com uma chave falsa... bem, tenho a impressão de que, quando quer, ele sabe ser muito desagradável.

— Simpático rapaz no banco dos réus! Está bem, vou tomar cuidado. De quem eu tenho medo, mesmo, é do Pongo. Vive caminhando sorrateiramente com aqueles pés chatos. Só se ouve quando ele já está bem perto. E sempre teve o dom de meter o bedelho onde não é chamado. Mas pode confiar aqui no teu herói.

— Bem que eu gostaria de que Loraine e eu estivéssemos lá para cuidar de você.

— Obrigado, enfermeira. Mas, para ser franco, já tenho um plano.

— Qual?

— Será que você e Loraine não dariam um jeito de ficar com o carro enguiçado perto de Letherbury, amanhã de manhã? Não é muito longe daí, é?

— Pouca coisa. Uns sessenta quilômetros.

— Logo vi que para você não seria! Mas não mate a Loraine, sim? Gosto muito dela. Então está combinado... lá pelas 12h15 ou 12h30.

— Para que nos convidem para o almoço?

— Exatamente. Escute aqui, Bundle, ontem encontrei aquela tal de Soquete e, imagine você... o Terence O'Rourke também vai estar lá neste fim de semana!

— Jimmy, você acha que ele...?

— Ora, sabe como é, a gente tem que desconfiar de todo mundo. Pelo menos é o que dizem. Ele é um cara maluco e ousado que só vendo. Seria bem capaz de chefiar uma sociedade secreta. Ele e a condessa podiam ser cúmplices. O'Rourke andou lá pela Hungria no ano passado.

— Mas você esquece de que ele poderia ter roubado a fórmula na hora que bem entendesse.

— Isso é que não. Teria que ser em circunstâncias em que ninguém suspeitasse dele. Mas a fuga pela trepadeira acima, de volta à própria cama dele... ora, seria perfeito. Agora preste atenção. Depois de uma conversa fiada com Lady Coote, você e Loraine têm que pegar o Pongo e o O'Rourke, por bem ou por mal, e entretê-los até a hora do almoço. Compreendeu? Não será difícil para duas garotas bonitas como vocês.

— Xi, quanta lisonja...

— É a pura e simples verdade.

— Bom, em todo caso, acho que já entendi. Quer falar agora com a Loraine?

Bundle passou o telefone para Loraine e retirou-se discretamente da sala.

27
Aventura noturna

Jimmy Thesiger chegou a Letherbury numa ensolarada tarde de outono. Sir Oswald tratou-o com desdém, mas Lady Coote o acolheu carinhosamente. Sabendo que o seu olhar de casamenteira o acompanhava atentamente, Jimmy esforçou-se para ser simpático a Soquete Daventry.

O'Rourke já estava lá, com ótima disposição. Mostrava-se inclinado a manter uma atitude sigilosa em relação aos misteriosos incidentes ocorridos em Wyvern Abbey, sobre os quais Soquete interrogou-o com insistência, mas sua reticência oficial adotou uma forma inédita — passou a exagerar os fatos de tal modo que ninguém seria capaz de adivinhar o que tinha realmente acontecido.

Quatro mascarados de revólver em punho? É mesmo? — perguntou Soquete, desconfiada.

— Ah! Agora me lembro de que havia uma boa meia dúzia de bandidos tentando me segurar e forçar a engolir aquele troço. Claro que pensei que fosse veneno e que ia morrer ali mesmo.

— E o que é que eles roubaram ou queriam roubar?

— Nada menos do que as joias imperiais da Rússia que sr. Lomax tinha trazido sigilosamente para guardar no Banco da Inglaterra.

— Puxa, mas como você mente, hem? — retrucou Soquete, sem a menor emoção.

— Mentir, eu? Se as joias vieram para cá num avião cujo piloto é o meu maior amigo? Olha, Soquete, isso que te contei é segredo, viu? Se não acredita, pergunta aí para o Jimmy Thesiger. Verdade que eu não confiaria muito na palavra dele.

— É fato que o George Lomax desceu do quarto sem a dentadura postiça? — perguntou Soquete. — Isso é que eu quero saber.

— Havia dois revólveres — disse Lady Coote. — Eu vi. Umas coisas pavorosas. Não sei como este pobre rapaz não morreu.

— Ah, é que eu nasci para ser enforcado — retrucou Jimmy.

— Ouvi dizer que tinha uma condessa russa de beleza sutil — comentou Soquete. — E que ela tentou conquistar o Bill.

— Certas coisas que ela contou de Budapeste foram medonhas — disse Lady Coote. — Jamais esquecerei. Oswald, nós temos que mandar um donativo para aquela gente.

Sir Oswald resmungou qualquer coisa.

—Vou tomar nota, Lady Coote — prometeu Rupert Bateman.

— Obrigada, sr. Bateman. Acho que se podia mandar rezar um culto de ação de graças. Não sei como Sir Oswald não morreu baleado... ou de pneumonia.

— Não seja tola, Marie — disse Sir Oswald.

— Sempre tive horror desses arrombadores que sobem pelas paredes — acrescentou Lady Coote.

— Imagine ter a sorte de se encontrar cara a cara com um. Deve ser emocionante! — murmurou Soquete.

— Não acredite nisso — retrucou Jimmy. — Dói pra burro.

E apalpou cuidadosamente o braço.

— Como vai o ferimento? — perguntou Lady Coote.

— Ah, já está praticamente bom. Mas é uma amolação muito grande ter que fazer tudo com a canhota. Não me acostumo.

— Deviam ensinar todas as crianças a serem ambidestras — disse Sir Oswald.

— Ah! — exclamou Soquete, sem entender direito. — Como as focas?

— Não anfíbias — explicou sr. Bateman. — Ambidestras. Significa usar as duas mãos com a mesma destreza.

— Ah! — fez Soquete, olhando para Sir Oswald com respeito. — O senhor sabe?

— Evidentemente. Sei escrever tanto com uma quanto com a outra.

— Mas não com as duas ao mesmo tempo, não é?

— Não sei pra quê — retrucou Sir Oswald, lacônico.

— Pois é — disse Soquete, pensativa. — Creio que seria sutil demais.

— Agora, num órgão público — lembrou sr. O'Rourke —, o ideal seria que uma ignorasse o que faz a outra.

— Você usa as duas?

— Claro que não. Nunca houve alguém que usasse a mão direita mais do que eu.

— Sim, mas você dá cartas com a canhota — frisou o observador Bateman.

— Ah, isso é uma coisa bem diferente — retrucou sr. O'Rourke calmamente.

A batida lúgubre de um gongo repicou no ar e todos subiram para trocar de roupa para o jantar.

Terminada a refeição, Sir Oswald e Lady Coote, sr. Bateman e sr. O'Rourke ficaram jogando bridge e Jimmy passou o resto da noite a namorar Soquete. As últimas palavras que ouviu enquanto subia a escada para ir se deitar foram de Sir Oswald à esposa:

— Marie, você nunca vai aprender a jogar bridge.

Ao que ela respondeu:

— Eu sei, meu bem. Você sempre diz isso. Oswald, você ainda deve uma libra a sr. O'Rourke. Isso.

Cerca de duas horas depois, Jimmy esgueirava-se silenciosamente (assim esperava, ao menos) pela escada abaixo. Atravessou rapidamente a sala de refeições e dirigiu-se ao estúdio de Sir Oswald. Ali, após escutar atentamente durante alguns segundos, pôs mãos à obra. A maior parte das gavetas da escrivaninha estava trancada, mas um pedaço de arame de estranho feitio que Jimmy trazia consigo resolveu logo o problema. Uma a uma, as gavetas foram cedendo às suas manipulações.

Examinou todas sistematicamente, tomando o cuidado de repô-las na mesma ordem. De vez em quando parava para prestar atenção, imaginando que tinha ouvido algum barulho distante. Mas não apareceu ninguém para importuná-lo.

Concluído o exame da última, Jimmy agora sabia — ou devia saber, se tivesse sido mais atento — vários detalhes interessantes relacionados com a indústria do aço. Mas não encontrou nada do que queria — uma referência à invenção de Herr Eberhard ou algo que fornecesse uma pista sobre a identidade do misterioso nº 7. Talvez nem contasse com isso. Era uma possibilidade remota e resolvera arriscar. Mas não esperava grandes resultados — a não ser que a sorte o ajudasse.

Experimentou as gavetas para se certificar se estavam bem fechadas de novo. Conhecia a capacidade de observação minuciosa de Rupert Bateman e olhou em torno para verificar se não havia deixado nenhum indício incriminador de sua presença.

— É isso — resmungou baixinho. — Aqui não tem nada. Bom, talvez amanhã de manhã eu tenha mais sorte... se as moças fizerem o que combinamos.

Saiu do estúdio, fechando a porta atrás de si e trancando-a. Por um instante pareceu-lhe ter ouvido um ruído, porém achou que havia se enganado. Avançou silenciosamente pelo vasto saguão. A luz que se filtrava pelas janelas altas mal dava para enxergar o caminho sem tropeçar em nada.

Tornou a ouvir um ruído abafado — desta vez tinha absoluta certeza, sem possibilidade de dúvida. Não se achava sozinho no saguão. Havia mais alguém, movendo-se tão furtivamente quanto ele. Seu coração de repente começou a bater mais depressa.

Com um salto repentino, chegou ao interruptor e acendeu luzes. O clarão brusco obrigou-o a pestanejar — mas teve tempo de ver com bastante clareza. A pouco mais de um metro de distância estava Rupert Bateman.

— Credo, Pongo — exclamou Jimmy —, que susto você me deu. Por que você anda caminhando no escuro?

— Ouvi barulho — explicou sr. Bateman, bem sério. — Pensei que fosse um ladrão e vim ver aqui em baixo.

Jimmy olhou pensativo para os sapatos de sola de borracha de sr. Bateman.

— Você não se esquece de nada, hem Pongo? — comentou, bem-humorado. — Até o revólver você se lembrou de trazer.

E pousou o olhar no bolso saliente do outro.

— É bom andar armado. Nunca se sabe quem a gente pode encontrar.

— Ainda bem que você não atirou — disse Jimmy. — Já estou farto de levar tiro.

— Escapou por um triz — retrucou sr. Bateman.

— É, mas legalmente você não teria justificativa — afirmou Jimmy. — Precisa-se ter certeza absoluta de que o cara arrombou a casa, sabia?, antes de abrir fogo à queima-roupa contra ele. Não convém se afobar. Senão você teria que explicar por que alvejou um hóspede que andava por aí com um propósito tão inocente como o meu.

— Por falar nisso, o que é que você veio fazer aqui embaixo?

— Estava com fome — respondeu Jimmy. — Me deu vontade de comer biscoito.

— Tem uma lata de biscoitos do lado de sua cama — disse Rupert Bateman, olhando fixamente para Jimmy de trás dos óculos de aro de tartaruga.

— Ah! Aí é que falhou o serviço da casa, meu velho. Sim, lá tem uma lata que diz "Biscoitos para hóspedes famintos". Mas quando o hóspede faminto abriu a tampa... que é dos biscoitos? Por isso vim dar uma olhada aqui na sala de refeições.

E com um sorriso maroto, Jimmy tirou um punhado de biscoitos do bolso do roupão.

Houve uma pausa.

— E agora acho que vou voltar para a cama — acrescentou. — Tchauzinho, Pongo.

E subiu a escada simulando um ar de indiferença. Rupert Bateman foi atrás dele. Jimmy parou diante da porta de seu quarto como se fosse despedir-se de novo.

— Que coisa mais incrível essa história dos biscoitos — disse sr. Bateman. — Não se incomoda se eu...?

— Claro que não, meu rapaz. Veja com seus próprios olhos.

Sr. Bateman atravessou o quarto e abriu a lata. Estava vazia.

— Mas que relaxamento — murmurou. — Bem, boa noite.

E retirou-se. Jimmy sentou na beira da cama, à escuta, durante algum tempo.

"Escapei por pouco", pensou. "Puxa, como esse Pongo é desconfiado. Parece que nunca dorme. E que hábito mais antipático esse de andar por aí carregando um revólver no bolso."

Levantou-se e abriu uma das gavetas do toucador. Debaixo de uma profusão de gravatas havia um monte de biscoitos.

— Não há remédio — disse Jimmy. — Vou ter de comer toda essa porcaria. Sou capaz de apostar que amanhã de manhã o Pongo virá dar uma espiada de novo.

E com um suspiro, dispôs-se a uma refeição de biscoitos para a qual não sentia a mínima inclinação.

28

Suspeitas

Ao meio-dia, tal como estava combinado, Bundle e Loraine cruzaram os portões do parque, depois de deixar a Hispano numa garagem vizinha.

Lady Coote recebeu-as com surpresa, mas nítido prazer, convidando-as imediatamente para almoçar.

O'Rourke, reclinado numa imensa poltrona, pôs-se logo a conversar todo animado com Loraine, que tentava acompanhar a explicação cheia de termos técnicos que Bundle dava sobre o problema de mecanismo da Hispano:

— Aí nós duas dissemos: "Ainda bem que a danada enguiçou aqui!" A última vez que isso aconteceu foi num domingo e num lugar chamado *Little Speddington under the Hill*[6]. E posso lhes garantir que merecia mesmo esse nome...

— Daria um ótimo título de filme — comentou O'Rourke.

— Berço natal da ingênua caipira — sugeriu Soquete.

— Onde será que anda sr. Thesiger? — perguntou Lady Coote.

— Acho que está na sala de bilhar — respondeu Soquete. — Vou chamá-lo.

E foi, mas, mal tinha saído, Rupert Bateman apareceu com o ar preocupado e circunspecto que lhe era típico.

---

[6] Numa tradução não-literal, "Cafundó". (N.T.)

— Sim, Lady Coote? Thesiger me disse que a senhora queria falar comigo. Como vai, Lady Eileen?

Fez uma pausa para cumprimentar as duas. Loraine aproveitou logo a oportunidade.

— Ah, sr. Bateman! Que bom que o senhor veio. Como era mesmo que o senhor disse que se tem que fazer quando um cachorro fere a pata?

O secretário sacudiu a cabeça.

— Deve ter sido outra pessoa, srta. Wade. Embora, por coincidência, eu de fato saiba...

— Mas que maravilha — interrompeu Loraine. — O senhor sabe tudo.

— A gente precisa estar a par dos conhecimentos modernos — disse sr. Bateman, bem sério. — Agora, quanto às patas do seu cachorro...

Terence O'Rourke baixou a voz para comentar com Bundle:

— São tipos assim que escrevem essas colunas no jornal. "Não é qualquer um que sabe conservar a grade da lareira sempre limpa." "O escaravelho é um dos insetos mais interessantes do mundo animal." "Os costumes nupciais das tribos polinésicas", e assim por diante.

— Cultura de almanaque, não é?

— Existe algo mais horrível do que isso? — disse sr. O'Rourke, acrescentando com ar de falso devoto: — Graças a Deus, tive boa educação e não entendo absolutamente nada de coisa alguma.

— Pelo que vejo, a senhora tem um campo de golfe — comentou Bundle com Lady Coote.

— Quer ir até lá, Lady Eileen? — convidou O'Rourke.

— Vamos formar uma dupla contra esses dois — sugeriu Bundle. — Loraine, sr. O'Rourke e eu queremos jogar com você e sr. Bateman.

— Vá, por favor, sr. Bateman — disse Lady Coote, vendo que o secretário hesitava. — Tenho certeza de que Sir Oswald não precisa do senhor.

Os quatro dirigiram-se ao gramado.

— Viu só a minha habilidade? — cochichou Bundle com Loraine. — Uma vitória do tato feminino.

A partida terminou pouco antes de uma hora e os vencedores foram Bateman e Loraine.

— Mas acho que a minha parceira há de convir que jogamos com mais classe — disse sr. O'Rourke.

Tinha ficado mais para trás, em companhia de Bundle.

— O velho Pongo é um jogador precavido... nunca se arrisca. Agora comigo a coisa é na base do vai ou racha. Um ótimo lema para a vida inteira, não acha, Lady Eileen?

— E nunca se meteu numa enrascada? — perguntou Bundle, rindo.

— Claro que sim. Milhões de vezes. Mas não desanimo. Verdade que para acabar comigo só mesmo esgoelando.

Nesse momento exato Jimmy Thesiger surgiu num canto da casa.

— Bundle! Mas que surpresa agradável! — exclamou.

— Se você tivesse chegado antes, poderia ter tomado parte no Torneio de Outono — disse O'Rourke.

— Fui dar uma volta — explicou Jimmy. — De onde saíram essas duas?

— Viemos a pé — respondeu Bundle. — A Hispano pifou no caminho.

E contou como o carro tinha enguiçado. Jimmy prestou atenção, compreensivo.

— Que falta de sorte — comentou, condescendente. — Se demorarem muito para consertar, eu levo vocês de carro depois do almoço.

Nisso o gongo soou. Todos entraram. Bundle observava Jimmy, disfarçadamente. Parecia-lhe ter notado uma euforia incomum na voz dele. Pressentiu que o plano estava dando certo.

Depois do almoço as duas se despediram cortesmente de Lady Coote e Jimmy prontificou-se a levá-las de carro até a garagem.

Nem bem se distanciaram da casa, ambas perguntaram ao mesmo tempo:

— Então?

Jimmy resolveu se fazer de desentendido.

— Como foi? — insistiram.

— Ah, muito bem, obrigado. Com um pouquinho de indigestão, provocada por um excesso de biscoitos.

— Mas o que aconteceu, afinal?

— Já vou contar. O espírito de sacrifício me levou a comer biscoitos demais. Mas pensam que o herói se acovardou? Nem por sombra.

— Ah, Jimmy — queixou-se Loraine.

Aí ele mudou de atitude.

— O que é que vocês querem saber, em suma?

— Tudo, ora. Nós duas não nos saímos bem? Quero dizer, a maneira como entretemos o Pongo e o Terence O'Rourke no campo de golfe?

— Felicito vocês quanto ao Pongo. O'Rourke, provavelmente, foi fácil... mas o Pongo é duro de roer. Só existe um termo para aquele rapaz... saiu no *Sunday Newsbag* na seção de palavras cruzadas da semana passada. Seis letras, faculdade de estar em todos os lugares ao mesmo tempo. Ubíquo. Isso define o Pongo por completo. Não se pode ir a nenhuma parte sem dar de cara com ele... e o pior é que a gente nunca ouve quando ele vem vindo.

— Acha que ele é perigoso?

— Perigoso? Claro que não. Imagina, o Pongo perigoso. Ele é uma toupeira. Só que, como disse há pouco, uma toupeira ubíqua. Até parece que nem precisa dormir como o resto dos mortais. Olhe, para ser franco, ele é uma verdadeira praga.

E com ar meio ressentido Jimmy descreveu os incidentes da véspera.

Bundle não se mostrou muito compreensiva.

— Afinal, o que é que você pretendia, perambulando de noite por aí?

— Descobrir quem é o nº 7 — respondeu Jimmy com firmeza. — Era isso que eu pretendia.

— E pensa que vai encontrá-lo nessa casa?

— Pensei que talvez pudesse achar uma pista.

— E achou?

— Ontem à noite não...

— Mas hoje de manhã, sim — interrompeu Loraine, subitamente. — Jimmy, hoje de manhã você descobriu alguma coisa. Estou vendo pelo teu jeito.

— Bom, ainda não tenho certeza. Mas durante a volta que eu dei...

— Que não te afastou muito da casa, segundo imagino...

— Pois é, por estranho que pareça. Poderíamos chamá-la de "volta pelo interior". Bem, como estava dizendo, não tenho certeza, mas encontrei isto aqui.

E com a rapidez de um passe de mágica mostrou uma garrafinha às duas. Estava cheia de um pó branco.

— O que é que você acha que é? — perguntou Bundle.

— Um pó branco cristalino, mais nada — respondeu Jimmy. — Palavras que, para qualquer leitor de romances policiais, são ao mesmo tempo familiares e sugestivas. Claro que ficarei muito chateado se for apenas um novo tipo de dentifrício.

— Onde você encontrou? — perguntou Bundle, curiosa.

— Ah! isso é segredo — retrucou Jimmy.

E daí por diante, apesar de todas as insistências, não revelou mais nada.

— Aqui está a garagem — disse. — Tomara que não tenham submetido a valorosa Hispano a nenhuma indignidade.

O homem da garagem apresentou uma conta de cinco *shillings*, comentando vagamente qualquer coisa a respeito de parafusos frouxos. Bundle pagou-lhe e sorriu.

— Como é bom receber dinheiro para não fazer nada — cochichou a Jimmy.

Os três pararam um pouco na estrada, em silêncio, refletindo sobre a situação.

— Já sei — exclamou Bundle de repente.

— O que é que você já sabe?

— Uma coisa que eu queria te perguntar... e depois esqueci. Você se lembra daquela luva que o superintendente Battle encontrou e que estava quase toda queimada?

— Sim.

—Você não disse que ele te mandou experimentar?

— É... ficou meio grande. O que prova que o cara que a usou devia ser um homenzarrão.

— Não é nada disso que me preocupa. O tamanho dela não interessa. George e Sir Oswald também estavam presentes, não estavam?

— Estavam.

— Ele poderia ter pedido para que experimentassem, não é?

— Sim, lógico...

— Mas não pediu. Escolheu você. Jimmy, você não vê o que isso significa?

Sr. Thesiger olhou fixamente para ela.

— Desculpe, Bundle. Talvez minha cabeça não esteja funcionando bem, mas não tenho a menor ideia do que você quer dizer com isso.

—Você também não, Loraine?

Loraine fitou-a com curiosidade, mas sacudiu a cabeça.

— Significa algo especial?

— Claro que sim. Não vê? O Jimmy estava com uma tipoia na mão direita.

— Meu Deus, Bundle — exclamou Jimmy, hesitante. — Pensando bem, foi meio estranho. O fato de ser uma luva da mão esquerda, quero dizer. O superintendente nem mencionou isso.

— Não seria bobo de chamar atenção para esse detalhe.Você experimentando-a, a coisa passava despercebida. E ele falou no tamanho só para despistar. Mas lógico que isso significa que o homem que atirou contra você segurava a pistola com a *canhota.*

— Portanto, temos que procurar alguém que seja canhoto — comentou Loraine, pensativa.

— É, e digo mais a vocês. Foi por isso que Battle estava examinando os tacos de golfe. Ele andava à procura de um canhoto.

— Meu Deus — exclamou Jimmy, de repente.

— Que é?

— Bom, talvez não tenha muita importância, mas não deixa de ser estranho.

Contou a conversa da véspera durante o chá.

— Quer dizer, então, que Sir Oswald Coote é ambidestro? — perguntou Bundle.

— Sim. E agora me lembro de que naquela noite em Chimneys... vocês sabem, a noite em que Gerry morreu... eu estava assistindo ao jogo de bridge e pensando distraído como alguém dava as cartas de um jeito esquisito... e aí então notei que era porque estavam sendo dadas com a canhota. Claro, deve ter sido Sir Oswald.

Os três se entreolharam. Loraine sacudiu a cabeça.

— Um homem como Sir Oswald! Não é possível. Que lucro ele poderia ter?

— Parece absurdo — disse Jimmy. — E no entanto...

— O nº 7 tem seus métodos próprios de agir — citou Bundle em voz baixa. — Suponhamos que tenha sido assim que Sir Oswald conseguiu, realmente, a fortuna que tem?

— Mas para que encenar toda aquela farsa em Wyvern Abbey, quando já estava com a fórmula na fábrica?

— Talvez haja alguma explicação para isso — retrucou Loraine. — O mesmo tipo de argumento que você usou para sr. O'Rourke. A suspeita tinha que ser desviada dele para recair sobre outra pessoa.

Bundle concordou logo com essa ideia.

— Tudo se encaixa. A suspeita tinha que recair sobre Bauer e a condessa. Quem se lembraria de desconfiar de Sir Oswald Coote?

— Será que Battle não desconfiou? — perguntou Jimmy, hesitante.

Foi então que Bundle se lembrou de um pequeno detalhe. *O superintendente Battle tirando um ramo da trepadeira do casaco do milionário.*

Teria Battle suspeitado o tempo todo?

29
A singular conduta de George Lomax

Milord, sr. Lomax está aí.

Lord Caterham levou um susto. Absorto nas complexidades do que não se deve fazer com o pulso esquerdo, não tinha ouvido os passos do mordomo na relva macia. Virou-se para Tredwell, mais com tristeza do que raiva.

— Tredwell, eu não lhe disse hoje de manhã na hora do café que ia estar muito ocupado?

— Sim, *Milord*, mas...

— Vá dizer a sr. Lomax que você se enganou, que fui ao povoado, que estou de cama com gota, ou, se tudo isso não adiantar, diga que morri.

— *Milord*, sr. Lomax enxergou o senhor quando vinha subindo de carro pela alameda.

Lord Caterham suspirou fundo.

— Era fatal. Está bem, Tredwell, eu já vou.

De um modo bem típico, Lord Caterham sempre se mostrava mais efusivo quando sentia exatamente vontade de fazer o contrário. Acolheu George com uma cordialidade simplesmente fora do comum.

— Ora viva, meu caro. Que prazer vê-lo por aqui. Estou absolutamente encantado. Sente-se. Tome um drinque. Mas então, que maravilha!

E depois de obrigar George a instalar-se numa poltrona imensa, sentou-se diante dele, pestanejando, nervoso.

— Precisava muito falar com você — disse George.

— Ah! — exclamou Lord Catherham, de maneira quase inaudível, já perdendo o entusiasmo, enquanto raciocinava rapidamente, tentando adivinhar todas as terríveis possibilidades que se encerravam naquela simples frase.

— Mas muito, *mesmo* — frisou George.

Lord Caterham perdeu o ânimo. Pressentiu que o que estava por vir era pior do que tudo o que poderia imaginar.

— Pois não — disse, esforçando-se corajosamente para bancar o indiferente.

— Eileen está em casa?

Lord Caterham, mais aliviado, não escondeu a surpresa.

— Sim, sim — respondeu. — Bundle está aqui. Trouxe junto aquela amiga dela... aquela tal de Wade. Uma moça simpática... *muito* simpática. Um dia ainda será uma ótima jogadora de golfe. Tem um movimento de ombros muito ágil...

Já ia continuar, todo tagarela, quando George interrompeu, implacável:

— Que bom que Eileen está em casa. Será que daqui a pouco eu poderia falar com ela?

— Sem dúvida, meu caro, sem dúvida. — Lord Caterham, ainda surpreso, continuava com uma sensação de alívio. — Mas você não vai se chatear, não?

— De maneira alguma — protestou George. — Sabe, Caterham, não sei se já lhe disse isso, mas me parece que você ainda não notou que Eileen está uma moça feita. Ela não é mais criança. Já é uma mulher e, se me permite a liberdade, uma mulher cheia de encanto e talento. Feliz do homem que conquistar o amor dela. Feliz do homem.

— Ah, não sei, não — retrucou Lord Caterham. — Ela é tão irrequieta! É incapaz de ficar dois minutos parada no mesmo lugar. Tenho a impressão, porém, de que hoje em dia a rapaziada não liga mais para isso.

— O que você quer dizer é que ela não se deixa estagnar. A Eileen é inteligente; Caterham, ambiciosa. Se interessa pelos assuntos mais palpitantes. Entretem a sua inteligência jovem, viva e entusiasmada com eles.

Lord Caterham arregalou os olhos. Parecia-lhe que George começava a manifestar todos os sintomas do que geralmente se chama de "tensões da vida moderna". Não havia dúvida de que a descrição que estava fazendo de Bundle era absurda e inverossímil.

— Tem certeza de que está se sentindo bem? — perguntou, apreensivo.

George ignorou a pergunta com um gesto impaciente.

— Caterham, talvez já tenha lhe dado uma ideia do propósito que me traz aqui hoje. Não sou homem de assumir novas responsabilidades levianamente. Creio que tenho uma noção exata da importância do cargo que ocupo. Examinei o assunto com a maior seriedade. O casamento, sobretudo na minha idade, só pode ser contraído depois de várias considerações. A igualdade de berço, a afinidade de gostos, as conveniências mútuas e a mesma crença religiosa... todas essas coisas são indispensáveis e é preciso pesar e considerar os prós e os contras. Acho que estou em condições de oferecer a minha esposa uma posição social invejável. E Eileen saberá fazer jus a essa posição de uma maneira admirável. Tanto por nascimento como pela educação que recebeu, encontra-se preparada para isso. E a sua inteligência e agudo senso político não podem senão ajudar minha carreira para nosso benefício recíproco. Bem sei, Caterham, que existe... uma certa diferença de idade. Mas lhe garanto que me sinto cheio de energia... no vigor da mocidade. O marido sempre deve ser o mais velho dos dois. E Eileen é ajuizada... um homem mais idoso ser-lhe-á mais conveniente do que esses pilantras que andam por aí, sem experiência nem *savoir-faire*. Asseguro-lhe, meu caro Caterham, que tratarei com carinho a... a delicada juventude dela. Não só com carinho, como também com respeito. Acompanhar o desenvolvimento da primorosa flor da inteligência de Eileen... que privilégio! E dizer que nunca percebi...

Sacudiu a cabeça, reprovando-se vivamente. Lord Caterham, recuperando a voz com dificuldade, perguntou estupefato:

— Será que você quer dizer... ah, meu caro, não é possível que você queira casar com a Bundle?!

—Você se admira! É, suponho que deva lhe parecer repentino. Mas tenho a sua permissão, então, para falar com ela?

— Ah, sim — respondeu Lord Caterham. — Se é a minha permissão que você quer... claro que tem. Mas sabe de uma coisa, Lomax? Eu, se fosse você, não faria isso. Voltava simplesmente para casa e refletia bem sobre o assunto, como todo sujeito que se preza. Contava até dez. Sei lá. Porque é uma pena pedir a mão de alguém e fazer papel de palhaço.

— Tenho impressão, Caterham, de que você está me dando esse conselho com a melhor das intenções, embora deva confessar que você coloca o caso em termos bastante estranhos. Mas estou decidido a pôr minha sorte em jogo. Posso falar com a Eileen?

— Ah, eu não tenho nada com isso — apressou-se a declarar Lord Caterham. — A Eileen é dona do seu próprio nariz. Se amanhã ela vier me participar que quer casar com o chofer, eu não faço nenhuma objeção. Hoje em dia é o único jeito. Os filhos da gente são capazes de tornar a nossa vida desagradável para burro quando não se dá o braço a torcer. Sempre digo a Bundle: "Faça o que você quiser, mas não me amole", e de fato, de modo geral, ela tem se saído surpreendentemente bem.

George levantou-se, resolvido a levar a cabo o seu intento.

— Onde é que ela está?

— Olhe, francamente, não sei — respondeu Lord Caterham, com ar vago. — Deve andar por aí. Como acabo de lhe dizer, nunca fica mais de dois minutos parada no mesmo lugar. Jamais descansa.

— E srta. Wade, suponho, também está com ela, não? Me parece, Caterham, que seria melhor que você tocasse a campainha e pedisse ao mordomo para ir procurá-la, dizendo que eu gostaria de falar um instante com ela.

Lord Caterham seguiu a sugestão.

— Ah, Tredwell — exclamou, quando o mordomo atendeu —, quer fazer o favor de chamar *Milady*? Diga-lhe que sr. Lomax precisa muito falar com ela na sala de visitas.

— Pois não, *Milord*.

Tredwell retirou-se. George pegou a mão de Lord Caterham e apertou-a com força, para grande aflição do dono da casa.

— Mil vezes obrigado — declarou. — Daqui a pouco espero trazer-lhe boas notícias.

E saiu às pressas da sala.

— Ora essa, já se viu? — murmurou Lord Caterham.

E depois de uma longa pausa:

— O que será que a Bundle andou fazendo?

A porta tornou a se abrir.

— Sr. Eversleigh, *Milord*.

Quando Bill entrou correndo, Lord Caterham tomou-lhe a mão e falou-lhe com toda a sinceridade.

— Olá, Bill. Tenho a impressão de que você está procurando o Lomax, não é? Olhe aqui, se você quer fazer uma boa ação, corra à sala de visitas e diga-lhe que o Gabinete convocou uma reunião em caráter urgente ou seja lá o que for. Mas arranque ele de lá. Francamente, não é justo expor o coitado a um papel ridículo só por causa de uma brincadeira de menina boba.

— Não vim à procura do Olho de Boi, não — explicou Bill. — Nem sabia que ele estava aqui. É com a Bundle que eu quero falar. Onde é que ela anda?

— Você vai ter que esperar — disse Lord Caterham. — Pelo menos um pouco. O George está falando com ela.

— Ué... e o que é que tem isso?

— Muita coisa, a meu ver — respondeu Lord Caterham. — A estas horas, provavelmente, ele está gaguejando feito louco e não devemos fazer nada que ainda agrave a situação para ele.

— Mas o que é que ele está dizendo?

— Sei lá — retrucou Lord Caterham. — Uma porção de tolices, no mínimo. Nunca falar demais, sempre foi o meu lema. Pegar na mão da garota e deixar o barco correr.

Bill arregalou os olhos.

— Mas escute, Lord Caterham, eu estou com pressa. Preciso falar com a Bundle...

— Pois acho que não terá que esperar muito. Devo confessar que é até bom que você fique aqui comigo... tenho a impressão de que o Lomax vai insistir em voltar para conversar, depois que tudo estiver terminado.

— Terminado o quê? O que é que o Lomax está fazendo lá?

— Fale baixo — disse Lord Caterham. — Ele está fazendo o pedido.

— Pedido? Pedido de quê?

— De casamento. À Bundle. Não me pergunte por quê. Acho que ele chegou ao que chamam de idade perigosa. Não consigo explicar de outro jeito.

— Pedindo a Bundle em casamento? Mas que cretino. Naquela idade!

O rosto de Bill ficou escarlate.

— Diz ele que está no vigor da mocidade — comentou Lord Caterham, cauteloso.

— Ele? Ora, ele já está decrépito... senil! Eu...

Bill, positivamente, se engasgou.

— De modo algum — protestou Lord Caterham com frieza. — Ele é cinco anos mais moço que eu.

— Mas já viu que descaramento! O Olho de Boi e a Bundle! Uma garota como a Bundle! O senhor não devia ter deixado.

— Nunca me meto — disse Lord Caterham.

— Devia ter dito o que pensa dele.

— Infelizmente, a civilização moderna não permite — retrucou Lord Caterham, pesaroso. — Se fosse na Idade da Pedra... mas, ai de mim, acho que mesmo naquela época eu não poderia dizer... sou tão baixinho...

— A Bundle! A Bundle! Ora, eu nunca me atrevi a pedir a Bundle em casamento porque sabia que ela ia rir na minha cara. E o George... um fanfarrão repugnante, um reles demagogo, sem escrúpulos, hipócrita... um peçonhento, desonesto vendedor de si mesmo...

— Continue — pediu Lord Caterham. — Estou gostando.

— Meu Deus! — exclamou Bill, com simplicidade e emoção. — Escute aqui, eu tenho que ir embora.

— Não vá, não. Prefiro que fique. Ademais, não queria falar com a Bundle?

— Agora não. Essa história me fez esquecer de tudo o que eu tinha que fazer. Por acaso não sabe onde está o Jimmy Thesiger? Parece-me que estava hospedado na casa dos Coote. Será que ainda está lá?

— Acho que voltou ontem para Londres. Bundle e Loraine passaram por lá no sábado. Não quer esperar um pouco?...

Bill sacudiu a cabeça com veemência e saiu correndo da sala. Lord Caterham foi na ponta dos pés até o saguão, pegou o chapéu e fugiu às pressas pela porta lateral. Ao longe avistou o carro de Bill afastando-se a toda velocidade alameda fora.

"Esse rapaz vai provocar um acidente", pensou.

Bill, porém, chegou a Londres sem nenhum contratempo e estacionou o carro na praça St. James. Depois foi procurar Jimmy Thesiger. Encontrou-o em casa.

— Olá, Bill. Mas o que foi que houve? Que cara é essa?

— Estou preocupado — disse Bill. — Já estava, aliás, e aí aconteceu uma coisa que me deixou abalado.

— Ah! — exclamou Jimmy. — Ainda bem que você sabe o que é. Que aconteceu? Posso ajudar em alguma coisa?

Bill não respondeu. Ficou sentado, de olhos fixos no tapete, com uma expressão tão atônita e angustiada que só aumentou a curiosidade de Jimmy.

— Aconteceu algo de anormal, Bill? — perguntou, delicadamente.

— Uma coisa incrível. Não consigo entender.

— Aquela história de Seven Dials?

— É... Hoje de manhã recebi uma carta.

— Uma carta? De quem?

— Dos testamenteiros de Ronny Devereux.

— Santo Deus! Depois de todo esse tempo!

— Parece que ele deixou instruções. Se morresse repentinamente, teriam que remeter um envelope lacrado 15 dias depois da morte dele.

— E remeteram?

— Sim.

— Você abriu o envelope?

— Abri.

— Bem... e o que é que continha?

Bill lançou-lhe um olhar, tão estranho e vago, que Jimmy levou um susto.

— Olhe aqui — disse. — Acalme-se, meu velho. Seja lá o que for, parece que te tirou o fôlego. Beba isto aqui.

Encheu um copo de uísque com soda e entregou a Bill, que bebeu, obediente, mas continuou com a mesma expressão aturdida.

— Tinha uma carta — explicou. — É simplesmente inacreditável.

— Ah, que bobagem — retrucou Jimmy. — Você precisa adotar o hábito de acreditar em seis coisas impossíveis antes do café da manhã. Eu faço isso diariamente. Agora me conte tudo. Não, espere um pouco.

Saiu da sala.

— Stevens!

— Sim, patrão.

— Vá me comprar cigarros, por favor. Fiquei sem nenhum.

— Pois não.

Jimmy esperou que a porta da rua batesse. Depois voltou à sala de visitas. Bill tinha acabado de largar o copo vazio em cima da mesa. Parecia mais disposto, animado e seguro de si.

— Muito bem — disse Jimmy. — Pedi para o Stevens sair para que ninguém nos ouvisse. Pode começar.

— É tão incrível.

— Então só pode ser verdade. Vamos, desembuche.

Bill tomou fôlego.

— Calma. Eu já vou contar.

30
Um chamado urgente

Loraine, que estava brincando com um cachorrinho lindo, ficou meio surpresa quando Bundle reapareceu depois de vinte minutos, ofegante e com uma expressão indescritível no rosto.

— Ufa! — exclamou Bundle, jogando-se sobre o banco do jardim. — Ufa!

— Que foi? — perguntou Loraine, com ar de curiosidade.

— O George... o George Lomax.

— Que é que ele queria?

— Pediu-me em casamento. Uma coisa horrível. Se atrapalhou todo, gaguejou, mas não descansou enquanto não chegou ao fim; acho que deve ter aprendido em algum livro. Não houve meio de interrompê-lo. Ah, como detesto os homens que gaguejam! E, infelizmente, fiquei sem saber o que dizer.

— Ah, mas com certeza você sabia a resposta que devia dar.

— Claro que não pretendo casar com essa besta apoplética do George. O que eu quero dizer é que não me ocorreu uma resposta aceitável segundo a etiqueta protocolar. A única que me veio foi um "não" categórico. Eu precisava ter dito qualquer coisa no sentido de que o pedido me deixava muito lisonjeada etc. e tal. Mas fiquei tão nervosa que acabei fugindo da sala.

— Francamente, Bundle, nem parece você.

— Ora, como é que eu ia imaginar que fosse me acontecer uma coisa dessas? Logo o George... que sempre pensei que me detestasse... e acho que detestava mesmo. Também, quem mandou fingir que me interessava por política? Você precisava ouvir as asneiras que ele disse sobre a minha inteligência em botão e o prazer que teria em me ajudar a plasmá-la! A minha inteligência! Se o George soubesse o que eu estava pensando naquela hora, cairia duro ali mesmo!

Loraine riu, sem poder se conter.

— Ah, eu sei que a culpa é toda minha. Bem feito, não tinha nada que me meter nessa história. Olha lá papai se escondendo atrás daquelas azáleas. Ei, papai!

Lord Caterham aproximou-se, todo envergonhado.

— O Lomax já foi embora? — perguntou, com uma animação meio forçada.

— Bonito papel o senhor me obrigou a fazer, hem? — reclamou Bundle. — O George me disse que o senhor havia lhe dado pleno consentimento e aprovação.

— Ora, o que é que você queria que eu dissesse? — retrucou Lord Caterham. — Para falar a verdade, não dei coisa nenhuma, nem sequer algo parecido.

— Bem que eu desconfiei — disse Bundle. — Calculei que o George tinha encurralado o senhor em algum canto e deixado em tal situação que a única coisa que pôde fazer foi sacudir a cabeça, por falta de força.

— Foi exatamente o que aconteceu. E como é que ele reagiu? Mal?

— Não esperei para ver — respondeu Bundle. — Acho que fui meio brusca.

— Bem, paciência — disse Lord Caterham. — Talvez fosse melhor assim. Graças a Deus que daqui por diante o Lomax não vai me aparecer mais feito um meteoro, como é costume dele, me deixando preocupado à toa. Há males que vêm para bem. Não viu meus tacos de golfe por aí?

— Um joguinho até que não viria mal — disse Bundle. — Vamos apostar seis *pences*, Loraine?

Passaram uma hora muito agradável. Os três voltaram para casa na melhor das disposições. Encontraram um envelope na mesa do saguão.

— Sr. Lomax deixou esse recado aí para o senhor, *Milord* — explicou Tredwell. — Ficou muito desapontado quando viu que o senhor tinha saído.

Lord Caterham abriu o envelope. Soltou uma exclamação de contrariedade e virou-se para a filha. Tredwell já havia se retirado.

— Francamente, Bundle, bem que você podia ter sido mais clara.

— Como assim?

— Ora, leia isto aqui.

Bundle pegou o bilhete e leu:

Meu caro Caterham,

senti muito por não encontrá-lo. Pensei que houvesse deixado bem claro que queria falar com você depois de minha entrevista com Eileen. Aquela adorável criança evidentemente não suspeitava de minhas intenções a respeito dela. Creio que ficou muito assustada. Não desejo, de forma alguma, apressar sua decisão. A sua confusão feminina foi um verdadeiro encanto e só contribuiu para aumentar a admiração que já sentia por ela, por seu recato de donzela. Terei que lhe dar tempo para se acostumar com a ideia. O enleio de que foi tomada demonstra que não lhe sou totalmente indiferente e não tenho dúvidas de que obterei o que pretendo.

Creia-me, meu prezado Caterham.

Seu amigo sincero,

George Lomax.

— Mas já se viu? — exclamou Bundle.

E não conseguiu dizer mais nada.

— Ele deve estar louco — concluiu Lord Caterham. — Ninguém seria capaz de escrever essas coisas aí sobre você, Bundle, a menos que estivesse meio desequilibrado. Pobre infeliz. Que persistência! Não me admiro que tenha chegado ao Gabinete. Seria bem feito para ele se casasse com você, Bundle.

O telefone tocou e Bundle correu para atender. Dali a pouco já tinha se esquecido de George e do seu pedido de casamento, fazendo sinal para que Loraine se aproximasse rapidamente. Lord Caterham retirou-se para o santuário dele.

— É o Jimmy — disse Bundle. — E está todo empolgado por causa de alguma coisa.

— Ainda bem que encontrei você aí — disse a voz de Jimmy. — Não há tempo a perder. A Loraine também está aí?

— Está, sim.

— Então, olhe aqui, não dá para explicar tudo pelo telefone... nem seria possível, mesmo. Mas o Bill veio me procurar com a história mais incrível que já se viu. Se for verdade... bem, se for verdade, é o maior furo do século. Agora prestem atenção. Vocês têm que fazer o seguinte. Venham logo para Londres, as duas. Deixem o carro em alguma garagem e sigam diretamente para o Clube de Seven Dials. Será que quando chegarem lá vocês conseguem dar um jeito de se livrar daquele tal lacaio?

— O Alfred? Acho que sim. Deixe por minha conta.

— Ótimo. Livrem-se dele e fiquem esperando por mim e pelo Bill. Não apareçam nas janelas, mas quando estacionarmos o carro na frente, abram logo a porta. Entendido?

— Sim.

— Então está combinado. Ah, Bundle, não diga a ninguém que você vem para cá. Dê uma desculpa qualquer. Que vai levar a Loraine em casa, por exemplo. Que tal essa?

— Perfeita. Puxa, Jimmy, estou morrendo de curiosidade.

— É bom você fazer um testamento antes de sair.

— Cada vez melhora mais. Mas bem que eu gostaria de saber do que se trata.

— Saberá assim que nos encontrarmos. Só te digo uma coisa. Vamos dar uma surpresa daquelas no nº 7!

Bundle pendurou o fone no gancho e virou-se para Loraine, fazendo-lhe um rápido resumo da conversa. Loraine subiu a escada correndo e arrumou a mala às pressas. Bundle meteu a cabeça na porta do estúdio paterno.

— Papai, vou levar a Loraine em casa.

— Por quê? Nem sabia que ela ia hoje.

— Pediram para ela voltar — respondeu Bundle, com ar vago. — Acabaram de telefonar. Até já.

— Ei, Bundle, espere aí. A que horas você pretende regressar?

— Sei lá. Qualquer hora dessas.

E com essa despedida pouco cerimoniosa, Bundle subiu a escada correndo, botou o chapéu, enfiou o casaco de peles e ficou pronta para a viagem. Já tinha pedido que lhe trouxessem a Hispano.

O percurso até Londres transcorreu sem incidentes, a não ser, naturalmente, os provocados pela maneira de Bundle dirigir. Deixaram o carro numa garagem e rumaram logo para o Clube de Seven Dials.

Alfred abriu a porta. Bundle entrou sem se fazer de rogada, seguida por Loraine.

— Feche a porta, Alfred — disse Bundle. — Agora ouça. Vim aqui só para te fazer um favor. A polícia anda à tua procura.

— Oh, *Milady*!

Alfred ficou branco como giz.

— Vim te avisar porque você foi muito gentil comigo na outra noite — continuou Bundle, bem rápido. — Há uma ordem de prisão contra sr. Mosgorovsky e a melhor coisa que você tem a fazer é dar o fora daqui o mais depressa possível. Se ninguém te encontrar no clube, você ficará em liberdade. Tome aqui estas dez libras e fuja para onde você quiser.

Em menos de três minutos, incapaz de articular uma frase coerente e morto de medo, Alfred saía do nº 14 da rua Hunstanton com uma única ideia na cabeça: nunca mais voltar.

— Bem, esse já liquidamos — comentou Bundle, satisfeita.

— Precisava ser tão... drástica assim? — perguntou Loraine.

— É sempre mais seguro — respondeu Bundle. — Sei lá o que o Jimmy e o Bill andam tramando e você não vai querer que o Alfred aparecesse no melhor da festa para estragar tudo. Olhe, aí estão eles. Puxa, não perderam tempo. No mínimo ficaram esperando na esquina até o Alfred sair. Vá lá embaixo e abra a porta para eles, Loraine.

Loraine fez o que ela pediu. Jimmy Thesiger saltou do banco da frente.

— Fique aqui um instante, Bill — disse. — Toque a buzina se achar que tem alguém controlando a casa.

Subiu a escada correndo e bateu a porta com força ao entrar. Estava corado e eufórico.

— Olá Bundle, você já está aí? Muito bem, temos que pôr logo mãos à obra. Qual é a chave que serviu para abrir a sala aquele dia?

— Era uma lá de baixo. É melhor trazer todas.

— Tem razão, mas não demore. Temos pouco tempo.

Foi fácil encontrar a chave. A porta forrada de pano se abriu e os três entraram. A sala continuava exatamente como Bundle a tinha deixado — as sete cadeiras agrupadas em torno da mesa. Jimmy ficou olhando um instante em silêncio. Depois pousou os olhos nos dois armários.

— Em qual deles você se escondeu, Bundle?

— Neste.

Jimmy aproximou-se e escancarou a porta. As prateleiras ainda estavam repletas de objetos de vidro.

— Vamos ter que tirar tudo isso daí — murmurou. — Corra lá embaixo e chame o Bill, Loraine. Ele não precisa ficar mais vigiando lá fora.

Loraine saiu depressa da sala.

— O que é que você vai fazer? — perguntou Bundle, impaciente.

Jimmy, ajoelhado, tentava espiar pela fresta da porta do outro armário.

— Assim que o Bill chegar, você ficará sabendo de tudo. Isso é trabalho do pessoal dele... um trabalho de primeira ordem, por sinal. Puxa... por que será que a Loraine vem subindo a escada desse jeito, como se estivesse fugindo de um touro desvairado?

Loraine, de fato, vinha voando escada acima, feito bala. Irrompeu diante dos dois, mortalmente pálida, os olhos aterrorizados.

— O Bill... o Bill... Ah, Bundle... o Bill!

— Que que tem o Bill? — perguntou Jimmy, segurando-a pelos ombros.

— Pelo amor de Deus, Loraine, que foi que houve?

Loraine ainda ofegava.

— O Bill... acho que ele está morto... continua dentro do carro... mas não se mexe nem fala. Garanto que está morto.

Jimmy resmungou uma praga e correu para a escada, seguido por Bundle, cujo coração batia desordenadamente, aumentando a cada instante uma terrível sensação de desconsolo.

— Bill morto? Oh, não! Tudo, menos isso. Por favor, meu Deus. Tudo, menos isso.

Chegaram juntos ao carro, com Loraine logo atrás.

Jimmy espiou por baixo da tolda. Bill estava sentado tal como o havia deixado, reclinado no assento. Mas de olhos fechados. E sem reagir aos puxões de Jimmy.

— Não posso entender — murmurou Jimmy. — Mas ele não está morto, não. Fique sossegada, Bundle. Olhe aqui, temos que levá-lo lá para dentro. E Deus queira que a polícia não apareça por aí. Se alguém perguntar, vamos dizer que é um amigo nosso que se sentiu mal e que estamos ajudando a entrar em casa.

Os três juntos carregaram Bill sem dificuldade e sem chamar muita atenção, a não ser de um homem barbudo que comentou, cheio de pena:

— Pelo jeito, o moço passou da conta, hem? — e sacudiu a cabeça, com sabedoria.

Transportaram-no sem maiores novidades até o sofá. Bundle ajoelhou-se ao lado dele, tomando-lhe o pulso inerte.

— Está normal — disse. — Que *será* que ele tem?

— Estava perfeitamente bem, há pouco, quando o deixei — respondeu Jimmy. — Será possível que alguém conseguiu aplicar-lhe alguma injeção? Nada mais fácil... basta uma picada. Enquanto o sujeito pergunta que horas são. Só resta uma coisa a fazer. Tenho que ir chamar o médico. Fiquem aqui, cuidando dele.

Correu até a porta e de repente estacou.

— Escutem aqui... não precisam ter medo. Mas é melhor que eu deixe o meu revólver com vocês. Por via das dúvidas... sabem como é. Eu volto assim que puder.

Largou a arma em cima da mesinha perto do sofá, depois saiu às pressas. As duas ouviram a porta da rua fechar-se com estrondo.

A casa agora parecia muito quieta. Ficaram imóveis, ao lado do Bill. Bundle continuava segurando-lhe o pulso. Dava impressão de bater muito rápido e irregularmente.

— Quem dera que a gente pudesse fazer alguma coisa — cochichou para Loraine. — Que troço mais horrível.

Loraine concordou.

— Eu sei. Parece que já faz um século que Jimmy saiu e no entanto só faz um minuto e meio.

— Ouço barulhos a toda hora — disse Bundle. — Passos e tábuas rangendo lá em cima... quando sei que é apenas a minha imaginação.

— Por que será que o Jimmy nos deixou o revólver? — perguntou Loraine. — Não pode ser que haja perigo.

— Se conseguiram pegar o Bill... — disse Bundle, mas não completou a frase.

Loraine estremeceu.

— Eu sei... mas nós estamos dentro de casa. Não pode entrar ninguém sem... que a gente ouça. E, seja como for, temos o revólver.

Bundle tornou a olhar para Bill.

— Gostaria de saber o que fazer. Café quente. Às vezes dá resultado.

— Trouxe meus sais na bolsa — disse Loraine. — Também tem um pouco de conhaque. Onde é que ela está? Ah, decerto deixei lá em cima, na sala.

— Eu vou buscar — disse Bundle. — Talvez façam bem.

Subiu a escada correndo, atravessou o salão de jogo e passou pela porta da sala de reuniões. A bolsa de Loraine estava em cima da mesa.

Quando estendeu o braço para pegá-la, escutou um ruído às suas costas. Atrás da porta havia um homem escondido, com um saco de areia na mão. Antes que Bundle tivesse tempo de virar a cabeça, ele atacou.

Com um leve gemido, Bundle caiu esticada no chão, inconsciente.

31

Os sete relógios

Aos poucos, Bundle recobrou os sentidos. Só enxergava uma escuridão compacta, girando vertiginosamente, no meio da qual concentrava-se uma dor intensa, latejante. Tudo isso entremeado de sons. Uma voz que conhecia muito bem, repetindo sempre a mesma coisa.

A escuridão já estava girando com menos violência. A dor agora se localizava definitivamente na própria cabeça de Bundle. Tinha voltado suficientemente a si para se interessar no que a voz lhe dizia.

— Bundle! Bundle, meu bem. Ah, minha querida. Ela está morta. Eu sei que está. Ah, minha querida. Bundle, Bundle, meu bem, meu bem. Eu te amo tanto. Bundle... querida... querida...

Bundle continuou imóvel, de olhos fechados. Mas já tinha recobrado os sentidos por completo. Bill a estreitava nos braços.

— Bundle querida... Ah, meu amor, amor da minha vida. Ah, Bundle, Bundle. Que vou fazer? Ah, meu bem... minha Bundle... meu tesouro, minha queridíssima Bundle. Ah, Santo Deus, o que é que eu vou fazer? A culpa foi minha. A culpa foi minha.

Relutante — com uma relutância enorme —, Bundle abriu a boca:

— Não foi, não, seu idiota — disse.

— Bundle... — exclamou Bill, assombrado —, você está viva!

— Claro que estou.

— Há quanto tempo você... quero dizer, quando é que você voltou a si?

— Há uns cinco minutos.

— Mas por que não abriu os olhos... nem disse nada?

— Porque não quis, ora. Estava me divertindo.

— Se divertindo?

— É. Escutando todas as coisas que você dizia. Nunca mais vai conseguir dizê-las tão bem assim. Ficará todo atrapalhado, se tentar.

Bill ficou vermelho feito um pimentão.

— Bundle... você não levou a mal, mesmo? Sabe, eu te amo *de verdade*. Faz séculos que te amo. Mas nunca me atrevi a confessar.

— Seu grande paspalhão. Por quê?

— Achei que você ia rir. Quero dizer... você é tão inteligente e tudo mais. Ainda vai terminar casando com algum figurão.

— Como o George Lomax? — sugeriu Bundle.

— Não quero dizer uma toupeira pretensiosa como o Olho de Boi, não. Mas um camarada realmente ótimo, digno de você... embora eu ache que isso seja difícil de encontrar — acrescentou Bill.

— Você é um amor, Bill.

— Mas Bundle, seriamente, será que você concordaria? Quero dizer, será que você concordaria em...?

— Concordaria em quê?

— Em casar comigo. Sei que sou muito burro... mas eu te amo tanto, Bundle. Seria fiel como um cão, seria teu escravo, tudo o que você quisesse.

— Você de fato me lembra um cão — disse Bundle. — E eu gosto de cães. São tão amigos da gente, tão afetuosos. Acho que talvez concordasse em casar com você, Bill... fazendo um esforço, sabe?

A reação de Bill foi soltar a mão dela e recuar com violência. Olhou-a, maravilhado.

— Bundle... você está brincando?

— Nada disso — respondeu ela. — Pelo que vejo, terei que perder os sentidos de novo.

— Bundle... querida. — Bill apertou-a contra o peito. Tremia como vara verde. — Bundle... você está falando sério, mesmo?... Está?... Você não imagina como eu te amo.

— Ah, Bill — murmurou Bundle.

Não é preciso transcrever com minúcias o diálogo subsequente. Consistiu praticamente em repetições.

— E você me ama, mesmo? — perguntou Bill, incrédulo, pela vigésima vez, finalmente soltando-a.

— Sim, sim, sim. Agora, sejamos sensatos. Ainda estou com a cabeça doendo e você quase me mata de tanto me apertar. Quero entender direito esta situação. Onde estamos e o que foi que aconteceu?

Pela primeira vez, Bundle pôs-se a examinar em torno. Notou que estavam na sala secreta, com a porta forrada de pano fechada e provavelmente trancada. Seriam prisioneiros, então?

Virou-se para Bill. Completamente esquecido da pergunta que ela lhe tinha feito, contemplava-a embevecido.

— Bill, meu bem — disse Bundle —, contenha-se. Temos que sair daqui.

— Hem? Quê? Ah, sim. Não precisa se preocupar. Não há problema.

— Você diz isso porque está apaixonado. Também me sinto mais ou menos assim. Como se tudo fosse fácil e possível.

— E de fato é — disse Bill. — Agora que eu sei que você gosta de mim...

— Pare com isso — atalhou Bundle. — Vamos mudar de assunto, senão ficamos a falar sempre na mesma coisa. Controle-se, antes que eu me arrependa.

— Ah, mas você não vai se arrepender. Eu não deixo. Então você pensa que depois do que você disse eu seria tão bobo a ponto de permitir que você se arrependesse, é?

— Espero que não pretenda me coagir — declarou Bundle, grandiloquente.

— Ah, é? Então experimente, só para ver.

— Você é mesmo um amor, Bill. Eu estava com medo de que fosse dócil demais, mas pelo que vejo não há perigo. Daqui a pouco estará me dando ordens. Ah, meu Deus, não é que recomeçamos com essas asneiras? Olhe, Bill, escute aqui, nós temos que sair desta sala.

— Já te disse que não há problema. Eu...

Interrompeu o que ia explicar, cedendo à pressão dos dedos de Bundle. Estava curvada para a frente, escutando atentamente. Sim, não tinha se enganado. Ouvia-se um rumor de passos do lado de fora. A chave girou na fechadura. Bundle prendeu a respiração. Seria Jimmy, vindo socorrê-los... ou era outra pessoa?

A porta se abriu e sr. Mosgorovsky, com sua barba negra, apareceu no limiar.

No mesmo instante Bill se adiantou e colocou-se diante de Bundle.

— Olhe aqui — disse. — Preciso falar-lhe em particular.

O russo ficou alguns segundos sem responder. Cofiou a longa e sedosa barba negra, sorrindo tranquilamente.

— Então é assim — retrucou, afinal. — Muito bem. A senhora queira ter a gentileza de me acompanhar.

— Não se preocupe, Bundle — disse Bill. — Deixe por minha conta. Vá junto com ele. Ninguém te fará mal. Sei o que estou fazendo.

Bundle levantou-se, obediente. O tom autoritário de Bill era novo para ela. Parecia totalmente seguro de si e confiante em poder enfrentar a situação. Bundle perguntou-se vagamente qual seria o trunfo que ele tinha — ou julgava ter.

Saiu da sala, cruzando com o russo. Ele a seguiu, fechando a porta às suas costas e trancando-a.

— Por aqui, sim? — disse.

Mostrou-lhe a escada, que ela subiu docilmente. Chegando ao andar superior, indicou-lhe um quartinho abafado, que ela supôs fosse o de Alfred.

— Espere aqui, por favor — pediu Mosgorovsky. — Sem fazer barulho.

Depois retirou-se, fechando e trancando a porta.

Bundle sentou numa cadeira. A cabeça continuava doendo muito. Sentia-se incapaz de um raciocínio articulado. Bill parecia senhor da situação. Cedo ou tarde, supunha, alguém viria soltá-la.

O tempo foi passando. O relógio de Bundle tinha parado, mas imaginava que já fazia mais de uma hora que o russo a trouxera para ali. Que estaria acontecendo? E o que, em suma, *havia* acontecido?

Finalmente ouviu passos na escada. Era Mosgorovsky, de novo. Falou todo formal com ela.

— Lady Eileen Brent, a senhora está sendo aguardada para uma reunião de emergência da Sociedade dos Sete Relógios. Acompanhe-me, por favor.

Tomou a dianteira na escada e Bundle desceu atrás dele. Abriu a porta da sala secreta e Bundle entrou, ficando completamente espantada com o que viu.

Parecia uma repetição da cena assistida pelo buraco de observação dentro do armário. Os mascarados estavam sentados ao redor da mesa. Enquanto ela estacava, emudecida pela brusquidão da surpresa, Mosgorovsky foi tomar o lugar dele, ajeitando a máscara no rosto.

Só que desta vez a cadeira à cabeceira da mesa estava ocupada. O nº 7 achava-se presente.

O coração de Bundle pôs-se a bater desenfreadamente. Parada ao pé da mesa, bem de frente para o nº 7, não conseguia tirar os olhos daquele pedaço de pano que reproduzia o mostrador de um relógio e ocultava-lhe as feições.

Ele não se mexia. Uma estranha sensação de força emanava de sua figura. Aquela imobilidade não era um sinal de fraqueza — e Bundle quis, com violência quase histérica, que começasse a falar, que fizesse um gesto, um sinal — em vez de ficar simplesmente sentado ali, feito uma aranha gigantesca no centro da própria teia, à espera implacável da presa.

Bundle estremeceu. Foi então que Mosgorovsky se levantou. A voz dele, macia, sedosa, persuasiva, parecia estranhamente distante.

— Lady Eileen, a senhora assistiu, sem ser convidada, a um concílio secreto desta sociedade. Torna-se, portanto, necessário que fique ciente dos propósitos e finalidades que nos animam. Como pode observar, o lugar das "duas horas" está vago. É esse lugar que lhe oferecemos.

Bundle ficou pasma. Aquilo mais parecia um pesadelo fantástico. Seria possível que ela, Bundle Brent, estivesse sendo convidada para ingressar numa sociedade secreta de criminosos? Teriam feito proposta idêntica a Bill, que, indignado, a recusara?

— Não posso aceitar — declarou, sem rodeios.

— Não responda irrefletidamente.

Quase podia ver Mosgorovsky, por baixo da máscara do relógio, sorrindo dissimuladamente.

— Lady Eileen, a senhora ainda não sabe o que está recusando.

— Creio que posso adivinhar — retrucou Bundle.

— Pode, mesmo?

Era a voz do mostrador das sete horas. Despertava-lhe uma vaga lembrança. Onde já tinha ouvido aquela voz?

O nº 7 ergueu a mão, devagar, e começou a tirar a máscara.

Bundle prendeu a respiração. Até que enfim — ia ficar *sabendo*.

A máscara caiu.

E Bundle viu o rosto inexpressivo, impassível, do superintendente Battle.

32
Bundle fica estarrecida

— Isto mesmo — disse Battle, enquanto Mosgorovsky punha-se logo de pé e acudia Bundle. — Dê-lhe uma cadeira. Pelo que vejo, ela levou um choque.

Bundle prostrou-se no assento. Sentia-se inerte e sem forças diante daquela surpresa. Battle continuou falando de um modo calmo, tranquilo, bem típico dele.

— Por essa a senhora não esperava, hem, Lady Eileen? Evidentemente, como também alguns dos presentes. Sr. Mosgorovsky tem servido de meu assistente, por assim dizer. Sempre esteve a par de tudo. Mas quase todos os outros obedeciam cegamente as ordens que ele dava.

Bundle permaneceu calada. Sentia-se — o que lhe era totalmente fora do normal — incapaz de articular uma palavra.

— Lady Eileen, acho que a senhora terá que abrir mão de certas ideias preconcebidas que a senhora tem. A respeito desta sociedade, por exemplo. Sei que é bastante comum em livros... uma organização secreta de criminosos, chefiada por um misterioso personagem que ninguém jamais vê. Esse tipo de coisa talvez exista na vida real, mas só posso dizer que nunca encontrei nada de semelhante, apesar de toda a minha experiência.

"O mundo, porém, está cheio de romantismos, Lady Eileen. As pessoas, principalmente os jovens, gostam de ler essas coisas e, ainda mais, de *fazê-las*. Vou apresentar-lhe agora um grupo seleto de amadores que vem efetuando um trabalho simplesmente extraordinário para o meu departamento... trabalho que ninguém mais poderia ter feito. Se escolheram métodos um tanto melodramáticos, quem seria capaz de culpá-los? Dispuseram-se a toda sorte de riscos... e da pior espécie... exclusivamente por dois motivos: por amor ao perigo... o que, a meu ver, é um indício muito saudável nesta época em que todo mundo só pensa em segurança... e um vontade sincera de servir à pátria.

"E agora, Lady Eileen, vou apresentá-la. Em primeiro lugar, aqui está sr. Mosgorovsky, que a senhora já conhece, por assim dizer. Como bem sabe, ele dirige o clube e uma porção de outras coisas também. É o mais precioso agente secreto antibolchevista que temos na Inglaterra. O nº 5 é o conde Andras, da Embaixada Húngara, íntimo amigo do falecido sr. Gerald Wade. O nº 4 é sr. Hayward Phelps, jornalista americano, que sente muita simpatia pelos ingleses e cujo talento para 'cavar' notícias é extraordinário. O nº 3..."

Parou, sorrindo, e Bundle olhou estarrecida para o rosto encabulado e sorridente de Bill Eversleigh.

— O nº 2 — continuou Battle, com a voz mais séria — é um lugar que ficou vago. Pertencia a sr. Ronald Devereux, um rapaz de extrema coragem, que soube morrer pela sua pátria como poucos saberiam. O nº 1, bem, o nº 1 era sr. Gerald Wade, outro jovem corajoso que morreu da mesma maneira. O lugar dele foi ocupado... não sem certas apreensões de minha parte... por uma senhora... uma senhora que se mostrou à altura do posto e que nos tem prestado uma grande ajuda.

O nº 1 foi o último a tirar a máscara e Bundle, sem surpresa, viu o belo rosto moreno da condessa Radzky.

— Eu devia ter percebido logo — comentou Bundle, ressentida — que a senhora parecia demais uma bela aventureira estrangeira para que realmente pudesse ser.

— Mas, Bundle, a melhor você não sabe — disse Bill. — *Esta é a Babe St. Maur...* lembra-se do que lhe falei sobre ela, da atriz formidável que a Babe era? É o que acaba de ficar demonstrado.

— De fato — confirmou srta. St. Maur, no mais puro e nasalado sotaque americano. — Mas não é nenhuma vantagem, porque meus pais vieram daquela parte da Europa... de modo que me foi bastante fácil. Puxa, mas uma vez em Wyvern Abbey quase me traí ao falar sobre jardins.

Fez uma pausa e depois acrescentou abruptamente:

— Não... não foi só para me divertir. Sabe, eu estava quase noiva do Ronny e quando ele morreu... bem, eu tinha que fazer alguma coisa para encontrar o miserável que o matou. Foi só isso.

— Estou completamente confusa — disse Bundle. — Como as aparências enganam!

— É muito simples, Lady Eileen — explicou o superintendente Battle. — Tudo começou com um grupo de jovens à procura de emoções. Foi sr. Wade quem teve a ideia primeiro. Ele me sugeriu a formação de uma sociedade de amadores, digamos, cujo intuito seria fazer um pouco de serviço secreto. Eu avisei que talvez fosse perigoso... mas ele não era do tipo que se impressiona com isso. Deixei bem claro que todos aqueles que aderissem ao plano teriam que contar com essa possibilidade. Mas nenhum dos amigos de sr. Wade, benza-os Deus, se intimidou por causa disso. E foi assim que tudo começou.

— Mas qual era a finalidade a que se propunham? — perguntou Bundle.

— Queríamos pegar um determinado sujeito, desesperadamente. Não era um gatuno comum. Agia no mundo de sr. Wade, uma espécie de Raffles, mas muito mais perigoso do que qualquer Raffles já foi ou poderia ser. Andava em busca de coisas importantes, de nível internacional. Por duas vezes roubaram invenções secretas de grande valor... e só podia ser obra de alguém que dispunha de conhecimentos internos. Os investigadores profissionais tentaram descobrir quem era... e fracassaram. Aí então os amadores entraram em campo... e conseguiram.

— Conseguiram?

— Sim, mas não saíram ilesos. O sujeito era perigoso. Fez duas vítimas e continuou impune. Mas os Sete Relógios não desistiram. E, como já disse, conseguiram. Graças a sr. Eversleigh, o sujeito foi finalmente apanhado em flagrante.

— Quem é? — perguntou Bundle. — Alguém que eu conheça?

— A senhora o conhece muito bem, Lady Eileen. O nome dele é sr. Jimmy Thesiger. Foi preso agora à tarde.

33

Battle explica

O superintendente Battle começou a explicar. Falou sem se dar pressa, tranquilamente.

— Levei muito tempo para desconfiar dele. A primeira suspeita que tive foi quando soube das últimas palavras de sr. Devereux. A senhora, naturalmente, supôs que quisessem dizer que sr. Devereux estava tentando avisar sr. Thesiger de que os Sete Relógios o haviam matado. Isso é o que elas pareciam significar à primeira vista. Mas claro que eu sabia que não podia ser isso. Quem sr. Devereux queria avisar eram os Sete Relógios... e o recado que estava tentando mandar se relacionava com sr. Jimmy Thesiger.

"A coisa me pareceu incrível, pois sr. Devereux e sr. Thesiger eram muito amigos. Mas aí me lembrei de outra coisa... que esses roubos deviam ter sido praticados por alguém que tinha acesso ao Ministério das Relações Exteriores e que, se não trabalhava lá, estava a par de todos os comentários internos. E depois tive a maior dificuldade para descobrir a proveniência do dinheiro de sr. Thesiger. Os rendimentos deixados pelo pai eram ínfimos e apesar disso ele conseguia viver de um modo extremamente dispendioso. De onde vinha todo aquele dinheiro?

"Eu sabia que sr. Wade andava empolgado com alguma descoberta que tinha feito. Ele estava absolutamente seguro de que se achava na pista certa. Não revelou a ninguém que pista seria essa, mas mencionou qualquer coisa a sr. Devereux no sentido de que se encontrava em vias de certificar-se. Isso foi pouco antes dos dois partirem para Chimneys naquele fim de semana. Como a senhora sabe, sr. Wade morreu lá... aparentemente devido a uma dose fatal de sonífero. Parecia perfeitamente plausível... mas sr. Devereux jamais se conformou com essa explicação. Estava convencido de que sr. Wade tinha sido posto fora de combate de uma maneira muito hábil e que alguém da casa devia ser realmente o criminoso que nós procurávamos. Acho que chegou quase a entrar em confidências com sr. Thesiger, pois é evidente que a essa altura ainda não desconfiava dele. Mas, por um motivo qualquer, conteve-se a tempo.

"Aí ele fez uma coisa bastante curiosa. Arrumou sete relógios em cima da lareira, atirando fora o oitavo. Isso significava que os Sete Relógios vingariam a morte de um de seus membros... e ele ficou observando, atentamente, para ver se alguém se traía ou demonstrava sinais de perturbação."

— E foi Jimmy Thesiger que envenenou Gerry Wade?

— Sim, ele botou o veneno no copo de uísque com soda que sr. Wade bebeu no andar térreo antes de subir para o quarto. Foi por isso que já se sentia sonolento quando escreveu aquela carta a srta. Wade.

— Quer dizer, então, que Bauer, o lacaio, não teve nada a ver com a história? — perguntou Bundle.

— Bauer trabalhava para nós, Lady Eileen. Julgamos provável que o nosso gatuno quisesse roubar a invenção de Herr Eberhard e Bauer foi colocado na casa para observar os acontecimentos para nós. Mas não conseguiu fazer grande coisa. Como disse há pouco, sr. Thesiger aplicou a dose fatal com a maior facilidade. Depois, quando todos dormiam, pôs uma garrafa, um copo e um frasco vazio de cloral na mesa de cabeceira de sr. Wade, que então já estava inconsciente. No mínimo sr. Thesiger comprimiu-lhe os dedos em torno do copo e do frasco para que as impressões digitais fossem encontradas ali, se alguém desconfiasse. Não sei que efeito os sete relógios em cima da lareira tiveram sobre sr. Thesiger. Certamente não demonstrou nada para sr. Devereux. Mesmo assim, acho que de vez em quando devia sentir um arrepio ao se lembrar deles. E também acho que a partir daí ficou de olho em sr. Devereux.

"Não se sabe exatamente o que aconteceu depois. Ninguém viu sr. Devereux após a morte de sr. Wade. Mas é óbvio que continuou seguindo a pista encontrada por sr. Wade e chegou à mesma conclusão... ou seja, que sr. Thesiger era o indivíduo que procurávamos. Desconfio, também, que foi traído de maneira idêntica."

— Como assim?

— Por intermédio de srta. Loraine Wade. O sr. Wade estava apaixonado por ela... creio até que esperava casar com ela... que, evidentemente, não era irmã dele... e não há dúvida de que lhe contou mais do que devia. Srta. Loraine, porém, estava apaixonada de corpo e alma por sr. Thesiger. Faria tudo o que ele mandasse. E transmitiu-lhe a informação recebida. Da mesma maneira, mais tarde, sr. Devereux sentiu-se atraído por ela e provavelmente preveniu-a contra sr. Thesiger. E assim sr. Devereux, por sua vez, foi silenciado... e morreu tentando avisar os Sete Relógios de que o assassino era sr. Thesiger.

— Que horror! — exclamou Bundle. — Se ao menos eu soubesse...

— Sim, mas não parecia possível. Para falar a verdade, eu mesmo mal pude acreditar. Mas aí chegamos ao fim de semana em Wyvern Abbey. A senhora decerto se lembra de como foi espinhoso... principalmente para o nosso sr. Eversleigh, aqui presente. A senhora e sr. Thesiger andavam inseparáveis, feito carne e unha. sr. Eversleigh já tinha ficado constrangido com a sua insistência para ser trazida até aqui e quando ele descobriu que a senhora havia, realmente, entreouvido o que se passou durante a nossa reunião, sentiu um abalo.

O superintendente fez uma pausa, com um brilho malicioso no olhar.

— E eu também, Lady Eileen. Nunca pensei que fosse acontecer uma coisa dessas. Não resta dúvida de que aí a senhora me surpreendeu.

"Bem, sr. Eversleigh estava num dilema. Não podia revelar-lhe o segredo dos Sete Relógios sem, ao mesmo tempo, revelá-lo também ao sr. Thesiger... o que seria inadmissível. Tudo isso convinha perfeitamente a sr. Thesiger, é lógico, pois lhe dava um motivo legítimo para ser convidado a Wyvern Abbey, tornando as coisas bem mais fáceis para ele.

"Devo dizer que os Sete Relógios já tinham mandado uma carta de advertência a sr. Lomax, no intuito de obrigá-lo a recorrer à minha assistência, o que me permitiria estar lá de uma maneira perfeitamente natural. Conforme a senhora sabe, não fiz segredo de minha presença."

Os olhos de Battle tornaram a brilhar com malícia.

— Bem, ostensivamente, sr. Eversleigh e sr. Thesiger dividiriam a vigília em dois turnos. Na verdade, quem fez isso foi sr. Eversleigh e srta. St. Maur. Ela estava de guarda na porta do terraço da biblioteca quando escutou os passos de sr. Thesiger e teve que se refugiar atrás do biombo.

"E aqui se manifesta a esperteza de sr. Thesiger. Até certo ponto, a história que ele contou era verdadeira, e devo confessar que, com aquilo da luta e tudo mais, fiquei completamente abalado... e comecei a me perguntar se, afinal de contas, ele teria algo a ver com o roubo e se não estávamos decididamente na pista errada. Havia uma ou duas circunstâncias suspeitas que apontavam para direções inteiramente opostas e posso lhe garantir que já não sabia mais o que pensar, quando aconteceu uma coisa que terminou com as dúvidas.

"Encontrei a luva queimada na lareira, cheia de marcas de dentes — e aí então... bem... percebi que, afinal de contas, eu estava certo. Mas, palavra, como ele foi esperto!"

— Que aconteceu, realmente? — perguntou Bundle. — Quem era o outro homem?

— Não houve nenhum outro homem. Escute, vou lhe mostrar como acabei reconstituindo a história toda. Para começar, sr. Thesiger e srta. Wade eram cúmplices. E marcaram encontro para uma determinada hora. Srta. Wade chega no carro dela, pula a cerca e se dirige à casa. Tem uma desculpa perfeitamente razoável, se alguém a detiver... a que depois ela deu. Mas não encontrou problema para se aproximar do terraço, no momento exato em que o relógio batia duas horas.

"Ora, para começar, devo dizer que ela foi vista ao chegar. Meus homens tinham ordem de não deter ninguém que entrasse... só quem saísse, compreende? Eu queria descobrir tudo o que podia. Srta. Wade chega ao terraço e nesse instante cai-lhe um embrulho aos pés; ela o apanha. Um homem desce pela trepadeira e ela se põe a correr. Que acontece, então? A briga... e daí a pouco os tiros de revólver. O que fazem todos? Acodem à cena da luta. E srta. Loraine Wade poderia ter batido em retirada, levando em seu poder, sã e salva, a cobiçada fórmula.

"Mas as coisas não se passaram bem assim. Srta. Wade vai parar diretamente nos meus braços. E nesse momento o jogo muda. Não é mais ataque, e sim defesa. Srta. Wade dá a desculpa já preparada. É perfeitamente crível e razoável.

"E aí chegamos a sr. Thesiger. Uma coisa logo me chamou a atenção. Ele não poderia ter desmaiado só por causa do ferimento da bala. Das duas, uma... ou havia caído e batido com a cabeça no chão, ou então não havia desmaiado coisa nenhuma. Depois tivemos a história de srta. St. Maur. Combinava perfeitamente com a de sr. Thesiger... mas tinha um detalhe que me intrigou. Srta. St. Maur disse que depois que as luzes se apagaram e sr. Thesiger se aproximou da porta do terraço, tudo ficou tão quieto que ela até pensou que ele tivesse saído da biblioteca para ir lá fora. Ora, se alguém está dentro de uma sala, a gente não pode deixar de lhe ouvir a respiração. Basta prestar atenção. Suponhamos, pois, que sr. Thesiger *tivesse* saído, mesmo. Para fazer o quê? Para subir pela trepadeira até o quarto de sr. O'Rourke... cujo uísque com soda havia sido drogado na véspera. Ele pega os papéis, atira-os lá embaixo para srta. Wade, torna a descer pela trepadeira e... começa a briga. Pensando bem, era bastante fácil. Derruba as mesas, tropeça pelos cantos, fala com a própria voz e depois imita um murmúrio rouco. E aí, o toque final, os dois tiros de revólver. A Colt automática, comprada ostensivamente no dia anterior, é disparada contra um assaltante imaginário. Depois, com a mão esquerda enluvada, tira do bolso a pequena Mauser e desfecha um tiro na parte carnuda do braço direito. Joga a pistola pela janela, arranca a luva com os dentes e a arremessa ao fogo. Quando eu chego, ele está caído no chão, desmaiado."

Bundle respirou fundo.

— Na hora o senhor não percebeu tudo isso, não é, superintendente?

— Não, não percebi. Fui ludibriado como todos. Só bem mais tarde juntei uma coisa com a outra. Começou pela descoberta da luva. Aí fiz Sir Oswald jogar a pistola pela janela. Caiu muito mais longe do que deveria ter caído. Mas uma pessoa que usa a mão direita não tem tanta força com a canhota. Mesmo aí foi apenas uma suspeita... levíssima, por sinal.

"Mas houve um detalhe que me chamou a atenção. Era óbvio que os papéis tinham sido atirados lá de cima para que alguém os apanhasse. Se srta. Wade estava lá por acaso, então quem seria esse alguém? Claro que para os que ignoravam a verdade, a resposta era facílima... a condessa. Mas nisso eu levava uma vantagem sobre os demais. *Eu sabia que a condessa era inocente.* Portanto, qual a dedução lógica? Ora, que os papéis tinham sido realmente apanhados pela pessoa a quem se destinavam. E quanto mais eu pensava nisso, mais me parecia uma coincidência simplesmente extraordinária que srta. Wade fosse chegar no momento exato em que chegou."

— O senhor deve ter ficado muito sem jeito quando lhe revelei as minhas suspeitas em relação à condessa.

— Fiquei, sim, Lady Eileen. Fui obrigado a inventar uma desculpa qualquer para despistar a senhora. Pior ainda foi para o nosso sr. Eversleigh, quando srta. St. Maur recobrou os sentidos e ele não sabia o que ela poderia dizer.

— Agora compreendo a solicitude do Bill — disse Bundle. — E o modo como insistiu para que ela não se afobasse e não falasse enquanto não se sentisse perfeitamente bem.

— Coitado do Bill — disse srta. St. Maur. — O pobrezinho teve de ser conquistado à força... E cada vez ficava mais atrapalhado.

— Bem — continuou Battle —, a coisa estava nesse pé. Eu suspeitava de sr. Thesiger, mas não conseguia obter uma prova definitiva contra ele. Por outro lado, sr. Thesiger já estava com medo. Percebeu mais ou menos que teria de enfrentar os Sete Relógios... mas queria desesperadamente saber quem era o nº 7. Deu um jeito de ser convidado pelos Coote porque pensou que Sir Oswald fosse o nº 7.

— Eu também desconfiava de Sir Oswald — confessou Bundle —, principalmente quando ele voltou do jardim naquela noite.

— Nunca desconfiei dele — disse Battle. — Mas não me envergonho de dizer que *tive* minhas suspeitas daquele rapaz, o tal secretário dele.

— Do Pongo? — exclamou Bill. — Não, do velho Pongo?

— Sim, sr. Eversleigh, do velho Pongo, como o senhor diz. Um cavalheiro muito eficiente e que poderia perfeitamente executar qualquer plano que arquitetasse. Suspeitei dele, em parte, por ter sido ele quem levou os relógios para o quarto de sr. Wade na noite fatal. Ser-lhe-ia fácil, então, colocar o frasco e o copo na mesa de cabeceira. E depois, por outro lado, era canhoto. A tal luva, indiscutivelmente, o comprometia... exceto num detalhe...

— Qual?

— As marcas dos dentes. Só um homem cuja mão direita estivesse incapacitada precisaria arrancar a luva daquele jeito.

— E assim Pongo ficou isento de qualquer suspeita?

— Assim Pongo ficou isento de qualquer suspeita, como o senhor diz. Tenho certeza de que sr. Bateman ficaria surpreso se soubesse que algum dia desconfiaram dele.

— Levaria, mesmo — concordou Bill. — Um cara todo direito... uma rematada toupeira como o Pongo. Como que o senhor pôde imaginar...

— Bem, quanto a isso sr. Thesiger também era o que se poderia chamar de uma toupeira desmiolada, completamente sem juízo. Um dos dois tinha que estar fingindo. Quando cheguei à conclusão de que era sr. Thesiger, fiquei interessado em saber a opinião de sr. Bateman sobre ele. Durante o tempo todo, sr. Bateman alimentou as piores suspeitas em relação a sr. Thesiger e frequentemente as confiava a Sir Oswald.

— Que engraçado! — disse Bill. — O Pongo sempre tem razão. É de enlouquecer.

— Mas, como eu ia dizendo — prosseguiu Battle —, sr. Thesiger já estava com medo, assustado com esse negócio dos Sete Relógios e sem saber ao certo de onde viria o perigo. Se no fim conseguimos pegá-lo, foi unicamente graças a sr. Eversleigh, que sabia o risco que estava correndo e nem se importou. Só que ele nunca sonhou que a senhora, Lady Eileen, ficasse envolvida no caso.

— Palavra de honra — afirmou Bill, com emoção.

— Foi procurar sr. Thesiger na casa dele, inventando uma história — continuou Battle. — Tinha que fingir que certos papéis pertencentes a sr. Devereux haviam caído nas mãos dele. Esses papéis deviam insinuar uma suspeita sobre sr. Thesiger. Naturalmente que sr. Eversleigh, no papel do amigo leal, iria lá correndo, certo de que sr. Thesiger teria uma explicação. Nós calculávamos que, se tivéssemos acertado, sr. Thesiger tentaria eliminar sr. Eversleigh e não tínhamos dúvidas quanto ao método que empregaria. Dito e feito. Sr. Thesiger ofereceu um uísque com soda ao visitante. Aproveitando-se de uma rápida ausência do dono da casa, sr. Eversleigh esvaziou o copo numa jarra em cima da lareira, mas precisava, evidentemente, fingir que a droga já estava surtindo efeito. Sabia que seria lento e não instantâneo. Começou a contar a história e sr. Thesiger, a princípio, negou tudo, indignado. Mas assim que notou, ou julgou notar, que a droga estava surtindo efeito, confessou sua culpa e disse a sr. Eversleigh que a terceira vítima seria ele.

"Quando sr. Eversleigh ficou quase 'inconsciente', sr. Thesiger levou-o até lá embaixo e ajudou-o a subir no carro. A tolda estava levantada. Decerto já lhe havia telefonado, sem que sr. Eversleigh soubesse. Deu uma sugestão inteligente à senhora. Devia dizer que ia deixar srta. Wade em casa.

"A senhora não mencionou a ninguém que tinha recebido um chamado dele. Depois, quando seu corpo fosse encontrado aqui, srta. Wade juraria que a senhora a havia levado de carro até em casa e seguido para Londres com a ideia de se introduzir sozinha neste prédio.

"Sr. Eversleigh continuou representando o papel dele, o do homem desfalecido. Convém dizer que assim que os dois partiram da rua Jermyn, um dos meus subordinados entrou lá e achou o uísque adulterado, que continha uma dose de cloridrato de morfina suficiente para matar duas pessoas. O carro que tomaram também foi seguido. Sr. Thesiger dirigiu-se a um campo de golfe muito conhecido, fora da cidade, onde mostrou-se durante alguns minutos, comentando que ia jogar uma partida. Isso, naturalmente, lhe serviria de álibi, caso fosse necessário. Deixou sr. Eversleigh dentro do carro um pouco mais adiante, na estrada. Depois voltou a Londres e rumou para o Clube de Seven Dials. Assim que viu Alfred sair, trouxe o carro até a porta, conversou com sr. Eversleigh ao saltar, para a eventualidade de que a senhora estivesse escutando, entrou na casa e interpretou a sua pequena comédia.

"Quando fingiu que ia buscar o médico, na verdade limitou-se a bater a porta com estrondo e depois subiu a escada sem fazer barulho, escondendo-se atrás da porta desta sala, aonde srta. Wade dali a pouco lhe pediria para vir com um pretexto qualquer. Sr. Eversleigh, lógico, ficou horrorizado quando viu a senhora, mas achou melhor continuar a representar o papel dele. Sabia que os nossos homens estavam vigiando a casa e supôs que não houvesse nenhum perigo imediato para a senhora. Sempre podia 'recobrar os sentidos' a qualquer momento. Quando sr. Thesiger deixou o revólver em cima da mesa, saindo, aparentemente, da casa, a situação parecia mais segura do que nunca. Quanto ao próximo lance..." — Fez uma pausa, olhando para Bill. — "Quem sabe o senhor mesmo prefere contar?"

— Eu ainda estava deitado naquele maldito sofá — disse Bill —, me esforçando para fazer cara de morto e ficando cada vez mais nervoso. Aí escutei alguém descendo a escada depressa e Loraine se levantou e foi até a porta. Ouvi a voz de Thesiger, mas não o que ele falou. E depois Loraine, dizendo: "Não tem perigo... saiu tudo perfeito." Aí então ele disse: "Ajude-me a levá-lo lá para cima. Vai ser um pouco difícil, mas quero que os dois fiquem juntos... será uma boa surpresa para o nº 7." Não entendi bem que diabo de conversa era aquela, mas seja como for, me carregaram escada acima. *Foi* meio difícil, mesmo. Fiz tudo para parecer um morto bem pesado. Arrastaram-me aqui para dentro e depois escutei Loraine perguntando: "Tem certeza de que não há perigo? Ela não é capaz de voltar a si?" E Jimmy respondeu... maldito canalha: "Não precisa ter medo. Bati nela com toda a força."

"Aí os dois saíram e trancaram a porta. Abri os olhos e dei com você. Meu Deus, Bundle, acho que nunca me senti tão mal em toda a minha vida. Pensei que você estivesse morta."

— Foi meu chapéu que me salvou — disse Bundle.

— Em parte — concordou Battle. — Mas também graças ao ferimento no braço de sr. Thesiger. Ele não se deu conta... mas só tinha a metade da força normal. Mesmo assim, o departamento nada tem do que se orgulhar. Não cuidamos da senhora como deveríamos ter cuidado, Lady Eileen... e é uma nódoa negra nessa história toda.

— Sou muito forte — disse Bundle. — E também tenho bastante sorte. O que não me conformo é Loraine estar metida nisso. Era uma garota tão simpática.

— Ah! — exclamou Battle. — Tal como a assassina de Pentonville, que matou cinco crianças. A gente não pode se fiar nas aparências. Era uma coisa que ela já trazia no sangue — o pai esteve mais de uma vez na cadeia.

— O senhor também a prendeu?

O superintendente confirmou com a cabeça.

— Tenho a impressão de que não será enforcada... os jurados sempre são sentimentais. Mas o jovem Thesiger, sem sombra de dúvida, vai balançar na corda... e ele merece, pois nunca vi um criminoso tão cruel e empedernido.

"E agora — acrescentou —, se sua cabeça não estiver doendo demais, Lady Eileen, que tal festejarmos um pouco? Ali na esquina tem um pequeno restaurante que é ótimo."

Bundle aceitou de bom grado o convite.

— Estou morrendo de fome, superintendente Battle. Além disso — disse, olhando em torno —, quero ficar conhecendo melhor os meus colegas.

— Os Sete Relógios — exclamou Bill. — Viva! O que nós todos precisamos mesmo é de um pouco de champanha. Será que lá tem, Battle?

— Acho que não poderá se queixar. Deixe por minha conta.

— Superintendente Battle — declarou Bundle. — O senhor é um homem maravilhoso. Pena que já seja casado. Desse jeito vou ter que me contentar com o Bill.

34
Lord Caterham aprova

— Papai — disse Bundle —, tenho uma notícia para lhe dar. O senhor vai me perder.

— Que bobagem — retrucou Lord Caterham. — Não me diga que você está com tuberculose galopante, ou com o coração fraco ou coisa que o valha, porque simplesmente não acredito.

— Não, eu não vou morrer — disse Bundle. —Vou me casar.

— Dá quase no mesmo — afirmou Lord Caterham. — No mínimo terei que ir ao casamento, todo arrumado, com roupa nova e desconfortável, para entregar você ao noivo no altar. E o Lomax é capaz de achar que tem de me beijar na sacristia.

— Santo Deus! Será que o senhor pensa que vou casar com o George? — exclamou Bundle.

— Bem, da última vez que te vi, me pareceu que havia qualquer coisa no ar nesse sentido — disse o pai. — Ontem de manhã, se não me engano.

—Vou me casar com alguém que é mil vezes melhor do que o George — protestou Bundle.

— Puxa, tomara — disse Lord Caterham. — Mas sabe lá! Eu, francamente, não acho que você saiba julgar os outros, Bundle. Você me disse que o jovem Thesiger não passava de um bobo alegre e agora, pelo que ouvi dizer, parece que ele foi um dos maiores criminosos da nossa época. Só lamento é nunca tê-lo conhecido. Ando pensando em escrever minhas memórias... com um capítulo especial sobre os assassinos que já encontrei... e por pouco deixei de conhecer esse rapaz.

— Deixe de bobagem — disse Bundle. — O senhor bem sabe que é incapaz de escrever memórias ou seja lá o que for.

— Não seria propriamente eu quem as escreveria — disse Lord Caterham. — Acho até que nem se costuma fazer isso. Mas outro dia conheci um encanto de moça que se dedica a essas coisas. Ela recolhe o material e depois escreve tudo sozinha.

— E o senhor, o que é que fica fazendo?

— Ah, eu apenas lhe conto alguns fatos durante meia hora por dia. Nada mais do que isso. — Depois de uma pequena pausa, Lord Caterham acrescentou: — É uma moça muito simpática... calma, compreensiva.

— Papai — advertiu Bundle —, tenho a impressão de que sem mim o senhor vai se expor a graves perigos.

— Cada um se expõe aos perigos que merece — sentenciou Lord Caterham.

Já ia se afastando, porém se virou e perguntou por cima do ombro:

— Por falar nisso, Bundle, com quem é mesmo que você vai casar?

— Estava só esperando, para ver se o senhor ia perguntar. Vou casar com o Bill Eversleigh.

O velho egoísta pensou um pouco. Depois acenou com a cabeça satisfeito.

— Ótimo — disse. — Ele joga golfe, não joga? Nós dois poderíamos jogar de parceria nas partidas duplas do Torneio de Outono.

Sobre a autora

Agatha Christie nasceu em Torquay, cidade da Inglaterra, em 1890, e tornou-se a romancista mais vendida de todos os tempos. Escreveu oitenta romances e coletâneas de contos, além de mais de uma dúzia de peças, incluindo *A ratoeira*, peça que ficou mais tempo em cartaz na história teatral. Agatha também escreveu sua autobiografia, publicada no Brasil em 1977. Embora seu nome seja sinônimo de ficção policial, a extensão dos temas em seus romances é extraordinária, e Agatha realmente merece um lugar de destaque como uma das mais queridas escritoras de todos os tempos.

Seu sucesso permanente, ampliado pelas inúmeras adaptações para o cinema e para a tevê, é um tributo ao eterno fascínio de seus personagens e à absoluta engenhosidade de suas tramas.

Agatha Christie morreu em 1976, aos 85 anos, de causas naturais.

Surpreso com o desfecho desse mistério?

Não deixe de conferir outros desafios que
a Rainha do Crime preparou para seus detetives:

A casa do penhasco
A casa torta
A extravagância do morto
A maldição do espelho
A mansão Hollow
Assassinato na casa do pastor
Assassinato no Expresso do Oriente
Cem gramas de centeio
Convite para um homicídio
Hora zero
M ou N?
Morte na Mesopotâmia
Morte no Nilo
Nêmesis
O Natal de Poirot
O mistério dos sete relógios
Os crimes ABC
Os elefantes não esquecem
Os trabalhos de Hércules
Poirot perde uma cliente
Treze à mesa
Um corpo na biblioteca
Um pressentimento funesto

Este livro foi impresso na China, em 2020, para
a HarperCollins Brasil.
A fonte usada no miolo é Bembo, corpo 11/14.